동주 시, 백 편

동주 시, 백 편

초판 1쇄 발행 2025년 1월 31일

지은이 | 이숭원

펴낸곳 | (주)태학사
등록 | 제406-2020-000008호
주소 | 경기도 파주시 광인사길 217
전화 | 031-955-7580
전송 | 031-955-0910
전자우편 | thspub@daum.net
홈페이지 | www.thaehaksa.com

편집 | 조윤형 여미숙 김태훈
마케팅 | 김일신 김민선
경영지원 | 김영지

값 19,500원
ISBN 979-11-6810-327-6 03810

책임편집 조윤형
북디자인 이윤경

불의한 시대의 순결한 영혼,
윤동주 깊이 읽기

동주 시, 백 편

이숭원

태학사

윤동주 시의 올바른 이해를 위하여

　우리는 흔히 윤동주尹東柱를 일제 말의 저항 시인이라고 한다. 그러나 그는 1945년 2월 16일 새벽, 후쿠오카 감옥에서 세상을 떠날 때까지 기성 문단의 문예지에 작품을 발표한 적이 없었다. 광명학원 중학부 시절 연길에서 발행되는 『카톨릭 소년』에 동시를 몇 편 발표했고, 연희전문학교 재학 시절에 『조선일보』 학생란에 독자 투고 형식으로 작품을 발표했으며, 연희전문학교 문과 교지에 시 두 편을 발표했을 뿐이다. 그리고 이 발표 작품에는 저항 의식이나 항일의식은 거의 보이지 않는다. 그런데도 우리는 그를 저항 시인이라고 부른다. 그 이유는 무엇일까?

　그는 1943년 7월 교토에서 치안유지법 위반 혐의로 체포되었고 검찰에 송치된 후 재판을 받고 징역 2년의 실형을 선고받았다. 판결문의 내용을 보면 항일 민족의식을 가지고 동료들에게 독립의식을 전파, 고취했다는 것이 요지다. 이렇게 보면 그는 분명 저항 의식을 지니고 있었다. 판결문에 조선의 문학, 문화, 역사에 대한 언급이 있는 것으로 볼 때 이와 관련된 증거 자료가 제출되었을 가능성도 있다. 그러나 그 자료는 보존되지 않아 우리가 볼 수가 없고, 대할 수 있는 것은 그의 시 작품뿐이다.

그의 시를 창작 시점에 따라 순서대로 읽으면 윤동주라는 한 예민한 자아의 사색 과정과 변화의 내력이 자연스럽게 파악된다. 그는 마치 훗날 그 시기의 자기 생각을 알리고자 의도한 사람처럼 거의 모든 시에 창작 시점을 밝혔다. 그런 의미에서 그의 시는 일기와 같다. 그의 시는 당시의 상황에서 자기 삶을 반성하면서 현재의 삶을 정리하고 앞으로의 방향을 모색하는 도정에서 창조되었다. 그런 점에서 그의 시는 필연적으로, 또 숙명적으로 그의 삶과 연결되어 있다.

그의 시를 창작 순서로 읽으면 윤동주라는 자아가 외부의 자극과 충격에 어떤 방식으로 대응하면서 성장하고 역사와 민족이라는 심각한 국면에 어떻게 접근해 갔는가를 파악할 수 있다. 어떠한 과정을 거쳐 고뇌하는 내성적 지식인의 자리에서 역사 앞에 떳떳한 현실적 행동가의 자리로 변화할 수 있었는지, 그 변화의 시점은 어느 지점인지도 찾아낼 수 있다. 그래서 동시 및 스스로 삭제 표시한 시편까지 포함한 그의 모든 시를 창작 시기 순으로 읽는 일이 반드시 필요하다.

윤동주의 시에는 어려운 시대를 살아간 한 섬세하고 예민한 자아의 번민과 고뇌가 암시적 어법으로 형상화되어 있다. 그 암시적 어법은 때로 상징의 차원으로 이동하기도 한다. 이 상징의 내면성 때문에 그의 시어에 대해 과도한 의미 부여나 해석상의 비약이 초래되는 경우가 있었다. 또 그의 옥사獄死에 지나치게 비중을 두고 저항의식을 축으로 작품을 유형화하는 사례도 있었다. 이러한 착시 현상은 그의 시를 창작 순서대로 읽으면 상당 부분 해소된다.

그는 처음 시작詩作에 들어설 때부터 시는 무엇이며 시를 쓴다는 일이 어떤 의미를 지닌 것인가에 대해 비교적 뚜렷이 자각하고 있었다. 시에 관한 그의 탐구와 사색은 삶에 대한 진지한 태도와 연결되어 있었다. 세상을 진지하게 사는 것과 시를 진실하게 쓰는 일이 그에게는 동질적이다. 시가 자신의 사색과 행동의 기록이라는 사실을 드러내기 위해 시를 쓰고 날짜를 적었을 것이다.

그러면 윤동주는 저항 시인인가? 윤동주의 시에 저항의식을 직접적으로 드러낸 작품은 거의 없다. 그의 시는 일제강점기의 상황 속에서 정당하지 못한 현실의 억압에 괴로워하며 불의不義한 시대에 순결한 영혼을 지키는 길이 무엇인가를 모색한 내성적 지식인의 고뇌를 보여 준다. 그의 시에는 분명 당시의 상황을 부정하는 정신과 정당한 방향으로 나아가야 한다는 신념이 내재해 있었고, 그는 그것을 상징적 어구로 표현했다. 정신을 행동으로 표출하지 못하는 자신의 나약함을 부끄러워하며 그 부끄러움의 심정을 정직하게 시로 표현했다. 그런 의미에서 그는 행동으로 저항한 것이 아니라 고뇌하는 순결한 영혼으로 불의한 시대에 저항한 것이다. 그는 그 고민의 전 과정을 누구보다 치열하게, 그리고 정직하면서도 아름답게 시로 표현했다. 이런 시인은 적어도 그 시대에 없다.

"인생은 살기 어렵다는데 / 시가 이렇게 쉽게 씌어지는 것은 / 부끄러운 일"이라는 고민을 지니고 뼈를 깎듯 시를 쓴 시인이 누가 있었던가? 이런 점에서 윤동주는 자기가 살았던 그 상황에 저항했을 뿐만 아니라 우리가 사는 이 시대에도 순수한 영혼의 불꽃으로 도전해 오고 있다.

1938년 봄, 윤동주가 연희전문학교에 입학해서 가장 먼저 쓴 시가 「새로운 길」이다. 스물한 살의 나이로 연희전문학교 문과에 입학하여 처음으로 맞이한 새봄에 쓴 이 시에는 그의 순정한 마음과 그 결이 잘 드러나 있다. 시에는 "나의 길은 언제나 새로운 길"이라는 구절이 나온다. "내를 건너서 숲으로 / 고개를 넘어서 마을로" 가면 새로운 길을 발견하리라는 희망이 그에게 있었다. 그로부터 3년이 지나 4학년 2학기 때 쓴 「길」에도 길을 걷는 내용이 나오는데, 그는 무엇을 잃어버렸다고 고백하면서 그것을 찾기 위해 주머니를 더듬으며 계속 길을 걷는다고 말한다. 출구 없는 길을 걸으면서도 윤동주는 희망을 잃지 않는다. 그는 길을 걷는 것이 "담 저쪽에 내가 남아 있는 까닭이고, // 내가 사는 것은, 다만, / 잃은 것을 찾는 까닭입니다."라고 썼다. 가슴을 저리게 하는 아픈 구절이다. 이 시를 쓴 몇 년 후 이국의 차디찬 감옥에서 세상을 떠난 것을 우리가 알고 있기 때문이다. 그의 '새로운 길', '저쪽에 남아 있는 나'는 도대체 무엇이었던가. 그의 시는 이렇게 인간 존재와 삶과 역사에 대해 계속 반추하게 한다. 이것이 그의 시가 지닌 강력한 유인력이다.

윤동주 사후 1948년에 간행된 시집 『하늘과 바람과 별과 시』에는 시 31편이 수록되었다. 1955년에 나온 중판본 『하늘과 바람과 별과 시』에는 윤동주 자필 원고에 있던 작품들을 대부분 보충하여 시 89편과 산문 4편이 수록되었다. 1976년에 나온 전집본 『하늘과 바람과 별과 시』에는 중판본을 낼 때 제외했던 23편을 추가하여 112편이 수록되었다. 그리고 최종 판본인 『(사진판) 윤동주 자필 시고전집』에는 다시 7편이 추가되어 119편이 수록되었다. 이것은 윤동주 스스로 삭제 표시를 하거나 퇴고의 자취가 많은 작품까지 전부 수록한 결과다.

이 책은 그중 백 편을 골라서 현대어 정본 표기로 옮겨 적고 해설을 달았다. 이렇게 전문 해설을 붙인 윤동주 시집으로는 최초인데, 그보다 중요한 사항은 백 편의 시를 창작 시기 순으로 배치한 점이다. 동시든 퇴고 작품이든 구분 없이 각 시편을 정밀하게 읽어야 윤동주 내면의 성장과 변화를 감지할 수 있기 때문이다.

윤동주의 시를 현대어 정본으로 제시하는 일은 그리 어렵지 않았다. 연세대학교 출판부에서 낸 『하늘과 바람과 별과 시 – 원본 대조 윤동주 전집』(2004)과 홍장학 선생이 편찬한 『정본 윤동주 전집』(2004) 같은 선행 작업이 있었기 때문이다. 그 작업의 기초 위에서 후세에 영원히 정본으로 남길 현대어 표기의 작품 형태를 본문에 제시했다. 부록으로 윤동주가 남긴 산문 네 편을 실었는데, 이 작품들도 원문의 뜻이 쉽게 전달되도록 최선의 노력을 기울여 현대어 표기로 바꾸어 적었다. 뜻있는 사람들의 관심과 기탄 없는 조언을 기대한다.

　『백석 시, 백 편』에 이어 이번 책도 태학사의 신세를 지게 되었다. 출간을 허락해 준 김연우 대표와 편집과 교정에 애를 쓴 조윤형 주간, 그리고 오랜 벗 지현구 회장의 후의에 감사의 마음을 전한다. 한국시사韓國詩史의 빛나는 별 윤동주를 사랑하는 사람들에게 이 책을 바친다.

2025년 1월

이숭원李崇源

차례

1부

성장기
1934~1937

초한대

초한대 —
내 방에 품긴 향내를 맡는다.

광명의 제단이 무너지기 전
나는 깨끗한 제물을 보았다.

염소의 갈비뼈 같은 그의 몸,
그의 생명인 심지心志까지
백옥 같은 눈물과 피를 흘려
불살라 버린다.

그리고도 책머리에 아롱거리며
선녀처럼 촛불은 춤을 춘다.

매를 본 꿩이 도망가듯이
암흑이 창구멍으로 도망한
나의 방에 품긴

제물의 위대한 향내를 맛보노라.

— 1934. 12. 24.

—

• **품긴**: 풍긴. '품긴'은 '풍긴'의 고어인데, 그 잔재가 남아 있어서 이렇게 썼을 것이다. 「오후의 구장」에도 '품기고'라는 말이 나온다.

—

창작 날짜가 명시된 최초의 작품이다. 이전에 어떠한 시를 썼는지는 알 수 없으나 윤동주는 이 시와 「삶과 죽음」, 「내일은 없다」세 작품을 함께 기록하고 날짜를 "소화 9년 12월 24일"로 표기했다. 이때 윤동주는 만주 용정의 은진중학교 3학년에 다니고 있었다. 일본은 1932년에 만주 제국을 세워 간접 통치를 하고 있었기 때문에 윤동주는 당시의 관례를 따라 1934년을 일본 연호로 표기했다.

1934년 12월 24일은 성탄절 전날이기 때문에 독실한 기독교인 윤동주에게는 뜻깊은 날이다. 이날 그는 세 편의 작품을 충실히 노트에 적고 그 날짜를 명기하여 창작의 새로운 의욕을 표시했을 것 같다.* 이후의 작품 중에는 구조가 허술한 작품이 꽤 있는데,

이 작품과 「삶과 죽음」, 두 편은 그가 공들여 완성한 작품이어서 그런지 시의 골격이 뚜렷하고 의미의 상징성도 있다.

첫 행에 시의 제재를 뚜렷이 제시했다. 초 한 대가 방에 켜져 있는데 그 향내가 방 안에 풍긴다고 했다. 요즘은 향초가 많지만, 향초가 없던 시절이라 초에서 향기가 날 리가 없는데 윤동주는 불타는 초에서 정신의 기미를 감지하고 향내를 맡는다고 표현했다. 17세** 소년의 조숙한 정신세계를 엿볼 수 있다. 그러면 그는 방에 켜진 초 한 대에서 어떤 향내를 맡은 것인가? "광명의 제단이 무너지기 전"에 "깨끗한 제물을 보았다."라고 했다. 광명의 제단이 무너진다는 말은 촛불이 다 타서 초가 사라지는 현상을 뜻하고, 그 후에 남은 "깨끗한 제물"은 무형의 정신적 가치를 의미한다. 초는 자기 몸을 불살라 사라짐으로써 어떤 표상을 창조한다는 상징적 의미를 지닌다.

여기에는 매우 중요한 기독교적 상징이 있다. 예를 들어 예수의 십자가 희생은 육신의 소멸을 통해 구원의 복음을 전파한 상징적

---

* 윤동주의 삶을 충실히 재구성한 송우혜는 『윤동주 평전』(서정시학, 3차 개정판, 2022) 114쪽에서 이 날짜가 전에 썼던 작품을 최종적으로 다듬어 완성한 시점이라고 보고, 고종사촌 형 송몽규의 『동아일보』 신춘문예 당선에 자극받아 새로운 각오와 각성을 새긴 표시로 해석했다.
** 윤동주의 나이를 칭하는 데 어려움이 있다. 윤동주는 1917년 12월 30일에 태어났다. 재래의 나이 셈법을 따르면 태어나서 이틀이 지난 1918년에 그는 두 살이 된다. 이렇게 세는나이로 따지면 이 시를 쓴 나이는 18세이지만 만 나이로는 16세다. 이렇게 두 살 차이로 벌어지는 무리를 줄이는 절충법이 현재의 연도에서 출생 연도를 빼는 연 나이 셈법이다. 신문에서 주로 이런 셈법을 사용하며, 이 책에서는 윤동주 출생 시점의 특수성을 고려하여 윤동주의 나이를 칭할 때 '연 나이'로 셈하려 한다.

행위다. 예수는 광명의 제단에 자기 몸을 깨끗한 제물로 바침으로써 구원과 부활의 성서적 의미를 획득했다. "염소의 갈비뼈 같은 그의 몸"이라는 구절은 순교의 희생양(scape goat) 상징을 떠오르게 한다. 후기의 시 「십자가」(1941. 5. 31.)에서 선명하게 제시된 희생양 의식은 이미 이 시기에 그 단초를 드러내고 있다. 윤동주는 방 안의 촛불이 자기 몸을 태워 불을 밝히는 것을 보고 예수의 희생을 연상한다. 여기 나오는 시어 '갈비뼈'는 분명 성서적 용어다. 야훼는 아담을 잠들게 하고 그 갈비뼈를 취하여 여자를 창조했다. 또 예수가 십자가에서 희생당할 때 로마 군인이 옆구리 갈비뼈 밑에 창을 찔러 사망을 확인했다. 나중에 제자 도마는 예수의 부활을 믿지 못하고 옆구리에 손을 넣어 상처를 확인하기도 했다. 요컨대 '갈비뼈'는 예수의 희생을 상징하는 성서 용어다. 윤동주는 의도적으로 이 용어를 사용하여 초 한 대에 예수의 의미를 투영한 것이다.

다음에 나오는 '심지心志'에도 시어 선택의 의도가 내포되어 있다. '심지'는 간단히 생각하면 초에 불을 붙이기 위해 꽂은 실을 의미한다. 그런데 윤동주는 이 말을 '心志'라고 한자로 표기했다. 단순히 초의 심지가 아니라 '마음에 품은 의지'를 나타내고 싶었던 것이다. 초가 형체를 지탱하던 심지까지 태워 버리는 것처럼 눈물과 피를 흘리며 마음의 숨은 뜻까지 불살라 버리는 자기희생의 철저함을 표현하고자 했다. 또 그 눈물과 피를 "백옥 같은"으로 비유하여 희생의 고결함을 강조했다. 이러한 소멸과 희생의 운명을 수용하면서 촛불이 선녀처럼 춤을 춘다고 했다. 자신의 소중한 영육을 기꺼이 바치는 희생의 의연함을 나타낸 것이다. 이미이 시기에 순교에 대한 깊은 관심을 시로 표현했다. 이로써 그의기독교적 순교의 자세가 하루아침에 나타난 것이 아니라 사춘기시절인 10대부터 형성된 것임을 알 수 있다. 이 시에 사용된 "염소의 갈비뼈 같은", "백옥 같은", "선녀처럼" 등의 수식어는 희생의 고결함과 의연함을 뚜렷이 표현한다.

이 시의 끝 연은 이러한 명상이 전개되기 전 촛불이 타오르는 처음의 장면을 제시하는 것으로 마무리되었다. 초는 밝은 빛을 피워암흑을 몰아내는 힘을 지닌다. 촛불이 켜지면 "매를 본 꿩이 도망가듯이" "암흑이 창구멍으로 도망"한다고 했다. 촛불의 밝은 빛 앞에 암흑은 힘을 못 쓰고 굴복한다. 이것이 젊은 윤동주가 지닌 소망이지만, 그 밝은 빛으로 암흑에 맞서지 못하는 순간이 오면 초는심지까지 불태워 희생적 소멸을 이룬다. 그러나 그 죽음은 종말이아니라 새로운 부활을 예고한다. 이것이 기독교에서 예수의 부활을 믿는 신학적 근거다. 예수의 십자가 희생은 구원의 약속이며 그것은 구세주의 부활로 이어진다. 그러니 지금 방 안에 켜진 초 한대는 바로 그 희생과 부활의 상징이다. 그래서 윤동주는 그 초 한대를 통해 "제물의 위대한 향내를 맛보노라."라고 영탄했다. 사춘기 청년 기독교인 윤동주의 의식에 어둠을 밝히는 초는 암흑을 몰아내는 힘을 지녔고, 암흑에 맞설 수 없는 최후의 순간에 자기 몸과 마음을 장렬히 태워 희생하고 그것을 통해 부활을 예고하는 거룩한 종교적 상징으로 다가온 것이다.

　이런 점에서 이 시는 앞으로 펼쳐질 윤동주의 시 정신과 시인으로의 삶을 예고하는 상징적 표본에 해당한다. 이 시에는 이후 전개된 그의 시와 삶이 압축되어 있다. 윤동주 자신도 그것을 영혼의 예감으로 간파했는지 이 시에 최초로 창작 시기를 명시하고 시 창작의 출발점으로 삼았다. 그런 점에서 이 시는 윤동주 최초의 시로 내세우기에 전혀 손색이 없다. 시인 윤동주의 창작 생활에 이정표 역할을 하는 시가 바로「초 한 대」이며 그는 이 시를 기점으로 시인의 길에 들어선 것이다. 윤동주 시의 여정을 탐색하는 이 책의 출발점에 이 사실을 힘주어 강조하고 싶다.「초 한 대」는 윤동주 시의 항로를 이끄는 등대의 역할을 충분히 할 것이다.

삶과 죽음

삶은 오늘도 죽음의 서곡을 노래하였다.
이 노래가 언제나 끝나랴.

세상 사람은 —
뼈를 녹여 내는 듯한 삶의 노래에
춤을 춘다.
사람들은 해가 넘어가기 전
이 노래 끝의 공포를
생각할 사이가 없었다.

(나는 이것만은 알았다.
이 노래의 끝을 맛본 이들은
자기만 알고
다음 노래의 맛을 아르켜 주지 아니하였다.)*

하늘 복판에 알새기듯이
이 노래를 부른 자가 누구뇨.

그리고 소낙비 그친 뒤같이도
이 노래를 그친 자가 누구뇨.

죽고 **뼈**만 남은
죽음의 승리자 위인들!

— 1934. 12. 24.

——

- **아르켜**: 가르쳐.
- **알새기듯이**: 아로새기듯이.

——

이 시는 앞의 작품 「초 한 대」의 자매편이라고 할 수 있다. 「초 한 대」와 같은 날짜로 창작 시점이 표기되어 있다. 시의 구성이 「초 한 대」보다 치밀하지 못해서 작품의 완성도는 떨어지지만, 윤동주의 뜻은 잘 드러내고 있다. '삶과 죽음'이라는 제목이 산문의 표제 같은데, 사춘기의 명상을 시 형식으로 표현했다는 점에서 본

---

* 이 괄호 안의 구절은 윤동주가 자필 원고에 따로 첨가한 내용이다.

격적인 창작 단계를 예비했다는 의미가 있다.

앞의 시「초 한 대」에서도 삶과 죽음의 관계가 중요한 의미를 지녔는데, 이 작품은 아예 '삶과 죽음'을 표제로 내세우고 삶과 죽음이 어떠한 관계가 있는지를 명상했다. "삶은 오늘도 죽음의 서곡을 노래하였다"라는 시행은 이 문제에 대해 윤동주가 어떤 생각을 했는지 단적으로 드러낸다. 삶은 죽음으로 향하는 과정이니 삶의 각 국면에 죽음의 음영이 드러난다는 생각이다. 삶은 종말에 이르기까지 죽음의 서곡을 노래하는 연주자다. 세상 사람들은 삶의 노래에 일순 도취하여 춤을 추지만, 그 안에 담긴 "뼈를 녹여내는 듯한" 고통을 미처 지각하지 못한다. 노래 끝에 다가올 죽음의 공포도 살아 있는 동안은 생각할 겨를이 없다. 날마다 죽음의 서곡을 노래하면서도 실제로는 죽음의 존재를 자각하지 못한다는 것이다.

이러한 생각의 표현만으로는 부족하다고 생각했는지 윤동주는 나중에 괄호를 치고 내용을 첨가했다. 죽음을 맛본 사람, 즉 죽음을 겪은 사람은 삶의 영역으로 돌아오지 못하니까 다음에 어떤 세계가 펼쳐지는지 산 사람에게 알려 줄 수 없다는 생각을 담았다.

이것은 매우 독특한 사유다. 삶은 죽음의 서곡을 노래하는 과정인데, 정작 죽음에 이르게 되면 삶과 죽음은 완전히 단절된다는 생각이다. 그런데 어떤 특수한 경우 죽음의 의미를 삶에 남겨 뒤에 전해 주는 사람이 더러 있다는 것이다. 그것이 바로「초 한 대」에서 노래한 것 같은 순교자와 희생자들이다. 그들은 현세의 육신을 불태워 영원의 시간으로 자기 존재를 밀어 넣은 사람들이다. 죽음의 초월을 통해 부활을 꿈꾸는 존재들이다. 그들은 하늘 복판에 아로새기듯이 죽음의 노래를 남겼고, 소낙비 그친 뒤처럼 그 노래의 자취가 사라지게 했다. 윤동주는 그들을 "죽고 뼈만 남은 / 죽음의 승리자"라고 명명했다. 이 '뼈'는 앞의 시에 나온 '갈비뼈'와 같은 뜻이다. 염소의 갈비뼈 같은 몸과 생명의 심지까지 불살라 버린 존재들. 윤동주는 그들을 간단히 "위인들"이라고 명명했다. 단순히 위인들이라고 호명했지만, 여기서 위인은 '세계 위인 전집' 같은 데 나오는 단순한 유명인이 아니라 죽음을 초월하여 영원과 부활을 꿈꾼 존재들을 말한다.

윤동주는 17세의 나이에 이러한 생각을 뚜렷이 지니고 그것을 두 편의 시로 나타냈다. 그런 점에서 보면 28세에 이방의 감옥에서 끝난 그의 삶은 17세에 형성된 이러한 조숙한 의식의 운명적 결과였다는 생각이 든다. 그 점에 있어서 1934년 12월 24일 성탄절 전야에 남긴 이 두 작품이 이후 전개된 윤동주의 시와 삶에 좌표 역할을 했다고 보아도 무리가 없을 것이다.

거리에서

달밤의 거리
광풍이 휘날리는
북국의 거리
도시의 진주
전등 밑을 헤엄치는
조그만 인어 나.
달과 전등에 비쳐
한 몸에 두셋의 그림자,
커졌다 작아졌다.

괴롬의 거리
회색빛 밤거리를
걷고 있는 이 마음
선풍이 일고 있네.
외로우면서도
한 갈피 두 갈피
피어나는 마음의 그림자,

푸른 공상이

높아졌다 낮아졌다.

— 1935. 1. 18.

—

　1935년 1월 18일에 썼으니 은진중학교 3학년 겨울방학 때의 작품이다. 겨울밤 시상에 잠겨 세상의 형편과 자기 모습을 대비해 보면서 피어오르는 상념을 생각나는 대로 시로 옮겨 보았다. 달밤의 거리를 "광풍이 휘날리는 / 북국의 거리"로 표현한 것은 상투적 어구를 그대로 활용했다. 자기 모습을 "도시의 진주", "조그만 인어"로 비유한 것은 광풍의 북국 거리와 대비되는 여리고 앳된 형상을 나타내기 위함이다. 달과 전등 불빛 때문에 자기 몸이 "두 셋의 그림자"로 아른거린다고 표현한 대목은 그래도 시적이다. 조그만 인어가 전등 밑을 헤엄치듯이 움직이니 자신의 그림자도 커졌다 작아졌다 모양의 변화가 일어난다고 표현한 대목에서 섬세한 관찰력을 엿볼 수 있다.

　둘째 연에서 '광풍의 거리'를 '괴롬의 거리'로 대치했는데, 18세 사춘기 소년의 감성에 세상의 괴로움은 아직 구체적인 현실감으로 다가오지 못했을 것이다. 다분히 막연한 의식으로 인생은 괴롭다고 생각해서 '괴롬의 거리'라는 말을 썼을 것이다. "회색빛 밤거리"라는 말도 괴로움의 거리를 나타내는 상투적 문구여서 관념이 착색되어 있다. 이러한 관념을 통해 자아가 성숙하고, 성숙의 과정에서 독창적인 시구가 탄생하는 법이다. 누구나 겪는 창작의 자연스러운 순리를 밟은 것이다.

혼란스러운 괴로움의 인식 속에서 마음에 정체를 알 수 없는 선풍이 일고 그림자 같은 의식의 지향이 공상의 형태로 높아졌다 낮아졌다 파동을 일으킨다고 표현했다. 그래도 그 공상을 "푸른 공상"이라고 희망적으로 표현하여 미래의 이상을 암시했다. 앞에서는 "커졌다 작아졌다."로, 뒤에서는 "높아졌다 낮아졌다."로 동적인 형상으로 나타내, 정체되지 않고 어떤 형태로든 움직이고 발전하는 의미를 담아냈다. 상당히 건전한 의식을 지닌 젊은이의 내면이 표현되었음을 확인할 수 있다. 윤동주는 혼란의 시대에도 성장하는 학생으로서 건전한 발전 과정을 밟고 있었다.

공상

공상—

내 마음의 탑

나는 말없이 이 탑을 쌓고 있다.

명예와 허영의 천공天空에다

무너질 줄 모르고

한 층 두 층 높이 쌓는다.

무한한 나의 공상—

그것은 내 마음의 바다.

나는 두 팔을 펼쳐서

나의 바다에서

자유로이 헤엄친다

황금 지욕知慾의 수평선을 향하여.

— 1935. 9.(추정)

앞의 시가 "푸른 공상이 / 높아졌다 낮아졌다"로 끝을 맺었으니 '공상'이라는 제목의 시가 나올 만한데, 윤동주는 그에 상응하는 작품 한 편을 남겼다. 자필 원고에 창작 날짜 표기 없이 기재되었고, 1935년 10월에 나온 숭실중학교의 교지 『숭실 활천活泉』에 실렸다.

1935년 4월 은진중학교 4학년이 된 윤동주는 상급 학교 진학을 위해 5년제 학교로의 전학을 도모했다. 평양의 숭실중학교를 택하여 편입 시험을 보았는데 아쉽게도 한 학년 아래인 3학년으로의 편입 자격을 얻었다. 그래서 9월 신학기부터 한 학년을 낮추어 숭실중학교 3학년으로 평양에서 공부했고, 10월에 나온 교지에 작품을 발표한 것이다. 이 작품의 투고는 숭실중학교 편입 직후 이루어졌을 것이다. 10월에 나온 『숭실 활천』에는 마지막 행이 "금전 지식의 수평선을 향하여."로 되어 있었는데 이것을 윤동주가 "황금 지욕의 수평선을 향하여."로 수정했고, 그것을 정서하여 자필 원고에 남겼다. 그러니 이 작품의 완성 시점은 9월로 보는 것이 좋을 것이다.

윤동주는 나중에 '금전'을 '황금'으로, '지식'을 '지욕'으로 바꾼 것인데, 그 차이는 어떤 의미가 있는 것일까? 이것을 이해하기 위해서는 1연에 나오는 "명예와 허영"이란 말과의 비교가 필요하다. 자신은 마음의 탑을 쌓기 위해 학교에 다니고 더 높은 탑을 쌓을 생각으로 평양으로 전학을 준비했다. 세속적인 관점에서 보면 학교에 다니고 학업의 탑을 높이는 것은 사회적으로 출세하여 명예를 얻기 위해서고 부정적으로 말하면 허영을 채우기 위해서다. 사회 생활을 하는 것은 명예와 허영의 하늘에 탑을 쌓는 행위인데, 그 탑은 언제 무너질지 알 수 없다. "무너질 줄 모르고"라는 말에는 그 탑이 오래가지 않을 것이라는 부정적 어감이 깔려 있다.

그 부정적 뉘앙스는 "황금 지욕"으로 이어진다. 처음에 선택한 단어 '금전 지식'은 그래도 가치중립적인 의미를 지닌다. '금전'에 비해 '황금'은 물욕의 이기심이 첨가되고 '지식'에 비해 '지욕'은 알고자 하는 욕구라는 점에서 역시 이기적 욕망의 의미가 첨가된다. 윤동주는 원고를 투고한 후에 '금전 지식'이 뜻이 약하다고 보고 더 적극적인 의미의 "황금 지욕"으로 시어를 바꾸었다. '지욕'이란 단어는 잘 쓰이지 않는 말이지만 '명예', '허영', '황금'과의 연계성은 더 뚜렷하다. 윤동주는 의미의 연결을 고려하여 자연스럽지는 않지만 더 적합한 단어로 시어를 교체했다. 적절한 시어를 찾기 위해 고심하는 창작의 기본 자세를 이미 갖추고 있었다.

1연에서는 자신이 펼치는 공상이 무한한 천공에 탑을 한 층 두 층 높이 쌓는 것이라고 상상했다. 2연에서는 탑의 이미지에서 벗어나 무한한 마음의 바다에서 두 팔을 펼치고 자유로이 헤엄치는 모습을 상상했다. 탑을 쌓는 것보다 더 자유롭고 활달한 이미지를 선택한 것이다. 그러나 그 두 행위가 결국은 명예와 허영, 황금과 지욕을 얻기 위한 세속적인 행동임을 풍자했다. 그 행동에 대한 부정적 반응이 1연의 "무너질 줄 모르고"라는 구절에 투영되어 있다. 더 넓은 삶의 영역을 찾아 평양의 숭실중학교로 전학해서 배우고 있지만 이것도 결국은 자신의 허영과 욕망을 채우기 위한 세속적 행위임을 은근히 풍자했다. 여기에는 한 학년이 강등된 상태로 전학 생활을 해야 하는 자신의 처지에 대해 억울한 감정과 일종의 반감이 작용했다고도 해석할 수 있다. 겉으로 뚜렷하게 드러내지는 않았지만, 무한한 공상과 성취의 목표를 세속적 욕망의 충족으로 표현함으로써 현실의 부조리를 비판한 것이라고 해석할 수 있다.

창공

그 여름날
열정의 포플러는
오려는 창공의 푸른 젖가슴을
어루만지려
팔을 펼쳐 흔들거렸다.
끓는 태양 그늘 좁다란 지점에서.

천막 같은 하늘 밑에서
떠들던 소나기
그리고 번개를
춤추던 구름은 이끌고
남방으로 도망가고
높다랗게 창공은 한 폭으로
가지 위에 퍼지고
둥근 달과 기러기를 불러왔다.

푸드른 어린 마음이 이상에 타고

그의 동경의 날 가을에

조락의 눈물을 비웃다.

— 1935. 10. 20. 평양서

—

• **푸드른**: 푸르른. 푸르게 피어나는.

—

윤동주의 자필 원고에 이 시는 '미정고未定稿'라고 표기되어 있다. 아직 확정되지 않은 원고라는 뜻이다. 그러나 이 문구 때문에 이 시를 윤동주의 주요 시에서 배제할 필요는 없다. 윤동주는 자신의 창작 노트 여러 곳에 가필과 수정을 했지만 '미정고'라는 단서는 달지 않았다. 이 작품에도 다른 작품처럼 수정의 흔적이 있는데 군이 이 작품에만 '미정고'라고 밝힌 것은 이 작품에 더 정성을 쏟았기에 그랬을 가능성이 있다. 이 작품은 당시의 습작품 중에서 비교적 수준이 높기 때문이다. 다른 작품보다 잘 된 작품이니 나중에 더 잘 보완해야겠다는 뜻에서 '미정고'라는 단서를 붙였을 가능성이 크다.

홍장학은 이 단서 때문에 『정본 윤동주 전집 원전 연구』(문학과

지성사, 2004)에서 이 작품을 '미완성 삭제 시편'으로 묶어 따로 처리했다. 이 영향 때문인지 김응교도 그의 책에서 숭실중학교 재학 시기의 작품을 열거하고 작품 수까지 제시하면서 이 작품은 넣지 않았다.[*] 그러나 이 작품은 당시의 다른 습작품에 비해 수준이 훨씬 높다. 앞에서 본 「공상」(1935. 9.)보다 더욱 짜임새가 있다. 그래서 '미정고'라는 말에 구애되지 않고 초창기의 우수작으로 당당히 해설하려 한다.

이 작품은 그 시기의 다른 작품에 비해 문장 부호 사용에 난조를 보인다. 윤동주는 쉼표와 마침표 등을 상당히 정확하게 표기했는데, 이 시에는 문장 부호 사용에 일관성이 없다. 그래서 '미정고'라는 표기를 붙였는지도 모른다. 이런 이유 때문에 이 작품은 윤동주 시집마다 조금씩 다른 방식으로 표기되어 있다. 머리말에서 밝힌 대로 이 책의 작품 인용은 현대어 정본 확정 작업도 겸하고 있다. 그래서 윤동주의 표기를 존중하면서도 문맥의 흐름에 의해 가장 합리적인 방식으로 정서해서 부호를 표기했다. 앞의 작품 표기는 그러한 정본 교정 작업을 거친 결과임을 밝힌다.

이 시는 1935년 10월 20일 평양에서 쓴 것으로 표기되어 있다. 이때 윤동주는 평양의 숭실중학교 3학년에 재학 중이었다. 앞에서 말한 대로 윤동주는 이해 9월부터 숭실중학교 3학년 학생이 되어 평양에서 공부하고 있었다. 10월 20일이라는 날짜와 함께 "평

---

[*] 김응교, 『처럼』, 문학동네, 1판 10쇄, 2023, 90~91쪽.

양서"라고 장소를 밝혀 전학 이후에 쓴 것임을 알리고 있다.

여름날 싱그러운 포플러가 푸른 하늘을 향해 우듬지를 들고 있는 장면으로 시상이 출발했다. 포플러를 "열정의 포플러"라고 했고, 포플러의 높은 줄기가 창공의 푸른 젖가슴을 어루만지려 팔을 펼쳐 흔들거렸다고 관능적으로 표현했다. 모범적 기독교인인 윤동주가 이런 관능적 표현을 구사한 것은 특이한 일이다. 그 때문에 '미정고'라는 단서를 제목 옆에 붙였는지도 모른다. 창공엔 태양이 끓고 있고 하늘은 천막처럼 펼쳐져 있는데 그늘이 드리운 좁다란 지점에 포플러가 팔을 흔들고 있는 도형적 구도를 감각적으로 표현했다. 이런 점에서 이 시가 같은 시기의 다른 작품보다 더 우수하다고 볼 수 있다.

푸르던 하늘에 갑자기 번개가 치고 소나기가 내리더니 일렁이던 구름을 몰아서 남쪽으로 사라졌다. 창공은 이전의 모습을 되찾아 높다랗게 펼쳐져 포플러 가지 위에 퍼지더니 어느덧 시간이 흘러 둥근 달이 뜨고 기러기를 불러왔다. 여름이 지나고 가을이 된 것이다. 이처럼 이 시의 2연은 여름에서 가을에 이르는 계절의 변화를 하늘의 정경을 통해 압축해서 표현했다. 어떻게든 시적인 표현을 구사해 보려는 윤동주의 마음을 읽을 수 있다.

3연은 이 시를 쓴 시점인 가을에 윤동주가 지닌 마음의 상태를 제시했다. 윤동주는 "푸드른 어린 마음"이라는 말을 썼다. 자필 원고를 보면 처음에 '푸른'이라고 썼다가 나중에 '푸드른'으로 고친 것을 볼 수 있다. 인터넷 검색을 하면 '푸들다'에 대해 "살이

오른다는 뜻의 북도 사투리"라는 뜻을 제시한 경우가 있고, 동생인 윤일주 교수도 "'살찌다'의 북도 사투리"*라는 의견을 낸 것으로 되어 있다. 요컨대 '푸드른'은 단순히 '푸른'의 뜻이 아니라 "푸르게 살이 오르는" 정도의 동적인 의미를 내포한 말임을 알 수 있다.

윤동주는 자신의 어린 마음이 푸르게 살아난다고 생각하고 이상과 동경을 가을에 투영했다. 가을은 이상과 동경이 타오르는 청명한 계절이다. 이상에 불타는 어린 마음은 나뭇잎이 지는 비애의 정서를 비웃을 수 있다. "조락의 눈물을 비웃다."라는 말은 그런 맥락으로 읽힌다. 여기에는 용정에서 떠나 평양에서 첫 가을을 맞는 젊은 윤동주의 포플러처럼 싱싱한 마음이 투영되어 있다. 하늘로 솟구치던 포플러 가지에 잎이 떨어져 조락의 가을을 맞고 있지만 윤동주는 비애의 감상에 젖지 않고 당당히 이상과 동경을 마음에 품고 조락의 눈물을 비웃고 있다.

이처럼 학생 시절의 윤동주에게는 부활의 영원을 꿈꾸면서 죽음을 넘어서려 하고 위인의 삶을 본받으려는 이상적 지향이 있었다. 이상과 동경을 추구하는 건강한 마음은 조락의 눈물을 비웃으며 창공의 푸른 영역을 향해 나아가려는 열정도 지니고 있었다. 그는 처음부터 소심하고 나약한 식민지 청년이 아니었다. 청춘이 시작하던 그의 출발기에는 "생명의 심지"가 뚜렷했고 열정과 이

---

* 『원본 대조 윤동주 전집』, 연세대학교 출판부, 2012, 181쪽.

상과 동경이 분명히 아로새겨져 있었다는 사실을 그의 시에서 확
인할 수 있다.

꿈은 깨어지고

꿈은 눈을 떴다
그윽한 유무幽霧에서.

노래하던 종다리
도망쳐 날아 나고.

지난날 봄 타령하던
금잔디밭은 아니다.

탑은 무너졌다
붉은 마음의 탑이 ―

손톱으로 새긴 대리석 탑이 ―
하룻저녁 폭풍에 여지없이도.

오― 황폐의 쑥밭,
눈물과 목메임이여!

꿈은 깨어졌다

탑은 무너졌다.

— 1935. 10. 27. ; 1936. 7. 27. (개작)

———

윤동주의 자필 원고에 1935년 10월 27일에 쓰고 1936년 7월 27일에 개작한 것으로 기록되어 있다. 이런 개작의 표기가 있는 것은 이 작품뿐이다. 1935년 10월의 작품으로는 상당히 어른스럽고 1936년 7월의 작품으로 보기에는 조금 답답한 구석이 있다. 어느 부분을 개작한 것인지는 원고의 표기만으로는 알 수가 없다. 1935년 10월에 떠오른 감정으로 써 두었던 것을 일 년쯤 지난 시점에 시어나 시구에 대해 약간의 개작을 하지 않았을까 짐작할 뿐이다. 1935년 10월 어떤 일로 자신의 꿈이 깨어진 데서 실망감을 느끼고 쓴 것은 틀림없다.

꿈이 깨어진 것을 꿈이 눈을 떴다고 표현했다. 꿈에서 깨어나 눈을 떴으니 꿈이 사라진 것이다. 현실에 눈을 떴다는 뜻이다. "그 윽한 유무幽霧"라는 말은 어려운 표현인데 이런 구절은 1936년 7월 개작할 때 새로 썼을 가능성이 있다. 유무幽霧란 짙은 안개라는 뜻으로, 짙은 안개 같은 꿈에서 깨어나 현실에 눈을 떴다는 사실을 어려운 한자어를 동원해서 표현했다. 종달새는 보통 봄에 우는데 노래하던 종달새가 도망쳐 날아가 버렸다고 했다. 꿈의 약동감을 종달새의 노래와 상승의 몸짓으로 표현하고 그것의 소멸을 날아간 종달새로 표현한 것이다. 그러니 과거처럼 봄 타령이나 부르던 금잔디밭은 이제 사라졌다고 현실의 변화를 거론했다.

다음으로 마음의 절망 상태를 시각적 형상을 활용해 붉은 마음의 탑이 무너졌다고 표현했다. 그것을 다시 대리석 탑으로 바꾸어 말하면서 "손톱으로 새긴 대리석 탑"이 갑자기 폭풍에 무너졌다고 했다. 이 탑은 외부에 있던 것이 아니라 자기 마음 안에 손톱으로 새겨서 쌓아 올린 탑이다. 자신이 지키지 못한 마음의 상태가 외부의 작용으로 무너져 내렸다는 사실을 표현한 것이다. 마음 안에 탑이 무너져 황폐한 쑥밭을 이루었고 목이 멜 정도로 슬픔과 눈물의 시간을 보냈다. 매우 비통한 실망의 시간을 보냈음을 고백한 것이다. 다시 한번 "꿈은 깨어졌다 / 탑은 무너졌다"를 반복하고 시행을 마무리했다.

좌절감을 표현하기는 했는데 재기의 가능성을 언급하지 않은 것으로 보아 회복 불가능한 어떤 상황을 염두에 두었음을 알 수 있다. 숭실중학교로 전학할 때 한 학년을 낮추어 입학하게 된 사정 같은 것은 이 시행의 내용과 관계가 없는 것 같다. 이미 한 학년 낮추어 편입한 뒤 두 달이 지나서 꿈이 깨어지고 탑이 무너졌다고 탄식할 이유가 없기 때문이다. 이것은 우리가 알 수 없는 어떤 좌절의 체험이 작용했을 것이다. 우리가 모르는 좌절감이

1935년 10월 27일 이전에 윤동주에게 닥쳐왔고 그것을 시로 써두었다가 다시 일 년 가까운 시간이 흐른 후 그것을 일부 개작했다고 추측할 수 있다. 이러한 개인적 고민의 구체적인 내용은 알 수 없으나 정서의 형질로 볼 때 민족의식의 성장이나 현실의 변화 같은 문제는 아닌 것 같다.

조개껍질
─ (바닷물 소리 듣고 싶어)

아롱아롱 조개껍데기
울 언니 바닷가에서
주워 온 조개껍데기

여긴 여긴 북쪽 나라요
조개는 귀여운 선물
장난감 조개껍데기

데굴데굴 굴리며 놀다
짝 잃은 조개껍데기
한 짝을 그리워하네

아롱아롱 조개껍데기
나처럼 그리워하네
물소리 바닷물 소리

─ 1935. 12. 봉수리에서

'봉수리'는 평양 대동강 변의 지명이다. 봉수리에서 12월에 완성한 시로, 오래전 여름 무렵 바닷가에서 주워 온 조개껍데기를 소재로 향수의 감정을 표현했다. 제목 아래 부기된 "바닷물 소리 듣고 싶어"라는 말에서 이 시의 주제를 연상할 수 있다. 가족이 있는 북간도에서 떨어져 나와 평양에서 생활하고 있는 자신의 처지를 바닷가에서 옮겨 온 조개껍데기에 비유해서 노래한 것이다.

윤동주는 시 제목 옆에 '동시'라고 써서 장르의 성격을 뚜렷이 밝혔는데, 이 시는 '동시'라고 장르를 명시한 첫 작품이기 때문에 윤동주 최초의 동시라고 할 수 있다. 내용도 동심의 향수를 표현했지만, 형식도 동시의 정형률을 고려하여 규칙적인 리듬을 구사했다. 3행 4연 형식으로 각 연의 1행은 네 자, 다섯 자로 음절 수를 맞추고 2행과 3행은 세 자, 다섯 자로 맞추어 규칙적으로 배열했다. 동시는 규칙적인 율격을 지니는 것이 어울린다는 사실을 어디서 학습했는지 모르지만, 윤동주는 동시 형식을 염두에 두고 이렇게 시행을 배열했다. 또 동시의 정조에 어울리도록 '아롱아롱', '데굴데굴' 같은 의태어도 채용했고 '여긴 여긴' 같은 중첩어도 사용했다.

처음에는 단순히 조개껍데기의 출처와 유래를 이야기하고 둘째 연에서 그 조개껍데기가 귀여운 장난감 역할을 한다고 소개한 다음, 조개껍데기를 의인화하여 그리움과 향수를 표현했다. 동심의 향수를 표현하기 위해 "짝 잃은 조개껍데기 / 한 짝을 그리워하네"처럼 벗에 대한 그리움을 노래했고, 그것을 자신에게 투사하여 "나처럼 그리워하네"로 동일화하는 등 동시가 갖추어야 할 요소를 골고루 구비했다. 윤동주는 동시 창작에 전력을 기울였는데, 송우혜는 이 시기 윤동주의 동시 창작이 당시 간행된 『정지용 시집』에서 받은 문학적 자극 때문이라고 해석했다.* 윤동주는 『정지용 시집』을 보고 동시도 당당히 시의 한 양식이 될 수 있음을 인식하고 동시 창작에 입문했을 것이다.

이후 윤동주의 동시 창작은 「고향집」(1936. 1. 6.), 「병아리」(1936. 1. 6.), 「오줌싸개 지도」(1936), 「창구멍」(1936), 「기왓장 내외」(1936), 「빨래」(1936), 「빗자루」(1936. 9. 9.), 「햇비」(1936. 9. 9.), 「비행기」(1936. 10.), 「굴뚝」(1936. 가을), 「무얼 먹고 사나」(1936. 10.) 등으로 이어져 연희전문학교에 입학한 1938년까지 지속되었다. 그런 점에서 이 작품은 동시 작가로서 윤동주의 출발점을 보여 주는 작품으로 평가할 수 있다.

---

* 송우혜, 앞의 책, 174~183쪽.

병아리

"뾰, 뾰, 뾰
엄마 젖 좀 주"
병아리 소리.

"꺽, 꺽, 꺽,
오냐 좀 기다려"
엄마 닭 소리.

좀 있다가
병아리들은
엄마 품으로
다 들어갔지요.

— 1936. 1. 6.

1936년 1월 6일에 썼다고 기록했고 1936년 11월 『카톨릭 소년』에 '동요'로 발표되었다. 2월쯤 투고했다고 보면 투고에서 발표까지 상당한 기간이 소요된 것을 알 수 있다.

이 작품은 의성어를 사용한 대화 형식으로 구성되어 있다. 병아리는 "뾰, 뾰, 뾰" 소리를 내고 엄마 닭은 "꺽, 꺽, 꺽" 소리를 낸다고 구분했다. 지금이라면 "삐약삐약", "꼬꼬"로 구분할 수 있겠지만 윤동주는 자신의 음성 감각에 바탕을 두고 주체적으로 표현했다. 병아리는 젖을 먹지 않지만 사람이나 포유동물처럼 젖을 먹는다고 표현하고, 병아리 소리는 젖 달라는 소리고 엄마 소리는 기다리라는 소리라고 동심의 눈으로 해석했다. 병아리들이 조금 후에 엄마 품으로 다 들어갔다는 안식의 장면은 모든 생물에게 해당되는 평화의 장면이다. 병아리와 엄마 닭의 관계는 인간을 포함하여 모든 생물에게 적용되는 모습임을 나타낸 것이다. 동심의 시각으로 세상을 보면서도 상당히 성숙한 생명 인식을 드러내고 있다.

기왓장 내외

비 오는 날 저녁에 기왓장 내외
잃어버린 외아들 생각나선지
꼬부라진 잔등을 어루만지며
쭈룩쭈룩 구슬피 울음 웁니다.

대궐 지붕 위에서 기왓장 내외
아름답던 옛날이 그리워선지
주름 잡힌 얼굴을 어루만지며
물끄러미 하늘만 쳐다봅니다.

—

뒤에 있는 「비둘기」 앞에 기재되어 있고 창작 날짜가 표시되지
않은 것으로 보아 「비둘기」와 비슷한 시기에 창작된 것으로 추정

되는 작품이다. 이번에는 기왓장을 부부로 의인화하고 인간의 감정을 투영해 이야기를 구성했다. '동시'라고 표기하지는 않았지만 의인화 기법을 사용했기에 동시 형식으로 간주할 수 있다. 그러나 단순히 동심만이 아니라 가족 이산의 슬픔과 인생의 시련까지 표현했다.

기왓장이 지붕에 나란히 이어져 있는 모양에 착안하여 기왓장을 부부로 상상했는데, 엄격히 따지면 수십 개가 나란히 연결된 기왓장을 한 쌍의 내외로 일컫는 것은 사리에 맞지 않는다. 그러나 비 오는 날 저녁에 잃어버린 외아들이 생각난 부부가 서로의 꼬부라진 등을 어루만지며 구슬피 눈물을 흘리는 모습은 기왓장에 빗물이 고이고 흐르는 모양을 충분히 연상케 한다. 윤동주는 가족의 슬픔을 표현하기 위해 가족의 비극 앞에 슬퍼하는 부부의 모습을 기왓장으로 표현한 것이다. '쭈룩쭈룩'이라는 의성어를 써서 기와에 비가 흐르는 모양과 슬피 눈물을 흘리는 모양을 병치한 것이 시적이다.

반면 2연에서 기왓장이 위치한 공간을 대궐 지붕으로 한 것은 부자연스럽다. 대궐은 원래 임금이 거처하는 곳인데 윤동주는 큰 기와집을 그렇게 칭한 것 같다. 1연에서 외아들을 잃고 눈물 흘리던 기왓장 내외가 어떻게 큰 기와집으로 옮겨 왔는지 알 수 없다. 그리고 기왓장 내외가 그리워하는 '아름답던 옛날'이 어떤 시기인지도 이해하기 힘들다. 만일 국권 상실 이전의 독립 국가 조선의 상황을 염두에 둔 것이라면, 피상적 시대 인식이라는 비판을 피하기 어렵다. 구체적인 역사적 상황에 대한 고려 없이 정경의 외관만을 표현했기 때문이다. 그러나 옛날의 아름답던 시대를 그리워하며 서로의 주름 잡힌 얼굴을 어루만지고 물끄러미 하늘만 쳐다보는 모습은 기왓장의 모양으로 어울리는 상황 설정이다.

요컨대 이 작품은 1연과 2연을 별개의 시상으로 구분하여 각각의 시선에서 개별적으로 기왓장의 모습과 인간의 일을 병치하여 표현하고 있다. 다소 어색하기는 하지만, 연에 따라 시상이 변화를 이루면서 시의 골격을 잡아 가는 습작기 문학 소년의 창작 과정을 엿볼 수 있다. 윤동주의 문학적 성장이 바람직한 방향으로 이루어지고 있음을 확인할 수 있다.

비둘기

안아 보고 싶게 귀여운

산비둘기 일곱 마리

하늘 끝까지 보일 듯이 맑은 주일날 아침에

벼를 거두어 뺀뺀한 논에서

앞을 다투어 요를 주우며

어려운 이야기를 주고받으오.

날씬한 두 나래로 조용한 공기를 흔들어

두 마리가 나오.

집에 새끼 생각이 나는 모양이오.

— 1936. 2. 10.

- **주일날:** 주일主日. 기독교에서 '일요일'을 이르는 말.
- **뺀뺀한:** 빤빤한. 아무것도 없는.

• **요**: '먹이'의 함경도 방언.

―

　앞의 시들과 같은 시기에 이어지는 윤동주의 동시다. 시의 배경이 추수가 끝난 가을 들판인 것으로 볼 때, 가을에 써 두었던 것을 퇴고하여 2월 10일 즈음에 완성하고 그 날짜를 적었음을 알 수 있다. 동시라서 '하오체'의 높임말을 썼다. 우연히 산비둘기 일곱 마리를 목격하고 너무나 귀여워 여러 마리 비둘기를 꼼꼼히 세어 보았다. 기독교인답게 일요일을 '주일날'이라고 했고 "하늘 끝까지 보일 듯이 맑은" 날 비둘기의 천진한 모습을 목격했다고 했다. 벼를 거두어 아무것도 없는 논이지만 남은 먹이가 많아서 비둘기들은 모이를 먹느라고 정신이 없다.

　그런데 비둘기들이 어려운 이야기를 주고받는다고 한 이유는 무엇일까? 화자가 알아들을 수 없는 소리를 주고받는다는 뜻일까? 아니면 비둘기들도 살아가는 것이 쉽지 않아 삶의 어려움을 주고받는다고 상상한 것일까? 이어지는 연을 보면 후자의 상상이 적절할 것 같다. 날씬한 두 날개로 공중을 나는 두 마리 비둘기를 어미 새와 아비 새로 상상하고, 집에 두고 온 새끼 생각을 하고 두 마리가 난다고 했으니 자식들을 돌보는 삶의 어려움을 떠올린 것이다.

　윤동주에게는 가족애가 늘 중요한 관심사로 다가왔다. 조용한 공기를 흔들며 날씬한 날개로 나는 비둘기의 평화로운 모습에서도 자식을 돌보는 가족애를 연상한 것이다.

빈 들판이라면 비둘기가 아니라 다른 새가 먼저 있었을 텐데 비둘기를 소재로 한 것은 평화의 상징으로 알려져 있는 새의 성격 때문일 것이다. 평화와 순결의 상징인 비둘기를 소재로 답답한 현실을 넘어 시원하게 날아가는 가족애의 단면을 보여 주고자 했을 것이다. "안아보고 싶게 귀여운", "하늘 끝까지 보일 듯이 맑은", "날씬한 두 나래로 조용한 공기를 흔들어" 같은 말에는 대상을 대하는 긍정의 시선이 뚜렷이 투영되어 있다. 또한 그런 긍정의 마음이 세상에 퍼지기를 기원하는 윤동주의 소망도 내포되어 있다.

오줌싸개 지도

빨랫줄에 걸어 논
요에다 그린 지도*
지난밤에 내 동생
오줌 싸 그린 지도

꿈에 가 본 엄마 계신
별나라 지돈가.
돈 벌러 간 아빠 계신
만주땅 지돈가.

— 1936(추정);『카톨릭 소년』, 1937. 1.

* 시집에 따라 "지도는"으로 표기된 경우가 있는데 창작 원고에 윤동주가 일관되게 '는'을
삭제 교정하고 있어서 "지도"를 확정된 표기로 삼는다.

이 시는 윤동주의 자필 원고에 1936년 초에 쓴 작품과 함께 기록되어 있고 시간이 지나서 『카톨릭 소년』 1937년 1월호에 발표되었다. 1936년 9월 9일에 쓴 것으로 되어 있는 「빗자루」가 『카톨릭 소년』 1936년 12월호에 발표된 것과 비교하면, 발표가 아주 늦게 된 것이다. 어떤 사정이 있었는지는 알 수 없지만 처음 작품과 발표작 사이에는 내용의 차이가 있고, 윤동주는 초고의 첫 작품을 대폭 수정해서 잡지에 투고했다.

　홍장학은 이러한 윤동주의 자기 검열을 고려하여 자필 원고에 있는 수정 이전 형태의 작품을 원전으로 삼았다. 그러나 윤동주 자신이 직접 수정한 작품을 제쳐 놓고 수정 이전의 작품을 원전으로 삼는 것은 무리가 있다. 수정 이전 형태로 제시한 작품은 다음과 같은데, 이 작품에는 동시다운 천진성이 거의 보이지 않고 현실감이 전면에 드러나 있다.

　　바줄에 걸어 논

　　요에다 그린 디도는

　　간밤에 내 동생

　　오줌 쏴서 그린 디도.

　　우에 큰 것은

꿈에 본 만주 땅

그 아래

길고도 가는 건 우리 땅.*

　어린 동생이 밤에 오줌을 싸서 남긴 얼룩이 만주 땅과 우리 땅의 형태를 닮았다는 것은 현실감을 지닌 19세 청년에게서는 나올 수 있는 발상이지만 동시로서는 어울리지 않는 내용이다. 윤동주의 개작은 현실 상황을 염두에 둔 자기 검열의 결과라기보다는 동시 화자의 수준에 맞는 수정의 결과라고 함이 옳다. 한 편의 독립된 시로 볼 때 원래의 형태보다는 수정 이후의 작품이 오히려 당시의 비극적 상황을 연상시키면서 동심의 천진성도 함께 드러내고 있어서 상상력의 진폭이 확장되었다고 평가할 수 있다. 원본이 평면적이라면 수정본은 입체적인 느낌을 준다.

　이 시의 화자가 위치한 공간은 한반도의 어느 지역일 수도 있고 윤동주가 사는 용정일 수도 있다. 어린 동생이 밤에 오줌을 싸서 이불에 남긴 얼룩을 화자는 지도로 상상했다. 어린아이가 오줌을 가리지 못해 밤에 얼룩을 남기는 것은 흔한 일이고, 그 모양을 지도로 상상하는 것도 자연스러운 일이다. 어릴 때 얼마든지 일어날 수 있는 천진한 장면이다.

　그런데 2연으로 가면 이 천진함이 슬픔으로 바뀐다. 화자에게

---

* 　홍장학, 『정본 윤동주 전집 원전 연구』, 문학과지성사, 2004, 55쪽.

부모가 계시지 않다는 사실이 드러나기 때문이다. 엄마는 돌아가셔서 하늘나라에 계시고 아버지는 돈을 벌기 위해 만주로 가셨다. 그러면 이들은 누가 돌보고 있는가. 그것은 이 문맥에서는 드러나지 않는다.

화자인 형은 그래도 사리 분별을 할 정도로 성장했을 것이다. 그러나 동생은 밤에 오줌을 지릴 정도로 어린 나이이니 엄마 아빠가 무척 보고 싶을 것이다. 그러니 밤에도 엄마 아빠를 그리워해서 엄마와 아빠가 계신 곳의 지도를 오줌으로 그려 남겼다고 상상한 것이다. 이렇게 읽으면 당시 가정이 붕괴한 척박한 현실의 모습이 전면에 부상하면서 그 척박한 환경 속에서도 애처롭지만 천진하게 유지되는 소년의 삶에 애정과 연민을 갖게 된다. 이것이 윤동주의 동시가 갖는 힘이다. 윤동주의 개작을 보고 "북간도의 애국 소년이었던" 화자가 "애처로운 소년 가장"이 되어 버렸다고 [*]아쉬워할 것이 아니라 더 동시다운 시로 변모했다고 반가워해야 할 것이다. 더군다나 후세에 누군가가 의도적으로 개작한 것이 아니라 윤동주 자신이 이렇게 개작했으니 우리는 그 뜻을 존중하여 정본 작품을 확정하고 작품의 진의를 충실히 감상하면 된다.

---

* 위의 책, 557쪽.

식권

식권은 하루 세 끼를 준다.

식모는 젊은 아이들에게
한때 흰 그릇 셋을 준다.

대동강 물로 끓인 국
평안도 쌀로 지은 밥
조선의 매운 고추장

식권은 우리 배를 부르게.

— 1936. 3. 20.

—

윤동주의 학업 생활을 솔직하게 표현한 작품이다. '식모'는 예전에 남의 집에 고용되어 집안일을 하는 여자를 지칭하는 말인데 여기에서는 식당에서 일하는 여자를 가리키는 말로 사용되었다. 용정에서 평양으로 유학 와서 기숙사에서 생활하니 하루 세 끼 분의 식권을 받았을 것이다. 한 끼 식사 때 식판에 흰 그릇 셋을 주는데 거기 "대동강 물로 끓인 국 / 평안도 쌀로 지은 밥 / 조선의 매운 고추장"이 담겨 있다고 했다. 밥과 국과 반찬을 지역의 특성으로 표현한 것이 이채롭다. 또 마치 대동강 물과 평안도 쌀에 어떤 정신이 깃들어 있는 것처럼 분명한 어조로 표현했다. 특히 "조선의 매운 고추장"이라는 말에는 고추장을 상용하는 조선인의 강인한 기질을 강조하는 의도가 담겨 있는 것 같다.

훗날 윤동주가 연희전문학교를 졸업할 무렵, 당숙에게 이상의 시 읽기를 권하면서 이상의 글에 매운 데가 있다는 말을 했다고 한다.* 이 말에 근거해서 윤동주가 겉과 속을 다르게 표현하는 이상의 풍자 수법에 관심을 가졌다는 논의를 펼친 이들도 있다.** "조선의 매운 고추장"을 의미 있게 보듯 이상의 문학에 대해서도 의미 있는 부분을 '매운 데'로 지칭했을 수 있다. "조선의 매운 고추장"이라는 말에는 조선인의 강인한 기질을 강조하려는 뜻이 분명히 담겨 있다.

윤동주는 평양의 숭실중학교로 전학 와서 평안도에서 대동강을

---

* 윤일주, 「윤동주의 생애」, 『나라사랑』 23, 1976. 여름호, 160쪽.
** 권오만, 『윤동주 시 깊이 읽기』, 소명출판, 2009, 139~235쪽.

옆에 두고 고추장 반찬의 식사를 하는 데서 어떤 자부심을 느낀 것 같다. 그것은 "식권은 우리 배를 부르게"라는 마지막 시행에서 의미의 완결을 보게 된다. 민족정기가 담긴 식사를 함께 나누고 함께 공부하는 학교생활이 우리의 정신과 육체를 성장시킨다는 사실을 확고히 자각하고 있었기에 이런 시가 나왔을 것이다. 그런 의미에서 평양의 숭실중학교에서 보낸 7개월은 짧은 기간이지만 그에게 중요한 의미가 담긴 귀중한 시간이라고 평가할 수 있다.

모란봉에서

앙당한 솔나무 가지에
훈훈한 바람의 날개가 스치고
얼음 섞인 대동강물에
한나절 햇발이 미끄러지다.

허물어진 성터에서
철모르는 여아女兒들이
저도 모를 이국 말로
재질대며 뜀을 뛰고.

난데없는 자동차가 밉다.

— 1936. 3. 24.

• **앙당한:** 정지용의 영향을 받은 시어로 '옴츠리고 있는'의 뜻으로 본다.

『정지용 시집』은 1935년 10월에 시문학사에서 간행되었다. 윤동주가 이 시집에 관심을 가지고 구입해서 소장한 날짜는 1936년 3월 19일로 기록되어 있다. 「모란봉에서」는 1936년 3월 24일에 쓴 것으로 되어 있는데, 이 시 첫머리에 나오는 "앙당한"이라는 단어는 윤동주의 다른 시에 보이지 않고 정지용의 시에 나오는 독특한 시어라서 『정지용 시집』을 읽고 영향받은 것으로 보인다.

윤동주가 유품으로 남긴 『정지용 시집』에는 "동주 장서藏書, 1936. 3. 19"라는 윤동주의 자필 기록이 남아 있다. 이 시집이 출간되었을 때 숭실중학교에 다니고 있던 윤동주는 바로 시집을 구매하지는 못했으나 열람은 했을 것이다. 윤동주 소장 『정지용 시집』에는 그가 시를 읽으며 남긴 표시와 문구가 여러 곳에 그대로 남아 있다.* 그가 정지용의 시를 정독하며 한 구절 한 구절을 깊이 음미하려 했음을 알 수 있다. 그렇기에 정지용 시에 사용된 독특한 시어를 자신의 시에 채용해 보려고 시도했을 것이다. 정지용의 시 「비로봉」에 "백화白樺 수풀 앙당한 속에 / 계절이 쪼그리고 있

* 이 자료는 왕신영 외 편, 『(사진판) 윤동주 자필 시고전집』(민음사, 1999)에서 확인할 수 있다.

다."라는 구절이 나온다. 여기서 '앙당한'은 '앙당그리다(춥거나 겁이 나서 몸을 옴츠리다)'에서 온 말로 추정되는데, '앙상한'과는 뉘앙스가 다르다. 윤동주도 이 말의 뜻을 어느 정도 파악하고, 소나무 가지가 앙상하다는 뜻이 아니라 몸을 옴츠리고 있다는 뜻으로 쓴 것 같다. '앙당한'과 '훈훈한'이란 말을 대비하여 아직 추위가 가시지 않는 봄날 소나무 가지에 봄바람이 불기 시작하는 상태를 표현했다.

대동강에는 아직 얼음이 남아서 한나절의 햇발이 표면에 반사되고 있다. 허물어진 성터에 여자아이들이 놀고 있는데 "저도 모를 이국 말로" 재잘댄다고 했다. 이국 말은 일본 말을 뜻한다. 일본 말을 재잘대는 어린아이와 '허물어진 성터'는 일제의 식민지로 전락하여 피폐해 가는 조선의 모습을 간접적으로 환유한 것이다. '모란봉'은 평양 금수산의 봉우리 이름이니 일제강점기에 그 주변 성터는 훼손된 채로 방치되어 있었을 것이다. 이 시기에 윤동주는 숭실중학교에서 신사참배 강요와 관련된 식민 정책의 만행을 직접 목격한 상태였다. 그런데 거기에서 노는 아이들이 학교에서 배운 일본어로 무어라 이야기하는 장면이 눈에 들어왔다. 아이들은 철이 없어서 학교에서 배운 일본 말을 자랑스럽게 사용했을 것이다. 당시의 상황을 누구보다 잘 아는 윤동주는 그 장면을 씁쓸한 마음으로 바라보았던 것이다.

그때 갑자기 자동차가 한 대 들이닥쳤다. 자동차가 오니 사람들이 물러서고 뛰어놀던 아이들도 놀이를 멈추고 피했을 것이다. 윤동주는 이 모든 상황의 변화가 심란하다. 자동차는 일제의 식민 통치를 상징하는 문명의 산물이며, 침략의 상징이다. 우리의 고유한 문화를 침해하는 수단이다. 신사 참배에 항의하는 뜻으로 자퇴를 앞둔 윤동주에게 학교에서 배운 일본 말을 분별 없이 재잘대는 아이들이나 근대 문명의 침략을 상징하는 자동차는 모두 부정적인 폐단의 상징이다. 곧 작별하게 될 모란봉과 대동강의 정경을 보여 주면서 무심히 보아넘길 만한 상황에서 현실에 대한 부정적 의식을 표현했다. 분명한 저항적 태도는 아니지만, 현실에 대한 윤동주의 예민한 반응을 엿보게 하는 작품이다. 민족의식에 바탕을 둔 현실에 대한 저항 의식은 이렇게 조금씩 그의 내면에 뿌리를 내리고 있었다.

황혼

햇살은 미닫이 틈으로
길쭉한 일자一字를 쓰고…… 지우고……

가마귀 떼 지붕 우으로
둘, 둘, 셋, 넷, 자꾸 날아 지난다.
쑥쑥, 꿈틀꿈틀 북쪽 하늘로.

내사……
북쪽 하늘에 나래를 펴고 싶다.

— 1936. 3. 25. 평양에서

——

• **우으로:** '위로'의 방언. 윤동주가 '위'를 한결같이 '우'로 써서 원문대
로 적는다.

—

　1936년 3월 25일에 평양에서 썼다고 했으니 숭실중학교가 신사참배 거부 문제로 혼란에 빠진 어수선한 시기에 썼을 것이다. 1935년 9월에 숭실중학교로 편입한 윤동주는 한 학년도 마치지 못한 상태에서 파란을 맞았다. 1935년 11월에 평남 도지사가 도내 각 학교에 신사참배 명령을 내렸는데 미국인 선교사 윤산온이 교장으로 있는 숭실중학교는 이에 불응했다. 12월에 신사참배를 거부하는 학생들의 집단행동이 있었고 이 일로 인해 윤산온 교장은 1936년 1월 20일 파면되었다. 윤산온은 3월에 미국으로 귀환했고 4월에 새 교장이 부임하자 숭실중학교 학생들은 동맹 퇴학으로 항의했다. 윤동주와 친구 문익환도 숭실중학교를 자퇴하고 용정의 광명학원 중학부로 편입하게 된다. 이러한 국면 전환기의 어수선한 상황에서 윤동주는 자신의 착잡한 심사를 시로 표현한 것이다.

　내용으로 보아 착상은 겨울 기운이 남아 있는 2월에 하고 3월 25일에 완결하여 기록에 남긴 것 같다. 겨울 햇살이 미닫이 틈으로 들어온 것을 "길쭉한 일자一字"를 쓴 것에 비유했다. 겨울 햇살이 약하고 태양의 고도가 낮아져 햇살이 방 안에 깊게 들어오니 길쭉한 일자 모양으로 보일 것이다. 그 햇살이 시간에 따라 변하니 일자를 쓰고 지운다고 표현했다. 이러한 변화를 관찰할 수 있었던 것은 화자가 아무 일도 하지 않고 무료하게 시간을 보냈기에 가능했을 것이다.

그렇게 무료한 겨울 오후에 밖을 보니 까마귀 떼가 지붕 위로 날아가는 모습이 보인다. 까마귀가 혼자 나는 법은 없으니 "둘, 둘, 셋, 넷"이라고 표현했다. 정확한 관찰의 결과다. 꿈틀꿈틀 하면서도 목적지인 북쪽 하늘을 향해 쑥쑥 날아가는 까마귀의 모습을 화자는 은연중에 부러워하고 있다. 자신도 가족이 있는 북쪽 북간도로 가고 싶기 때문이다.

3연에서 자신의 속마음을 솔직하게 드러냈다. "내사……"라고 자신에 대한 언급에 강조와 여운을 둔 것은 자기가 처한 상황을 강조하기 위함이다. 자신도 저 까마귀처럼 "북쪽 하늘에 나래를 펴고 싶"은 것이다. 앞에서는 자기 심정을 감추고 햇살의 모습만 보여 주고 까마귀 나는 모습만 보여 주다가 마지막에 자신의 심정을 솔직하게 드러냈다. 그러면서도 시는 암시의 문학이라는 것을 자각하고 있었기에 제목은 막연히 '황혼'이라고 했다. 황혼의 햇살이 가늘게 들어오고, 까마귀는 짝을 지어 하늘로 날아오르는데 자신의 위상이 어떠한가를 조심스럽게 표현했다. 향수의 감정에 젖어버릴 만한 상황에서도 절제의 균형을 잃지 않은 윤동주의 명석한 내면에 경의를 표한다.

종달새

종달새는 이른 봄날
질디진 거리의 뒷골목이
싫더라.
명랑한 봄 하늘
가벼운 두 나래를 펴서
요염한 봄노래가
좋더라.
그러나
오늘도 구멍 뚫린 구두를 끌고
훌렁훌렁 뒷거리 길로
고기 새끼 같은 나는 헤매나니
나래와 노래가 없음인가.
가슴이 답답하구나.

— 1936. 3. 평양

자필 원고에 시기를 표시한 후 "平. 想."이라고 적었는데, 평양에서 상념을 기록했다는 뜻일 것이다. 평양에서의 마지막 심상을 기록한 시라고 해도 좋겠다. 앞의 시 「황혼」에서는 자신의 마음을 까마귀에 의탁해 표현했는데, 이 시에서는 종달새에 희망의 마음을 투영하고 그와 다른 자신의 누추한 현실적 모습을 나타냈다. 계절이 2월에서 3월로 변했기 때문이다.

　2월은 우중충한 추위가 남은 상태에서 까마귀가 날고 3월은 명랑한 봄의 서광이 비치는 계절이니 종달새가 날아오른다. 종달새는 "질디진 거리의 뒷골목이 싫"어서 이른 봄날 명랑한 봄 하늘로 가벼운 두 나래를 펴서 "요염한 봄노래"를 부른다. 그러나 자신은 종달새에 맞추어 요염한 봄노래를 부를 처지가 못 된다.

　자신은 "구멍 뚫린 구두를 끌고 훌렁훌렁" 다니는 빈한한 처지다. 앞길에 당당히 서지 못하고 뒷거리 길을 헤매는 처지다. 그러한 자신의 위축된 처지를 "고기 새끼"에 비유했다. 이 고기 새끼의 비유가 어디서 유래했는지는 알 수 없다. 포유류에 속하는 고래가 새끼를 낳으면 새끼들이 어미 고래 주변을 유영하면서 젖꼭지에 매달려 젖을 빤다. 그 모습을 떠올리고 "고기 새끼 같은 나는 헤매나니"라고 표현한 것은 아닌지 상상해 본다.

　이렇게 자신의 처지를 나타낸 후 이 헤맴의 원인이 "나래와 노래가 없음인가"라고 물었다. '나래와 노래'는 운율이 맞는 시어의

짝이다. 종달새는 나래가 있고 노래가 있는데 사람인 화자는 그런 것이 없으니 사실에 맞는 서술이기는 하다. 그러나 다음에 "가슴이 답답하구나"라는 구절로 볼 때 이것이 단순한 사실을 진술한 것이 아님을 알 수 있다. 나래와 노래가 없다는 것은 자유가 없고 국권이 없다는 뜻이다.

윤동주는 숭실중학교의 신사참배 거부 문제를 경험하면서 국권 상실의 비애와 자유 박탈의 고통을 새롭게 체험했다. 이제 자의에 반하여 숭실중학교를 떠나 다시 용정으로 돌아가게 된 상황에서 자신의 처지를 돌이켜보니 이 비극이 자유의 날개가 없고 노래의 권리가 없음에서 온 것임을 절실하게 깨달았다. 나래와 노래를 잃은 식민지 백성으로 종달새보다 못한 처지가 되어 평양에서 용정으로 이주하게 된 암울한 심정을 이 시로 표현했다. 나래와 노래의 박탈, 이것이 자신의 존재론적 상황임을 새롭게 자각한 것만으로도 그의 평양 체류와 숭실중학교 재학 경험은 값진 것이었다. 이제 그는 짐을 싸 들고 고향 용정으로 향해야 했다.

닭

한 칸* 계사鷄舍 그 너머 창공이 깃들어
자유의 향토를 잊은 닭들이
시들은 생활을 주잘대고
생산의 고로苦勞를 부르짖었다.

음산한 계사에서 쏠려 나온
외래종 레그혼,
학원學園에서 새 무리가 밀려 나오는
삼월의 맑은 오후도 있다.

닭들은 녹아드는 두엄을 파기에
아담한 두 다리가 분주하고
굶주렸던 주두리가 바지런하다.
두 눈이 붉게 여물도록 ─

─ 1936년 봄

* 원문에는 '한 間'으로 되어 있으나 현대어에서는 한자어 '간'에서 온 말이지만 '칸'만 표
준어로 삼기 때문에 '칸'으로 표기한다.

- **주잘대고**: 표준어 '주절대고'의 작은 느낌의 말은 '조잘대고'인데, 여기서는 그 중간 단계의 느낌을 표현한 것 같아서 원문대로 적는다.
- **학원學園**: '학교'라는 뜻이 아니라 '학교의 정원'이란 뜻으로 쓰인 것 같다.
- **주두리**: '주둥이'의 방언.

1936년 봄에 썼는데 평양에서 쓴 것인지 용정에서 쓴 것인지 알 수 없지만 시의 내용으로 볼 때 평양에서 쓴 것 같다. 앞의 「모란봉에서」와 마찬가지로 현실에 대한 부정적 반응과 민족의식의 단면이 발견되기 때문이다. 시의 표현도 비유적인 암시의 기법을 사용하고 있다. 이 시에서 '닭', '외래종 레그혼', '새 무리' 등은 각기 다른 의미를 내포하고 있다. 시가 비유와 상징으로 구성된다는 원론적 사실을 이해하고 이 시를 창작한 것 같다.

닭을 가두어 놓은 계사(닭장)가 있고 그 너머에는 창공이 펼쳐져 있다. 닭장에 갇힌 닭들은 창공을 보지 못하고 답답한 생활을 한다. 윤동주는 자신을 포함한 당시의 학생들이 닭장에 갇힌 닭처럼 폐쇄된 생활을 하고 있다고 생각한 것이다. 닭들은 자유를 잃고 시들어 가는 생활을 불평하며 알을 낳고 고기만 남기는 괴로운 노역을 감당하고 있다. 닭이 주절대는 소리는 생활의 시름이며 폐쇄된 상황에 시달리는 신음이다. 이 음산한 닭장에서 가끔 외래종 레그혼이 쏠려 나올 때가 있다. 레그혼은 이탈리아 원산의 개량종으로 흰색 몸통을 지녔고 흰색 알을 낳는데 산란율이 높아서 새롭게 도입한 종이다. 윤동주는 높은 산란율 때문에 토종닭보다 우대받는 레그혼을 일본인으로 비유한 것 같다. 외래종 레그혼은 폐쇄된 생활의 고통에서 면제되어 있다고 생각하고, 똑같은 공간에서 생활해도 우대받는 부류가 따로 있다는 생각을 우회적으로 표현했다.

어떤 경우에는 닭장에서 해방되어 학교 동산에서 모두가 섞여 활동하는 삼월의 맑은 오후도 있다고 했다. 운동회 같은 행사를 이렇게 표현했을 것이다. 그런 예외적인 경우가 아니면, 그리고 외래종 레그혼 같은 신분이 아니면, 일반적인 닭들은 하루 종일 두엄 따위를 파헤쳐 먹이를 찾아야 한다. 윤동주는 닭의 가는 두 다리를 "아담雅淡한"이라고 표기했는데, 여리고 약한 모습을 나타내기 위해 사용했다면 이 표현은 잘못된 것이다. 앞의 '음산한'도 한자로 '陰酸'이라고 표기했는데 이런 한자는 사용하지 않고 '陰散'이 맞는 표기다. 어둡고 고생스러운 상황을 표현하기 위해 의도적으로 '陰酸'이라고 썼는지 모르겠다.

닭은 연약한 두 다리를 열심히 움직여 먹이를 찾으려 하지만 늘 굶주려 있다. 굶주린 주둥이를 부지런히 움직이는 닭의 모습은 당시 식민지 치하를 어렵게 살아가고 있는 궁핍한 조선 민족을 상징하는 것 같다. 먹이를 찾는 데 지친 닭의 두 눈이 붉게 '여물고' 있다고 했는데, 여기서도 "여물도록"은 잘못 사용된 말이다. '여물다'는 "과실이나 곡식 따위가 단단하게 잘 익다"라는 뜻의 긍정적인 단어다. 그런데 여기서는 먹이를 찾느라고 애를 써서 두 눈이 붉게 짓물러진 상태를 나타내려 한 것 같다. 이런 사실을 통해 당시 윤동주의 한국어 어휘 구사가 만족할 만한 수준이 아니라는 것을 짐작할 수 있다. 그리고 이것은 당시 일제 강점 상황에서 한국어 교육이 제대로 이루어지지 않았다는 사실을 방증한다.

그러나 윤동주는 언어의 미숙함을 넘어서서 당시의 식민지 현실을 암시적으로 표현해 보려는 의도를 지니고 있었고, 그것을 시의 양식을 빌려 충실히 실천했다. 윤동주의 민족의식과 저항의식이 하루아침에 형성된 것이 아님을 이런 작품을 통해 파악할 수 있다.

산상山上

거리가 바둑판처럼 보이고,
강물이 배암이 새끼처럼 기는
산 위에까지 왔다.
아직쯤은 사람들이
바둑돌처럼 벌여 있으리라.

한나절의 태양이
함석지붕에만 비치고,
굼벵이 걸음을 하던 기차가
정거장에 섰다가 검은 내를 토하고
또 걸음발을 탄다.

렌트 같은 하늘이 무너져
이 거리를 덮을까 궁금하면서
좀 더 높은 데로 올라가고 싶다.

— 1936. 5.

—

이 시를 쓴 5월은 윤동주가 광명학원 중학부 4학년으로 편입하여 다닌 지 한 달쯤 지난 시점이다. 윤동주의 두 번째 원고 묶음인 『창』에도 수록되어 있는 것으로 볼 때 윤동주가 아낀 작품으로 판단된다. 전체적으로 이 시는 감정 표현이 절제되어 있고 정경의 외곽을 묘사하는 내용으로 구성되어 있다. 윤동주가 다닌 광명학원은 일본인이 운영하는 친일계 학교로 알려져 있다. 기독교계 학교인 숭실중학교와는 아주 다른 분위기의 학교에 다니기 때문에 혼자 시를 쓰는 자리에서도 마음의 긴장을 유지하고 감정 표현을 자제했을 가능성이 있다.

산 위에 오르니 거리가 바둑판처럼 보이고 강물은 뱀이 기어가듯이 구부러져 보인다. 바둑판처럼 펼쳐진 거리에 사람들이 바둑돌처럼 벌어져 움직일 것이라고 상상했다. 한국어 어휘 구사에 능숙지 않은 윤동주인지라 '지금쯤은'의 뜻으로 "아직쯤은"이라는 단어를 썼다. 이 시에 의하면 윤동주는 아침 일찍 산에 올라 아래를 내려다보았고, 시간이 조금 지나 한나절의 태양이 아래를 비추는 장면을 보게 되었다.

함석은 표면에 얇은 아연을 입힌 철판이다. 얇은 철판이라 무게가 가볍고 아연을 입혀 부식을 방지했기 때문에 건축재로 많이 쓰였다. 함석지붕은 초가지붕과 기와지붕의 중간 수준의 형태로, 함석지붕의 건물이 보인다는 것에서 장소가 농촌이 아니라 도시라는 사실을 알 수 있다. 함석지붕에 햇빛이 반사되어 두드러지게 보이는 장면을 표현한 것이다. 용정역이 내려다보이는지 천천히 움직이던 기차가 멈추어 섰다가 검은 연기를 토해 내며 다시 움직이는 모습도 묘사했다. 검게 피어나는 연기를 보며 윤동주는 뜻밖에도 "텐트 같은 하늘이 무너져 / 이 거리를 덮을까" 염려했다. 무겁게 피어오르는 검은 연기를 보며 하늘이 무너져 거리를 검게 덮지 않을까 걱정한 것이다.

여기서 "텐트 같은 하늘"은 앞에서 본 「창공」에 "천막 같은 하늘"로 유사한 비유가 사용된 적이 있다. 「창공」에서는 천막 같은 하늘 밑에 번개가 치고 소나기가 내리는 모습이 묘사되었다. 여기에서도 하늘이 내려앉을 것 같은 무겁고 음산한 모습이 제시되었다. 그런 불길한 상상을 하면서 화자는 "좀 더 높은 데로 올라가고 싶다"라는 소망을 나타냈다. 바둑판 같은 거리를 벗어나 검은 연기 피어나는 역에서도 더 올라가, 너저분한 모습이 보이지 않는 더 맑고 깨끗한 공간으로의 상승을 도모한 것이다. 현실을 넘어서서 더 나은 곳으로 상승하고자 하는 윤동주의 지향을 엿볼 수 있는 작품이다.

오후의 구장球場

늦은 봄 기다리던
토요일 날.
오후 세 시 반의 경성행 열차는
석탄 연기를 자욱이 품기고
소리치고 지나가고

한 몸을 끄을기에 강하던
공이 자력磁力을 잃고
한 모금의 물이
불붙는 목을
축이기에 넉넉하다.
젊은 가슴의 피 순환이 잦고
두 철각鐵脚이 늘어진다.

검은 기차 연기와 함께
푸른 산이
아지랑 저쪽으로

까라앉는다.

— 1936. 5.

- **품기고**: 풍기고.
- **아지랑**: '아지랑이'의 방언.
- **까라앉는다**: 가라앉는다. 윤동주는 함경도 방언의 영향으로 경음을
  많이 사용했는데, 그 어감을 살려 그대로 적는다.

「산상」과 같은 날짜의 작품으로 되어 있으니 광명학원 중학부
시절의 작품이다. 동생 윤일주 교수와 친구 문익환 목사의 증언에
의하면 윤동주는 은진중학교 시절부터 축구부원으로 활동하여 선
수로 뛰고, 재봉틀을 이용해서 부원들 유니폼에 직접 번호표를 달
아 주기도 했다고 한다.[*] 은진중학교 시절부터 축구를 좋아했으니
광명학원 시절에도 운동장에서 공을 찼을 것이다. 이 시에는 운동
장에서 공을 차고 힘차게 뛰는 젊은 학생의 모습이 그려진다.

앞의 「산상」에도 철도역의 풍경이 나왔는데 이 시에도 경성행

---

* 송우혜, 앞의 책, 109쪽~110쪽.

열차가 나오는 것으로 보아 광명학원 옆에 철도역이 인접해 있었는지도 모르겠다. 5월에 쓴 작품이라 계절이 "늦은 봄"으로 제시되었다. 늦은 봄 토요일 오후 세 시 반이라면 적막한 시간이다. 경성으로 떠나는 열차가 석탄 연기를 뿜으며 기적 소리를 내고 지나간다. 군이 '경성행 열차'라고 밝힌 것은 한반도의 수도인 경성(서울)에 대한 지향이 마음에 있었기 때문일 것이고, 기차가 떠난 다음에는 다시 적막한 기운이 퍼졌을 것이다.

윤동주는 빈 운동장에서 공을 차며 숨이 차도록 운동하는 자기 모습을 상당히 구체적으로 표현했다. "한 몸을 끄을기에 강하던 공"은 앞에서 본 열차의 움직임에서 연상된 표현일 것 같다. 열차가 자신의 동력으로 육중한 차체를 끌고 앞으로 나아가듯이 자신도 자기 몸을 끌어당기는 공을 앞으로 차며 달리고 움직인다는 뜻이다. 공이 멈추자 비로소 가쁜 숨을 몰아내며 갈증을 느끼고, 한 모금의 물로 목을 축인다. 맥박이 빠르게 뛰는 것을 "젊은 가슴의 피 순환이 잦고"라고 표현했다. 자기 자신을 '젊은 가슴'이라고 했으니 스스로 어리다고 보지 않고 청년으로 인식하고 있음을 알 수 있다. 중학부 4학년이지만 세는나이로 스무 살이니 '젊은 가슴'이라고 쓴 것이다. 그리고 자기 다리를 '철각'이라고 표현한 데서 자신을 약골로 보지 않고 건강한 청년으로 인식하고 있음을 알 수 있다. 그러나 너무 열심히 뛰어 강철 같은 다리도 힘이 빠졌다.

역이 가까운 운동장이라 기차 연기가 연이어 피어난다. 기차 연기 피어오르는 사이로 푸른 산이 아지랑이 너머로 가라앉는다고 했다. 정경의 색감으로 볼 때 아지랑이는 봄의 기운을 나타내고 기차 연기는 검은 장막의 암울함을 나타내며 푸른 산은 희망의 상태를 표상한다. 이 장면은 아지랑이 피어나는 몽롱한 상태에 검은 기차 연기를 뚫고 푸른 산이 보이는 모습을 나타낸 것이다. 앞의 「산상」이 "좀 더 높은 데로 올라가고 싶다."라고 끝나서 상승의 지향을 나타낸 것처럼 이 시에 제시된 '푸른 산'도 검은 연기를 뚫고 솟아오른 희망의 상징으로 읽힌다. 그는 자신의 '철각'을 디디고 일어나 검은 연기를 뚫고 푸른 산을 향해 나아가고 싶은 것이다. 그러나 내성적인 청년답게 이러한 마음을 직선적으로 드러내지 않고 정경을 통해 간접적으로 섬세하게 드러냈다.

이런 날

사이좋은 정문의 두 돌기둥 끝에서
오색기와 태양기가 춤을 추는 날
금을 그은 지역의 아이들이 즐거워하다.

아이들에게 하루의 건조한 학과學課로
햇말간 권태가 깃들고
'모순' 두 자를 이해치 못하도록
머리가 단순하였구나.

이런 날에는
잃어버린 완고하던 형을
부르고 싶다.

— 1936. 6. 10.

—

- **학과**學課: '국문학과' 같은 학과의 뜻이 아니라 배움의 과정, '과목'이라는 뜻이다.

—

역시 광명학원 중학부 시절의 작품으로 운동회 같은 행사 날 쓴 것 같다. 광명학원은 일본인이 운영하는 친일계 학교이기 때문에 국책에 철저히 순응하여 교문 두 기둥에 일장기와 오색기를 달았다. 일장기에는 붉은 원이 그려져 있는데, 그 붉은 원이 태양을 상징한다고 해서 '태양기'라고 한다. 오색기는 일제가 세운 괴뢰 국가 만주국의 국기다. 만주국은 오족협화五族協和를 내세웠다. 일본인, 조선인, 한족漢族, 만주족, 몽골족이 화합하여 세운 나라라는 뜻이다. 그래서 국기도 오색기를 사용했다. 만주국 용정의 광명학원이면 오색기만 걸면 되는데 배후의 조종자인 일본 국기도 함께 내세웠다. 친일계 학교이기에 더욱 그랬을 것이다.

예민한 민족주의자 윤동주의 눈에 그 모순된 장면이 먼저 비쳤다. "사이좋은 정문의 두 돌기둥 끝에서 / 오색기와 태양기가 춤을 추는 날"에서 '사이좋은'은 겉으로 드러난 허구적 모습을 풍자한 말이다. 지배자인 일본과 피지배자인 네 종족이 있는데 어떻게 사이가 좋을 수 있겠는가. 그리고 두 국기가 사이좋게 춤을 춘다는 것도 위장된 평화의 모습이다. 요컨대 윤동주는 어떤 기념일에 두 국기가 나란히 걸려 있는 상황을 '모순'이라고 보고 그것을 은 근히 풍자한 것이다. 처음에는 제목을 '모순'이라고 적었다가 자 기 검열을 거쳐 '이런 날'로 수정했다.

"금을 그은 지역의 아이들이 즐거워하다"도 암시적 표현이다. 금을 그어 아이들을 구분하고 행동 반경을 나누어 놓았는데, 그 아이들이 즐거워한다는 것은 모순이다. 아이들에게는 기념행사 자체가 권태로울 뿐이다. 아이들이 배우는 건조한 학과 내용이 바 로 '권태'라고 윤동주는 풍자했다. 권태에 잠긴 아이들은 머리가 단순해져서 현실의 모순을 보고서도 그것을 모순으로 인식하지 못한다. 이러한 현실의 모순을 치밀하게 인식한 사람은 지금은 볼 수 없는 "완고하던 형"이다. 이렇게 현실의 모순이 절박하게 다가 오는 날에는 그 형의 이름을 부르고 싶다고 고백했다. 그 형의 이 름은 지금은 잘 알려진, 윤동주의 고종사촌 형 송몽규다.

앞에서 윤동주의 「초 한 대」를 설명할 때 언급했던 송몽규는 윤동주보다 석 달 먼저 태어나 은진중학교를 함께 다녔다. 그는 1935년 4월경 용정을 떠나 대한민국 임시정부가 있던 남경으로 가서 독립운동의 길을 모색했다. 중앙군관학교에 입교하여 교육 을 받고 김구 휘하에서 활동하다가, 다시 산동성 성도 제남濟南으 로 넘어가 독립운동 활동을 하다가 1936년 4월 일본 경찰에 체포 되었다. 일제에 구속되어 5개월 동안 갖은 고초를 겪고 출소하여 9월에 용정으로 돌아왔으나 이후 일본 고등계 형사의 지속적인 요시찰 감시 대상이 되었다.

윤동주가 이 시를 쓰던 1936년 6월에 송몽규는 일본 경찰에 체포되어 치안유지법 위반 혐의로 조사를 받고 있었다. 따라서 그의 이름을 거명하는 일은 조심스러웠겠지만 마음속으로는 독립운동에 투신한 송몽규의 행동이 자랑스러웠을 것이다. 송몽규는 민족의 모순을 보고 그냥 지나치지 않고 모순에 저항하여 행동의 길을 찾아 나선 의인이다. 그러나 자신을 포함한 용정의 아이들은 모순을 모순으로 인식하지 못하는 단순함에 머물고 있다. 윤동주는 이 사실에 부끄러움을 느끼며 형을 부르고 싶다고 말한다. 훗날의 시에 자주 등장하는 '부끄러움'이라는 말은 사용하지 않았지만 여기서 느끼는 감정은 바로 부끄러움 그 자체다. 이렇게 윤동주는 시를 통해 행동하지 못하는 나약한 자아의 모습에 부끄러움을 느끼며 민족의식을 간접적으로 표현했다. 윤동주의 자아의식이 서서히 형성되어 가는 양상을 시를 통해 어느 정도 선명하게 파악할 수 있다.

양지쪽

저쪽으로 황토 실은 이 땅 봄바람이
호인胡人의 물레바퀴처럼 돌아 지나고
아롱진 4월 태양의 손길이
벽을 등진 설운 가슴마다 올올이 만진다.

지도째기 놀음에 뉘 땅인 줄 모르는 애 둘이
한 뼘 손가락이 짧음을 한함이여.

아서라! 가뜩이나 엷은 평화가
깨어질까 근심스럽다.

— 1936. 6. 26.*

---

* 윤동주 자필 원고에는 처음에 창작 시점을 "1936. 봄"이라고 적었다가 나중에 "6. 26."
으로 다시 적었다.

- **지도째기**: '땅따먹기'의 유사어로 '땅재기', '땅재먹기' 등의 단어가
  사전에 등재되어 있다. '땅재기'란 말 대신에 '지도재기'라는 말을 쓰
  면서 함경도 방언의 경음을 살려 '지도째기'로 표기했다.

앞의 시와 마찬가지로 민족의식이 투영되어 있는데 여기서는
상상력을 동원하여 어린이들의 놀이에 영토의 문제를 끌어들였
다. 윤동주가 살고 있는 만주 용정 지역도 종족과 영토에 관한 갈
등이 늘 잠복해 있었다. 잘살아 보자는 뜻으로 오족협화라는 구
호를 내세웠지만 그 용어 안에 이미 다섯 종족의 갈등이 내포되어
있었다. 만주제국이라는 허울 좋은 이름 아래 어울려 살기에는 종
족 간의 이질감이 너무 컸으며, 토지소유권과 경작권을 둘러싼 분
쟁도 끊이지 않았다. 윤동주가 사는 지역은 조선인 집단 거주지로
중국인이나 만주인과 미묘한 대립을 이루고 있었다. 그런 갈등의
요소가 있었기에 아이들의 천진한 놀이를 소재로 한 작품에도 영
토의 문제가 떠올랐을 것이다.

여기서 '호인胡人'은 만주인을 가리키고 황토 실은 봄바람은 만
주 지역의 풍토를 나타낸다. 만주인들이 실을 뽑거나 옷감을 만들
때 물레를 많이 이용했기에 물레바퀴처럼 봄바람이 돌아 나간다
고 표현했다. 4월 햇살이 온화하게 비출 만도 한데 "벽을 등진 설

운 가슴"을 만진다고 했다. 봄바람이 지나간 4월의 태양이 어둡고 서러운 가슴을 어루만진다고 본 것이다. 봄의 햇살이 어루만져 어둠과 설움이 가라앉았다는 말은 없다. 그냥 벽을 등진 서러운 가슴을 만진다고 서술했을 뿐이다.

그렇게 밝지 않고 오히려 음울하게 보이는 4월 하늘 아래 어린아이 둘이 땅따먹기 놀이를 하고 있다. "지도째기 놀음"이 어떤 형태의 놀이인지 알 수 없으나 전후의 문맥으로 볼 때 손가락으로 돌을 퉁겨 자기 소유의 땅을 넓혀 가는 놀이임을 짐작할 수 있다. 땅을 차지하기 위해서는 손가락으로 돌을 잘 퉁겨야 하는데 손가락이 긴 아이가 유리할 것이다. 그러니 손가락이 짧은 것을 한탄하는 아이도 있었을 것이다. 모든 놀이는 경쟁인지라 이기는 아이가 있으면 지는 아이가 있다. 그러다 보면 두 아이가 다툼을 벌이기도 한다. 그렇게 다툼을 벌이지만 그 땅은 정작 누구의 소유인가? 땅은 만주 땅이요 경작권은 조선인에게 있고 지배권은 일본에 있는 것이 아닌가? 정색하고 땅의 소유를 따진다면 심각한 문제가 발생할 수 있다. 그래서 화자는 "아서라! 가뜩이나 얇은 평화가 / 깨어질까 근심스럽다."라고 끝맺었다.

이 말에는 오족협화를 내세우는 당시 만주제국의 현실에 대한 풍자의 뜻이 담겨 있다. 이미 19세의 성숙한 나이로 중학 과정을 밟는 윤동주는 사리 분별을 할 수 있는 의식을 지니고 있었다. 일본 통치 세력이 유지하는 정세는 그야말로 표면적인 "얇은 평화"이고 그 평화는 언제든 깨어질 수 있는 위장의 관념이다. 윤동주는 어린아이들의 놀이를 소재로 한 우화 형식의 작품을 통해 자신의 현실 인식과 민족의식을 우회적으로 드러냈다. 시의 형식이 어떠한 형태를 취하든 내면의 민족의식은 저절로 모습을 드러낸다는 사실을 확인하게 된다.

산림

시계가 자근자근 가슴을 때려
하잔한 마음을 산림이 부른다.

천년 오래인 연륜에 짜들은 유암幽暗한 산림이
고달픈 한 몸을 포옹할 인연을 가졌나 보다.

산림의 검은 파동 우으로부터
어둠은 어린 가슴을 질밟는다.

발걸음을 멈추어
하나, 둘, 어둠을 헤아려 본다.
아득하다.

문득 이파리 흔드는 저녁 바람에
솨— 무섬이 옮아오고

멀리 첫여름의 개고리 재질댐에

흘러간 마을의 과거가 아질타.

가지, 가지 사이로 반짝이는 별들만이
새날의 향연으로 나를 부른다.

— 1936. 6. 26.

———

- **질밟는다:** '지르밟는다'(내리눌러 밟는다)의 준말. 최종본에 해당하는 자필 원고에 이 부분 표기가 불분명하다. 조재수,『윤동주 시어 사전』(연세대학교 출판부, 2005), 560쪽의 판독을 따라 "짓밥고"를 약한 뜻의 "질밥는다"로 수정한 것으로 보고, '질밟는다'로 적는다.
- **재질댐:** '재잘댐'이라는 뜻인데 윤동주가 일관되게 "재질댐"이라고 적고 있어 원문대로 적는다.
- **아질타:** '아질하다'의 준말. 갑자기 정신이 아득하고 조금 어지럽다.

———

이 시의 윤동주 자필 원고는 세 종류가 존재한다. ① '나의 습작기의 시 아닌 시'라는 원고와 ② '창'이라는 다음 단계의 원고, 그리고 ③ 낱장 형태로 남아 있는 원고에 각각 다른 형태로 남아 전한다. 이 세 원고 중 어느 것을 정본으로 삼는가가 문제다. ①, ②, ③을 비교해 보면 ③이 가장 나중에 기록한 원고임을 알 수 있다.

①을 바탕으로 수정한 것이 ②고, ②를 수정한 것이 ③이다. ③에는 ①, ②에 없는 새로운 구절도 들어 있다. 다만 원고지에 어수선하게 가필이 되어 있어서 어떻게 수정한 것인지 정확히 파악할 수 없는 것이 문제다. 홍장학은 세 문헌을 세밀히 검토하여 최종본에 해당하는 원본을 확정했다.* 나도 홍장학의 의견을 따라 ③을 최종본으로 보고 정본으로 삼았다.

기존의 윤동주 시집에는 대부분 ②의 형태가 수록되어 있다. 그러나 ③이 윤동주가 직접 수정한 최종의 작품이기 때문에 앞으로는 ③을 정본으로 삼아야 할 것이다. 참고로 ②의 원고를 정본 형태로 제시하면 다음과 같다.

　　시계가 자근자근 가슴을 때려
　　불안한 마음을 산림이 부른다.

　　천년 오래인 연륜에 짜들은 유암幽暗한 산림이
　　고달픈 한 몸을 포옹할 인연을 가졌나 보다.

　　산림의 검은 파동 우으로부터
　　어둠은 어린 가슴을 짓밟고

---

* 　홍장학, 앞의 책, 102~104쪽.

이파리 흔드는 저녁 바람이

솨— 공포에 떨게 한다.

멀리 첫여름의 개고리 재질댐에

흘러간 마을의 과거는 아질타.

나무 틈으로 반짝이는 별만이

새날의 희망으로 나를 이끈다.

    수정한 부분을 검토해 보면 우선 1연의 '불안한'을 '하잔한'으로 바꾼 것이 눈에 띈다. '하잔한'은 윤동주에게 영향을 준『정지용 시집』에는 나오지 않는 시어다. 정지용 시에 '하잔한'이 등장하는 것은 「옥류동」(『조광』, 1937. 11.)이 처음이다. 만일 윤동주가 이 시를 읽고 앞의 "불안한"을 "하잔한"이라고 수정한 것이라면, 이 구절의 수정 시점은 1937년 11월 이후가 된다. 윤동주는『영랑 시집』도 정독했다고 하는데, 『영랑 시집』에는 '하잔한'이라는 시어가 두 번 등장한다. 『영랑 시집』은 1935년 11월에 간행되었고, 윤동주가 소장한 것은 1937년 10월 15일로 되어 있다. 윤동주는 정지용의 시 「비로봉」과 「구성동」이 게재된 「수수어 2」(『조선일보』 1937. 6. 9.)도 스크랩해 두었다. 「수수어 2」에는 아끼는 작품 「옥류동」을 박용철이 분실했다는 내용도 나온다. 이 「옥류동」이 발표된 『조광』 지면도 보았을 가능성을 배제할 수 없다. 『조광』은 조선일보사에서 간행한 월간 종합잡지로 많은 판매 부수를 자랑했다. 이런 정황으로 볼 때 윤동주가 김영랑과 정지용의 시를 읽고 그 영향으로 '불안한'을 '하잔한'으로 고쳤을 가능성이 있으며, 그 시점은 1937년 11월 무렵으로 추정된다.

'하잔한'은 '허전한'에 가까운 말로 약간 외롭고 쓸쓸하다는 뜻이다. 그러니까 윤동주는 시어 '불안한'이 느낌이 강하다고 보고 이 말을 '하잔한'으로 바꾼 것이다. 이와 함께 "짓밟고"는 "질밟는다"로 고쳐서 '함부로 마구 밟다'라는 뜻을 '내리눌러 밟다'로 약화했다. 저녁 바람이 마음을 공포에 떨게 한다는 것도 "무섬이 옮아오고"로 부드럽게 바꾸었다. 그리고 "새날의 희망으로 나를 이끈다"라는 적극적인 긍정을 "새날의 향연으로 나를 부른다."로 돌려서 표현했다. 요컨대 감정적으로 극화된 표현을 부드럽게 순화하고 약화하는 방향으로 수정이 이루어졌음을 알 수 있다. 뚜렷한 개작 의식을 가지고 일관되게 퇴고한 것이다.

첫 행 "시계가 자근자근 가슴을 때려"는 정지용의 영향을 받은 어구임이 확실하다. 정지용의 「이른 봄 아침」에 나오는 "참한 은 시계로 자근자근 얻어맞은 듯"과 「시계를 죽임」에서 자신의 뇌수를 쪼던 시계의 초침 소리에서 느꼈던 '불길함'이 「산림」에서는 '불안한 마음'으로 변형되었고 나중에 '불안한'을 '하잔한'으로 바꾸어 그 느낌을 축소했다. 시계가 자꾸 신경을 자극하니까 허전한 마음에 산림을 향하게 된다고 했다. 천년 연륜을 지닌 그윽한 산림은 고달픈 몸을 받아들일 너그러움을 갖고 있을 것 같지만, 어둠에 가려 산림의 모습은 드러나지 않고 밤의 검은 파동이 어린 가슴을 내리누를 뿐이다. 다시 발걸음을 멈추어 어둠 속을 헤아려 보지만 아득하기만 하다. 문득 이파리를 흔드는 저녁 바람에 두려운 마음이 몰려든다. 첫여름 개구리 울음소리가 시끄럽게 들리고 흘러간 과거사가 어지럽게 떠올라 마음이 혼란스럽다. 어느덧 나뭇가지 사이로 별들이 떠올라 새날의 향연으로 자신을 부르는 것 같다. 뚜렷한 희망의 징조는 아니지만 어둠의 불안을 벗어나 조금 나은 상태로 자신을 이끌 것 같은 느낌을 갖는다.

첫여름의 개구리 소리 요란하고 저녁이 늦게 저무는 것으로 보아 6월 하순 무렵의 계절감이 드러난다. 윤동주는 여름이 다가오는 어느 저녁에 까닭 모를 불안감을 느끼며 과거와 현재 사이에서 동요한다. 그러나 현재의 어둠을 넘어서서 새날의 서광을 기다리는 마음을 가지려 한다. 묘하게 다가오는 불안과 두려움의 정체를 파악하지 못하지만 거기에 사로잡히지 않고 미래의 밝은 세계로 나아가려는 향일성을 지니고 있다. 현실 상황의 모순에서 오는 불안감과 그것을 넘어서려는 젊은 윤동주의 의식이 묘하게 엇갈리면서 청춘의 시계가 움직이고 있다.

곡간 谷間

산들이 두 줄로 줄달음질치고
여울이 소리쳐 목이 잦았다.
한여름의 햇님이 구름을 타고
이 골짜기를 빠르게도 건너련다.

산 등아리에 송아지 뿔처럼
울뚝불뚝히 어린 바위가 솟고,
얼룩소의 보드러운 털이
산 등서리에 퍼―렇게 자랐다.

3년 만에 고향에 찾아드는
산골 나그네의 발걸음이
타박타박 땅을 고눈다.
벌거숭이 두루미 다리같이……

헌 신짝이 지팡이 끝에
모가지를 매달아 늘어지고,

까치가 새끼의 날발을 태우려 날 뿐,

골짝은 나그네의 마음처럼 고요하다.

— 1936년 여름

—

- **등아리**: '등서리'와 마찬가지로 '등성이'의 뜻일 것이다. '산등성이'는
  하나의 단어로 등재되어 있지만 '등아리', '등서리'는 낯선 단어이므
  로 띄어 쓴다.
- **고눈다**: '겨누다'의 뜻이지만, 여기서는 '디디다'의 뜻으로 읽힌다.
- **날발을 태우려**: '걸음발을 타다'라는 말은 "어린애가 걸음걸이를 익히
  다"라는 뜻이다. '날발을 타다' 역시 "나는 법을 익히다"의 뜻으로 추
  정된다.

—

　윤동주 자필 원고 두 권에 작품이 기록되어 있다. ① '나의 습
작기의 시 아닌 시'라는 원고와 ② '창'이라는 원고에 작품이 남
아 전하는데, ①보다는 ②가 정제되어 있고, ①의 어지럽게 가필
된 부분을 단정하게 ②에 옮겨 적은 후 마지막 연은 선명한 직선
을 그어 삭제했다. 작품의 구성으로 볼 때 삭제한 퇴고 이후의 작
품이 훨씬 완결미가 있다. 따라서 삭제하고 종결지은 ②의 형태를

정본으로 삼아야 할 것이다. 참고로 삭제된 부분을 제시하면 다음과 같다.

> 갓 쓴 양반 당나귀 타고 모른 척 지나고,
> 이 땅에 드물던 말 탄 섬나라 사람이
> 길을 묻고 지남이 이상한 일이다.
> 다시 골짝은 고요하다 나그네의 마음보다.

지배 계층으로서의 양반이 등장하고 낯선 일본인이 등장한다고 해서 현실 인식이 표나게 드러나는 것도 아니고 시의 문맥에서는 오히려 군더더기가 될 뿐이다. 그러니 이 대목을 과감히 삭제한 윤동주의 판단은 옳았다고 본다.

'곡간谷間'은 흔히 쓰는 한자어는 아닌데 '골짜기'란 뜻으로 쓴 것 같다. "산들이 두 줄로 줄달음질"친 그 사이가 골짜기일 것이다. 산줄기가 두 갈래로 형성된 사이에 여울이 있고 여울물 소리가 계속 울려 나와 목이 잠길 지경이다. 여기서 "여울이 소리쳐 목이 잦았다"는 정지용의 「압천」에 나오는 "목이 자졌다…… 여울물소리……"의 영향을 받은 것이다. 정지용 시구의 정확한 의미는 모른 채 느낌만으로 어구를 옮겨 적었을 것이다.

한여름의 초록빛 산이 두 줄기로 펼쳐져 있고 여울은 끊임없이 소리 내며 흐르고 하늘에는 구름을 넘어 해가 골짜기를 건넌다. 산등성이에는 바위들이 송아지 뿔처럼 솟아 있고 그것에 어울리는 모양으로 얼룩소의 털 같은 풀이 산등성이에 퍼렇게 자랐다. 그런 정경을 배경으로 산골 나그네가 3년 만에 고향으로 찾아온다. 왜 3년이라는 시점을 지정한 것일까? 정확한 이유는 알 수 없지만 3년 동안 고향에 오지 못하고 객지에서 어떤 활동을 했다는 사실과 그 안에 담긴 말 못 할 사연을 짐작할 수 있을 뿐이다.

그 나그네는 "벌거숭이 두루미 다리같이" 타박타박 땅을 밟는다고 했다. 상당히 누추하고 피폐한 모습으로 고향 땅을 밟는 것이니 3년 동안 고초를 겪었음을 짐작할 수 있다. '고눈다'라는 말에는 단순히 땅을 밟는다는 의미가 아니라 단단히 다져 디딘다는 의미가 담겨 있는 듯하다. 어떤 의식을 지니고 각오를 단단히 하고 신중한 분위기로 땅을 밟으며 돌아온다는 느낌을 받는다.

오래 걸어서 신을 바꾸어 신었기 때문에 지팡이 끝에 달아 놓은 헌 신짝이 늘어져 있다. 행색은 남루하지만 나그네의 심중은 어떤 결의가 담긴 것 같다. "까치가 새끼의 날발을 태우려" 난다고 정확히 알 수 없는 내용의 말을 했다. 까치가 새끼에게 나는 법을 가르치려고 난다는 의미로 해석된다. 까치의 행동은 미래를 향하고 있다. 윤동주는 이 사실을 통해서 무엇인가를 암시하려 했을 것이다. 비록 나그네가 지치고 남루한 모습으로 돌아오지만 까치가 새끼에게 나는 법을 가르치려 하듯이 그 나그네도 미래를 위해 무언가를 가슴에 품고 있다는 뜻이다. "골짝은 나그네의 마음처럼 고요하다."라는 시행은 겉으로는 침묵을 지키고 있지만 속에서는 미래를 향한 몸짓이 조심스럽게 싹트고 있음을 암시한다. 골짜기는 고요하고 햇살도 산림도 움직임이 없지만 여울은 쉬지 않고 소리를 내고 산줄기는 두 줄로 줄달음치고 있다. 윤동주는 정적인 정경 안에 도사리고 있는 행동의 가능성을 암시하면서 정과 동이 교차하는 미묘한 현실감을 표현했다.

빨래

빨랫줄에 두 다리를 드리우고
흰 빨래들이 귓속 이야기하는 오후,

쨍쨍한 칠월 햇발은 고요히도
아담한 빨래에만 달린다.

— 1936. 7.(추정)

———

　동심의 천진성과 의인화의 상상력이 돋보이는 작품이다. 자필
원고에 연도만 기재되어 있는데, 시에 7월이란 시점이 나오므로
1936년 7월의 작품으로 추정한다. 평범한 대상인 빨래를 의인화
하여 재미있게 구성했다. 일상의 소재도 정다운 눈길로 살펴보고
시의 소재로 변용하는 시인다운 감성을 엿볼 수 있다.
　빨래가 빨랫줄에 걸려 있는 모습을 빨래들이 다리를 드리우고

있다고 했다. 마치 아이들이 철봉에 다리를 걸듯이 빨래가 빨랫줄에 다리를 걸고 아래로 드리워 있다고 상상한 것이다. 그렇게 다리를 드리운 하얀 빨래들이 정다운 벗들처럼 서로 귓속말을 나눈다고 상상했다. 참으로 천진한 상상이다.

이러한 빨랫줄에 햇살이 비치는 모양도 재미있게 표현했다. 쨍쨍한 칠월 햇발이 고요히 내리쬔다는 것은 누구라도 할 수 있는 말이다. 그런데 그 햇살이 "아담한 빨래에만 달린다"고 했다. 여기서 '달린다'가 뛰어간다는 뜻인지, 매달린다는 뜻인지는 불분명하다. 앞의 뜻이라면 신선한 비유를 구사한 것이고, 뒤의 뜻이라면 평범한 서술을 한 것이다. 어느 쪽이든 햇살이 빨래를 환하게 비춘다는 뜻이다.

그러면 햇살이 아담한 빨래에만 달린다는 것은 무슨 뜻일까? 거칠게 널어 놓은 빨래에는 햇살이 제대로 비치지 않고 단정하게 널어 놓은 빨래에 더 잘 비친다는 뜻일 것이다. 아담한 빨래에만 햇살이 달려들어 빨래를 말리게 한다면 빨래를 널 때도 단정하게 널어야 할 것이다. 무질서를 꺼리고 단정한 외형을 좋아하는 윤동주의 의식을 엿볼 수 있는 작품이다. 모범적인 정신과 태도로 생활에 임하며 시의 꿈을 단정하게 키워 갔음을 알 수 있다.

빗자루

요―리 조리 베면 저고리 되고
이―렇게 베면 큰 총 되지.
　　누나하고 나하고
　　가위로 종이 쏠았더니
　　어머니가 빗자루 들고
　　누나 하나 나 하나
　　엉덩이를 때렸소
　　방바닥이 어지럽다고―

　　아니 아―니
　　고놈의 빗자루가
　　방바닥 쓸기 싫으니
　　그랬지 그랬어.
괘씸하여 벽장 속에 감췄더니
이튿날 아침 빗자루가 없어졌다고
어머니가 야단이지요.

― 1936. 9. 9.

• **쓸았더니**: 썰었더니.

———

윤동주에겐 누나나 형이 없으니 상상적 구성의 작품이다. 자필 원고에 '동시'라고 명기해서, 동시를 쓰겠다는 의도로 창작된 작품임을 밝혔다.『카톨릭 소년』1936년 12월호에 발표되었다. 누나와 종이를 잘라 여러 가지 모형을 만들며 놀고 있는 모습을 그렸다. 종이를 베어서 저고리도 만들고 총도 만들며 재미있게 놀았지만 그 일로 방 안은 어지럽게 되었다. 어머니가 빗자루를 들고 와서 누나와 나의 엉덩이를 때리고 어질러진 방을 치웠을 것이다.

어머니에게 야단을 맞은 화자는 어린 마음에 빗자루가 원망스러워 빗자루를 벽장 속에 감추었다. 자신들이 방을 어지럽혀서 그 벌로 빗자루로 맞은 것이 아니라 빗자루가 방바닥을 쓸기 싫어서 어머니로 하여금 자신을 야단맞게 했다는 것이다. 다소 엉뚱한 어린이의 발상을 바탕으로 시상을 엮어 냈다. 빗자루를 벽장에 감춘 것을 모르는 어머니가 이튿날 아침에 빗자루를 많이 찾으셨다고 했다. 자신의 엉덩이를 때린 어머니를 원망하지 않고 매의 도구가 된 빗자루에 원망을 투사한 점이 동심의 천진성을 보여 준다. 어머니 대신 빗자루를 원망하는 화자의 천진성이 웃음을 일으킨다.

햇비

아씨처럼 나린다.
보슬보슬 햇비*
맞아 주자, 다 같이
옥수숫대처럼 크게
닷 자 엿 자 자라게
햇님이 웃는다.
나보고 웃는다.

하늘다리 놓였다.
알롱달롱 무지개
노래하자, 즐겁게
동무들아 이리 오나.
다 같이 춤을 추자.
햇님이 웃는다.
즐거워 웃는다.

— 1936. 9. 9.

'동시'라고 표기한 「빗자루」와 「햇비」 두 작품 중 동심의 천진성이 돋보이는 이 작품이 「빗자루」보다 완성도가 높다. '햇비'는 "볕이 나 있는 날 잠깐 오다가 그치는 비"로, 같은 뜻으로 사전에 등재된 표준어는 '여우비'이다. 윤동주는 이 말을 어디서 알았는지 해가 비치는 날 내리는 보슬비를 소재로 시를 쓰고 '햇비'라고 표기했다.

여우비를 '아씨'에 비유했는데, 젊은 여인의 부드러움과 상냥함을 연상한 결과일 것이다. 아무 부담 없이 맞을 수 있는 여우비를 여성의 부드러움에 비유한 데서 모성적 친근함에 대한 윤동주의 지향을 엿볼 수 있다. 여우비를 맞고 옥수수 줄기가 죽죽 자라듯이 아이들도 무럭무럭 자랄 수 있음을 기대했다. 해도 웃고 아이들도 웃는 자연과의 천진한 교감을 표현했다.

비가 그치니 하늘에 무지개가 드리웠다. 무지개를 동심에 바탕을 두고 '하늘다리'라고 표현했다. 알롱달롱 색채가 영롱한 신비한 하늘다리에 대해 더 상상을 확대할 만도 한데, 윤동주의 동시적 상상력은 여기서 더 나아가지 않고 동무들과 어울려 즐겁게 노래하고 다 같이 춤을 추는 평범한 상상으로 끝을 맺었다. 그리고

---

* 표준어 표기는 '해비'인데, '햇비'와 '햇님'에 윤동주가 'ㅅ' 표기를 했기 때문에 원문대로 적는다.

이러한 아이들의 천진한 유희에 해님도 즐겁게 웃는다면서 자연과의 교감을 한층 더 강조했다. 자연과 동화된 아이들의 천진한 놀이를 구성하긴 했지만 동심의 천진성을 내부에서 표현하기에는 자발적 상상력이 부족한 상태다. 윤동주는 동시를 여러 편 짓기는 했지만 그 수준이 크게 상승하지는 않았다. 윤동주 시의 본령은 역시 청년기 이후 보여 준 지식인으로서의 고뇌와 내적 갈등의 표현에 있다고 보아야 할 것이다.

비행기

머리에 프로펠러가
연자간 풍채보다
더 빨리 돈다.

땅에서 오를 때보다
하늘에 높이 떠서는
빠르지 못하다
숨결이 찬 모양이야.

비행기는
새처럼 나래를
펄럭거리지 못한다
그리고 늘
소리를 지른다.
숨이 찬가 봐.

— 1936년 10월 초

—

• **풍채:** 풍구, 풀무. 대장간에서 바람을 일으키는 데 사용하는 도구.

—

　윤동주 시대에 비행기는 신기한 대상이었다. 하늘에 비행기가 떠가는 장면도 흔히 볼 수 없었을 것이다. 용정에서 중학교 과정을 다니는 윤동주가 프로펠러 비행기가 이륙하는 장면을 보았을 가능성은 거의 없지만, 소형 프로펠러 비행기가 하늘을 비행하는 장면은 보았을 것이다. 이 작품은 실제의 상황보다 비행기에 대한 지식을 바탕으로 구성했을 가능성이 높다. 동심의 천진성에 바탕을 두고 비행기가 날아 오르는 모습을 상상으로 재구성하여 시를 썼을 것이다.

　'풍채'는 '풍구'의 방언이다. 비행기의 앞부분에 달린 프로펠러가 연자간 풍구보다 빨리 돈다고 했다. 화자가 본 기계 중 빨리 돌아가는 도구가 풍구였을 것이니, 풍구보다 빨리 돈다고 표현했다. 비행기의 특징으로 화자가 든 것은 크게 세 가지다. 첫째는 프로펠러가 빨리 돈다는 것, 둘째는 땅에서 움직일 때보다 하늘에 떠서는 빠르지 못하다는 것, 세 번째는 새처럼 날개를 퍼덕이지 않고 소리를 크게 낸다는 것 등이다. 이 세 가지 모두 어린이의 관점이기 때문에 비행기 자체의 객관적 이해와는 거리가 있다.

　우선 비행기 프로펠러의 속도를 연자간 풍구에 비교한 것부터가 사리에 맞지 않는다. 속도의 차이가 엄청나기 때문이다. 다만 모양이 유사하기에 화자에게 친숙한 풍구를 끌어온 것이다. 또 비행기의 속도는 사실 땅에서보다 공중에서 더 빠르다. 땅에서 하늘의 비행기를 올려다보면 느리게 보일 뿐이다. 그리고 하늘의 비행기를 보면 아무 소리도 없이 천천히 움직이는 모습으로 보인다. 비행기가 숨이 찬지 소리를 지른다고 했는데, 이것도 이륙할 때 소리가 날 뿐 하늘을 나는 비행기의 소리는 우리가 들을 수 없다.

이런 사실을 종합해 볼 때 이 시는 실제의 비행기를 관찰하고 쓴 것이라기보다는 비행기에 대한 지식을 가지고 쓴 작품이라고 할 수 있다. 천진한 어린이의 시각에서 비행기의 신기한 동작을 서술한 것이다. 이때 윤동주의 나이가 19세였으므로 비행기를 이렇게 이해했을 리는 없고 동시를 쓴다는 생각으로 어린이의 시각에서 비행기를 표현했을 것이다. 날개도 없이 하늘을 날면서 숨이 차서 소리를 지르는 비행기에 대한 연민도 내포하고 있는 것 같다.

굴뚝

산골짜기 오막살이 낮은 굴뚝엔
몽개몽개 웨인 내굴 대낮에 솟나.

감자를 굽는 게지 총각애들이
깜박깜박 검은 눈이 모여 앉아서
입술에 꺼멓게 숯을 바르고
옛이야기 한 커리에 감자 하나씩.

산골짜기 오막살이 낮은 굴뚝엔
살랑살랑 솟아나네 감자 굽는 내.

— 1936년 가을

———

• **웨인**: '웬'의 변형으로 본다.
• **내굴**: 연기.

• **커리**: '켤레'의 방언. 원래는 양말 같은 물품의 한 짝을 뜻하는 말인데, 이야기나 노래의 개수를 세는 말로 전이되어 사용되었다.

———

역시 자필 원고에 '동시'로 명기한 작품이다. 산골짜기 오막살이 낮은 굴뚝에 연기가 몽글몽글 솟아난다. 대낮인데 웬 연기일까? 총각애들이 모여 앉아서 검은 눈을 깜박이며 옛이야기를 주고받으며 감자를 구워 먹는 장면을 떠올렸다. 이야기를 나누며 아궁이 불에 감자를 구워 먹으니 입술에 꺼멓게 숯 검댕이 묻었을 것이라고 상상했다. 마치 산골 오막살이 부엌의 어떤 장면을 그림으로 그려 놓은 것 같다. 가난하지만 소박하고 정겨운 산골의 정경을 소재로 삼았다.

동시라고 하기에는 생활의 실제적 단면이 전면에 나서고 있어 동심의 천진성은 미미하다. 굳이 동시라고 밝힌 것은 이 시의 운율미를 고려해서 그러한 단서를 붙인 것 같다. 1연과 3연이 4, 4, 5음의 동일한 형식으로 되어 있고 2연도 거의 동일한 세 마디의 율격을 배치하고 있어서 동요의 가사로 쓰일 만하다. 시의 내용보다 리듬을 염두에 두고 동시를 구성한 것이다. 윤동주는 동시는 내용보다 리듬이 두드러진 양식이라는 인식을 지니고 있었고 그것을 시로 실현했다.

무얼 먹고 사나

바닷가 사람
물고기 잡아먹고 살고

산골에 사람
감자 구워 먹고 살고

별나라 사람
무얼 먹고 사나.

— 1936. 10.

—

윤동주의 자필 원고에 1936년 10월에 지었다고 기재되어 있고,
『카톨릭 소년』 1937년 3월호에 발표된 지면 스크랩이 남아 있다.
『카톨릭 소년』 발표본에는 '동요'로 표기되어 있고, 연의 구분 없

이 6행 단연으로 되어 있다. 문맥을 파악하기에는 3연으로 구분된 자필 원고본이 더 나아서 그것을 정본으로 삼는다.

이 시는 동심의 천진성이 살아 있어 성공적인 동시로 평가할 수 있다. 1연과 2연은 누구나 생각할 수 있는 평범한 내용을 말한 것이어서 새롭다는 느낌은 별로 들지 않는다. 물고기를 먹는 바닷가 사람과 비교하여 산골에 사는 사람이 먹는 것을 '감자'로 내세운 점이 독특하다. 앞에서 본 「굴뚝」에도 산골짝 오막살이집 굴뚝에서 솟아나는 연기를 감자 굽는 연기로 서술했는데, 만주 지역 산골 마을의 대표적인 먹거리가 감자이기 때문에 그렇게 표현했을 것이다. 이것은 당시의 생활상을 반영한 자연스러운 배치다.

여기에 비해 3연의 '별나라 사람'은 새로운 착상이다. 바닷가 사람이나 산골 사람과는 다른, 새로운 단계의 상상이다. 현실의 공간이 아니라 가상의 공간을 설정했기 때문이다. 밤하늘에 보이는 별나라에도 사람이 산다면 그 사람들은 무얼 먹고 사나 하고 어린이다운 천진한 상상을 펼쳤다. 색다른 먹거리를 상상하여 발상의 전환을 꾀해 본 것이다. "별나라 사람 / 무얼 먹고 사나"라는 질문으로 시상을 끝맺은 처리 방식도 동시의 성격에 부합한다. 기발한 질문에 상식적 답변을 이어 붙인다면 동시에 어울리지 않기 때문이다. 윤동주의 전형적인 동시 형식을 확인케 하는 작품이다.

봄

우리 애기는
아래 발추에서 코올코올

고양이는
가마목에서 가릉가릉

애기 바람이
나뭇가지에 소올소올

아저씨 햇님이
하늘 한가운데서 째앵째앵

— 1936. 10.

- **발추:** '발치'의 변형어. 발을 뻗는 쪽.
- **가마목:** 가마솥이 걸려 있는 부뚜막이나 그 둘레. '부뚜막'의 뜻으로 쓰였다.

———

역시 '동시'라고 표기된 작품의 하나다. 매 연 끝에 배치된 의성어, 의태어의 반복이 동시의 묘미를 전한다. 아기는 어른들 자는 발아래 쪽에 가는 소리로 코를 골며 자는데, '코올코올' 소리를 낸다. 고양이는 따뜻한 부뚜막 위에서 자는데 '가릉가릉' 소리를 낸다. '코올코올'과 '가릉가릉'이 다른 느낌을 주면서도 희미하게 들리는 소리를 나타냈다는 점에서 유사한 공통점이 있다.

3연에서 가늘게 부는 봄바람을 '애기 바람'이라고 칭했다. 봄에 처음으로 부는 연한 바람이기에 아기 바람이요, 고양이와 호응하여 천진하게 잠든 대상이기에 아기가 어울린다. '애기 바람'과 대응되는 현상은 '아저씨 햇님'이다. 연한 봄바람은 아기로, 뚜렷한 햇살은 아저씨로 설정했다. 아기 바람은 부드럽게 불기에 '소올소올'이라고 소리를 표현했고 햇님은 하늘 복판에서 밝게 비치기에 '째앵째앵'으로 모양을 표현했다. '코올코올'과 '가릉가릉'의 이질감과 동질감, '소올소올'과 '째앵째앵'의 뚜렷한 이질감이 동시의 묘미를 안겨 준다. 윤동주는 소리에 대한 명민한 감각을 소지하고 있었고, 그것을 시의 동력으로 사용했다.

아침

훽, 훽, 훽, 소꼬리가 부드러운 채찍질로 어둠을 쫓아,
캄, 캄, 캄, 어둠이 깊다 깊다 밝으오.

이제 이 동리의 아침이
풀살 오른 소 엉덩이처럼 기름지오.
이 동리 콩죽 먹는 사람들이
땀물을 뿌려 이 여름을 자래웠소.

잎, 잎. 풀잎마다 땀방울이 맺었소.

꾸김살 없는 이 아침을
심호흡 하오 또 하오.

— 1936

- **풀살**: 마소 따위가 풀을 잘 뜯어 먹어 오른 살. 사전에 등재되어 있다.
- **자래윘소**: "자라게 했소"의 뜻. 어떤 윤동주 시집에는 뜻을 고려해서 아예 '길렀소'로 표기하기도 했다.

이 시도 자필 원고 표기가 어수선해서 정본 확정에 어려움이 있다. ① '나의 습작기의 시 아닌 시' ② '창'에 기록이 남아 있는데, 수정 흔적이 많아서 설명하기가 복잡하다. ②에는 중요 시행에 줄을 긋고 '고칠 것'이라고 표기했는데 실제로 고친 부분은 없다. '고칠 것'이라는 표기를 무시하고 ②의 기록을 자세히 검토하면 ①의 작품을 개선한 부분이 분명히 있다. 따라서 ①의 작품에 ②의 수정을 반영하여 작품을 정돈하면 앞에 제시한 정본이 형성된다. 앞으로 이 형태를 「아침」의 정본으로 확정하여 후세에 전하면 좋겠다. 이 시는 1936년 겨울에 쓴 시 사이에 기재되어 있는데, '1936년'이라고 연도만 표기되어 있다. 시의 배경이 여름이기 때문에 겨울 이전에 지은 것인데 남겨 두었다가 1936년 겨울에 다른 시들과 함께 기록한 것으로 짐작된다.

시에는 정지용의 영향이 강하게 투영되어 있다. 그 점 때문에 계속 수정하고 '고칠 것'이라고 기재하지 않았나 짐작된다. "휙, 휙, 휙, 소꼬리가 부드러운 채찍질로 어둠을 쫓아"는 정지용의

「말 1」에 나오는 "청대나무 뿌리를 (중략) 짠 조수 물에 흠뻑 불리어 휙 휙 내두르니"에서 영향을 받은 것 같고, "구김살 없는 이 아침을 / 심호흡 하오 또 하오."는 정지용 시 「아침」의 "나는 탐하듯이 호흡하다. / 때는 구김살 없는 흰 돛을 달다."의 영향을 받은 것이 확실해 보인다. 정지용의 시와 제목도 같기 때문에 윤동주로서는 더 신경이 쓰였을 것이다. 그러나 시에 담긴 의식은 정지용의 시와 다르기 때문에 윤동주의 아침에 관한 생각을 차분히 음미해 볼 필요가 있다.

아침이 밝으니 소가 먼저 깨어서 꼬리를 휙휙 내둘러 어둠을 쫓는다. 어둠을 몰아내고 아침을 불러내고자 하는 윤동주의 의식이 소꼬리에 투사되어 어둠을 쫓는 매개물로 활용된 것이다. "휙, 휙, 휙"이라는 의성어와 "캄, 캄, 캄"이라는 의태어를 병치하여 언어의 감도를 높인 점이 참신하다. 정지용의 시를 정독하면서 시 쓰는 감각을 많이 학습한 것 같다.

소꼬리가 부드럽게 어둠을 쫓으니 깊고 깊은 어둠이 물러가고 아침이 밝는다. 새롭게 밝은 아침의 모습은 풀을 많이 먹고 살이 오른 소의 엉덩이처럼 기름지다. 풍요로운 여름 들판과 거기서 방목되는 건강한 소와 그것과 조화를 이룬 마을의 모습을 예찬했다. 더 나아가 소처럼 콩죽 먹고 일하는 이 마을 사람들이 땀 흘려 일해서 이 풍요롭고 싱그러운 여름을 자라게 했다고 자기 생각을 밝혔다. 여기서 윤동주가 바라는 이상적인 상태가 어떠한 것인지 짐작된다. 모두가 한마음으로 땀 흘려 일해서 자연과 인간이 조화를 이룬 건강하고 풍요로운 세상을 만들자는 것이 그의 소망이다. 아침의 정경에 그런 자신의 소망이 잘 담겨 있다고 보고 시로 표현한 것이다.

"잎, 잎. 풀잎마다 땀방울이 맺었소."라는 말은 자연의 모든 부분에 마을 사람들의 건강한 노동의 정기가 다 스며 있다는 뜻이다. ①의 초고에는 이 구절 다음에 "여보, 여보, 이 모든 것을 아오."라는 시행이 있었는데, 그 내용은 형식적으로도 구식이고 내용도 불필요한 군더더기다. 그래서 스스로 ②의 원고에서 이 부분을 뺐을 것이다. 그 대신에 정지용 시의 차용이라는 혐의를 무릅쓰고 아침의 신선함을 표현하는 새로운 시행을 배치했다. 그것이 "꾸김살 없는 이 아침을 / 심호흡 하오 또 하오"이다. 윤동주는 이 시행이 마음에 들었는지 이 부분이 없었던 ①의 초고 끝에 이 구절을 추가하기도 했다. 여하튼 "잎, 잎. 풀잎마다 땀방울이 맺었소." 다음에 이 구절이 들어가면서 의미가 자연스럽게 연결되어 시상의 매듭이 지어지고 시로서의 완결성이 높아졌다. 여름 아침의 신선함을 통해 마을 사람들의 생명력을 강조하는 윤동주의 의식이 뚜렷이 살아나 긍정적이고 상쾌한 시 한 편이 이루어졌다.

편지

누나!
이 겨울에도
눈이 가득히 왔습니다.

흰 봉투에
눈을 한 줌 넣고
글씨도 쓰지 말고
우표도 붙이지 말고
말쑥하게 그대로
편지를 부칠까요.

누나 가신 나라엔
눈이 아니 온다기에.

— 1936년 겨울(추정)

자필 원고에 1936년 12월 초에 썼다고 표기된 「버선본」 바로 앞에 적혀 있어, 같은 시기에 쓴 작품으로 추정한다. 똑같은 동시 성격의 작품이어서 바로 이어서 원고에 적어 두었을 것이다.

윤동주에게 누이가 있었다는 기록이 없으니 동심에 바탕을 둔 상상적 구성의 작품이다. 그런 측면에서 보면 그의 동시적 상상력이 상당히 발전적 변화를 보였음을 알게 된다. 겨울에 눈이 많이 온다는 일반적 사실에 바탕을 두고 눈이 많이 오는 지상의 세계와 눈이 오지 않는다는 저승의 세계를 대비한 점이 독특하다.

1연은 상상이 개입하지 않은 평범한 사실의 서술이다. 누나에게 겨울에 눈이 가득히 온 것을 보고하는 형식이다. "이 겨울"이라고 겨울에 지시어를 붙여 강조한 점이 독특한데, 그 이유는 3연의 서술에서 해명된다. 3연에서 누이의 죽음이 드러나는데, 2연에서 이 사실을 밝히지 않고 흰 봉투에 눈을 넣고 아무런 표시도 하지 않고 편지를 부치겠다는 생각을 적었다. 불가능한 상황을 제시했기에 이 생각은 호기심과 의아심을 자극한다. 그리고 그 모든 이유와 내용이 마지막 3연의 진술에서 해명된다. "누나 가신 나라엔 / 눈이 아니 온다기에"라는 마지막 시행은 앞의 상황이 어떤 의도에서 나온 것인지 알려 주며, 누이의 죽음을 통한 동생의 막막한 그리움을 애틋하게 드러낸다.

일반적인 생활의 국면에서 보면 눈이 많이 온 겨울날 어린 동생은 누나와 함께 눈을 가지고 여러 가지 놀이를 하며 즐거워했을 것이다. 그러나 누나는 세상을 떠났고 눈이 와도 같이 놀아 줄 사람이 없다. 적적한 동생은 누나에게 눈을 편지로 부쳐 줄 생각을 한다. 왜냐하면 누나가 가신 나라에는 눈이 오지 않는다는 말을 들었기 때문이다. 그러나 동생의 생각은 실현될 수 없다. 눈은 녹기 때문에 편지에 동봉할 수 없고, 누나 가신 나라로 편지를 보낼 수도 없기 때문이다.

이 시의 중요하고 기발한 발상은 삶과 죽음을 눈이 오는 세상과 오지 않는 세상으로 대비한 데 있다. 훗날 박목월 시인은「하관」에서 죽음과 삶을 눈과 비가 오는 세상과 그렇지 않은 세상, 소리가 들리는 세상과 소리가 들리지 않는 세상으로 대비해 표현한 바 있다. 이 시는 그러한 대비적 상상의 예비적 단계를 보여 주었다. 윤동주의 시적 상상력이 차츰 향상되어 가는 것을 확인할 수 있다.

버선본

어머니!
누나 쓰다 버린 습자지는
두어둬서 뭘 합니까?

그런 줄 몰랐더니
습자지에다 내 버선 놓고
가위로 오려
버선본 만드는걸.

어머니!
내가 쓰다 버린 몽당연필은
두어둬서 뭘 합니까?

그런 줄 몰랐더니
천 위에다 버선본 놓고
침 발라 점을 찍곤
내 버선 만드는걸.

—

    어머니의 근검절약하는 행동을 통해 가족을 아끼는 사랑의 마음을 표현했다. 평범한 내용인 것 같지만 어머니의 가족애가 듬뿍 담겨 있다. '버선본'이란 버선을 만들 때 감을 자르기 위해 미리 만들어 둔 종이 본을 말한다. 화자는 버선본을 먼저 이야기하지 않고 누나가 쓰다 버린 습자지에 대해 질문한다. 누나가 버린 습자지 조각으로 무엇을 하나 보았더니 습자지 위에 아이의 버선을 올려놓고 버선본을 뜨는 것이다. 또 내가 버린 몽당연필로 무엇을 하나 보았더니 천 위에 버선본을 올려놓고 모형을 만들 때 연필로 표시를 하는 것이다.

    이처럼 어머니는 작은 것도 낭비하지 않고 버려진 것을 이용하여 알뜰하게 가족을 위해 봉사한다. 어머니의 알뜰한 태도나 자상한 마음을 직접 서술하지 않고 구체적 행동을 통해서 그것이 저절로 드러나도록 구성했다. 시 작법의 기본기를 훌륭히 터득하고 있었음을 알 수 있다. 관념적 서술이나 직접적 진술을 피하고 구체적 상황을 통해 정서를 간접적으로 표현한다는 창작 이론을 윤동주는 저절로 학습해 갖추고 있었다.

눈

지난밤에
눈이 소—복이 왔네
지붕이랑
길이랑 밭이랑
추워한다고
덮어 주는 이불인가 봐

그러기에
추운 겨울에만 내리지

— 1936. 12.

———

윤동주의 따뜻한 마음을 알려 주는 동시다. 겨울에 내린 눈을
추위를 덮어 주는 이불로 생각했다. 지붕이나 길과 밭이 겨울의

추위에 노출되어 추위할까 봐 눈이 내려서 이불 역할을 해 준다는 생각이니, 그 마음이 온순하고 긍정적이다. 흔히 눈이 내리면 더 춥다고 생각하는데 윤동주는 이와 반대로 생각한 것이다. 그래서 눈은 추운 겨울에만 내린다고 생각했다. 겨울의 추위를 덮어 주는 이불 역할을 하려면 추운 겨울에 내릴 수밖에 없기 때문이다. 겨울에만 내리는 눈이 이불이 되어 추위를 덮어 준다고 생각하고, 그래서 겨울에만 눈이 내린다고 생각한 발상이 독특하고 시적이다. 그의 독창적 상상력에 높은 점수를 줄 만하다.

겨울

처마 밑에
시래기 다람이
바삭바삭
춥소.

길바닥에
말똥 동그래미
달랑달랑
어오.*

— 1936년 겨울

---

* 홍장학, 앞의 책, 157쪽의 견해를 따라, '춥소'와 '어오'를 '추워요'와 '얼어요'로 수정한
것을 후세의 가필로 보고, 자필 원고대로 적는다.

—

- **다람이**: 북한어 사전에 나오는 "다람다람(작은 물건들이 잇따라 매달려 있는 모양)"과 관련된 말로 '시래기 타래'에 해당하는 말이다.

—

겨울의 정취를 두 가지 상황으로 나타냈다. 하나는 처마 밑에 말라 가는 시래기 타래요, 또 하나는 길바닥에 얼어붙어 있는 말똥이다. 동시 형식으로 운율을 살려 두 소재를 대비하여 표현했다. 겨울의 추위를 나타내는 것이 주안점인데, 19세 소년이 시래기와 말똥을 포착한 것이 이채롭다.

가을이면 무와 배추를 거두어들이고 무청이나 배춧잎을 새끼로 엮어 처마 밑에 말려서 시래기를 만든다. 시래기 묶음이 처마 밑에서 말라 가는 모습은 겨울의 추위와 쓸쓸한 정취를 느끼게 한다. 길바닥의 소똥과 말똥은 추위에 동그랗게 언 형태대로 바닥에 있다. 시래기의 세로로 늘어진 형태와 말똥의 동그랗게 뭉친 형태가 대조를 이루면서 겨울의 특징을 드러낸다. 겨울에 소년의 눈에 재미있게 다가오는 두 형상을 채택하여 토속적 정감이 우러나는 동시를 구성했다.

황혼이 바다가 되어

하루도 검푸른 물결에
흐느적 잠기고…… 잠기고……

저— 웬 검은 고기 떼가
물든 바다를 날아 횡단할꼬.

낙엽이 된 해초海草
해초마다 슬프기도 하오.

서창西窓에 걸린 해말간 풍경화
옷고름 너어는 고아의 설움.

이제 첫 항해 하는 마음을 먹고
방바닥에 나뒹구오…… 뒹구오……

황혼이 바다가 되어
오늘도 수많은 배가

나와 함께 이 물결에 잠겼을 게오.

— 1937. 1.

———

• **너어는**: '씹다', '빨다'의 함경도 방언. 「고추밭」에도 나오는 시어다.

———

이 작품은 윤동주의 자필 원고 세 권에 기록되어 있다. ① '나의 습작기의 시 아닌 시' ② '창', ③ '낱장 형태로 남아 있는 원고'에 각각 다른 형태로 남아 있는데, 이 세 형태를 비교해 보면 앞의 「산림」과 마찬가지로 ③이 가장 나중에 기록한 원고임을 알 수 있다. ①과 ②의 수정을 바탕으로 다시 수정한 것이 ③으로 판명되며 ③의 기록 상태가 선명해서 ③을 정본으로 삼는 것은 어렵지 않다.

이 시기에 쓴 동시 유형과는 달리 초기 습작 상태에서부터 본격적인 서정시를 쓰려고 단단히 마음먹었음을 알 수 있다. "바다를 날아 횡단할꼬.", "옷고름 너어는 고아의 설움", "첫 항해 하는 마음을 먹고" 같은 시구에서 정지용의 영향을 받은 흔적이 드러나기는 하지만, 동시와는 달리 성인으로서 자신의 감정을 드러내려는 의지가 뚜렷하다.

①에는 제목이 '황혼'이었는데 ②부터 '황혼이 바다가 되어'로 제목이 바뀌었다. ②에도 처음에는 제목이 "黃昏"으로 되어 있었는데 나중에 "黃昏이 바다가 되어"로 수정했다. 제목의 뜻 그대로 황혼을 바다로 상상하고 시상을 전개하면서 하루가 끝나고 황혼이 물드니 세상이 검푸른 물결에 흐느적거리며 잠기는 것 같다고 말했다. 여기서 더 나아가 검은 고기 떼가 황혼이 물든 바다를 날아 횡단한다고 상상했다. 여기서 고기 떼가 바다를 횡단한다는 발상은 정지용의 「바다 1」에 나오는 "고래가 이제 횡단한 뒤"에서 왔을 가능성이 높다. 물고기가 바다를 헤엄치는 것이 아니라 횡단한다는 생각은 쉽게 나올 수 있는 발상이 아니기 때문이다. "옷고름 너어는(씹는) 고아의 설움"도 정지용의 「조약돌」에 나오는 "앓는 피에로의 설움"에서 영향을 받은 것 같다. 정지용 시를 읽은 기억이 남아 있다가 자신의 창작 과정에 무의식적으로 투영되었을 것이다.

3연은 황혼이 저문 뒤에 땅에 뒹구는 낙엽을 묘사했는데, 황혼의 세상을 바다로 비유했으니, 낙엽은 바다 안의 해초가 된다. 흔들리는 해초의 모습이 슬프다고 했다. 서쪽 창밖에는 그래도 희고 맑은 풍경이 보이는데 어린애가 등장해서 그렇게 표현한 것 같다. "해말간 풍경화"라고 했지만 내용을 보면 그렇게 긍정적인 모습은 아니다. 옷고름 씹는(혹은 빠는) 고아의 서러운 모습이기 때문이다. 어린애의 모습이라 '해말간 풍경'이라고 했지만, 그 애가 고아인 것을 알고 '설움'을 넣은 것 같다. '검은 고기 떼', '슬픈 해초', '고아의 설움' 등 눈에 보이는 정경이 모두 어둡고 슬프고 우울하다. 부정적 심상이 윤동주의 내면을 장악하고 있음을 알 수 있다. '바다'에서 연상할 수 있는 넓은 공간으로의 확장 이미지는 이 시에 개입하지 않는다. '첫 항해'의 마음으로 바다로 떠난다고 했지만, 진취적 기상은 전혀 보이지 않고, 설움의 낙엽이 바닥에 뒹굴고 수많은 배가 자신과 함께 바다의 물결에 사라지고 마는, 소멸의 풍경을 제시했다.

황혼이 저물면 어두운 밤이 온다. 황혼이 바다가 되어 여러 풍경을 전해 주어도 밤이 되면 나도 보이지 않고 모든 대상도 사라지는 것이 사실이다. 동시에서 보여 준 천진한 감성과는 달리 성인으로서 윤동주의 의식은 어둡고 침울했다. 일본 제국주의의 마수가 점점 확대되는 만주에서 식민지 조국의 참상을 바라보며 스무 살의 청춘 시기를 보내는 윤동주에게는 이 모든 사회 변화가 슬픔으로 다가왔을 것이다. 황혼을 소멸로 받아들이는 설움의 정조가 이 작품의 언어에, 그리고 옮겨 적은 세 편의 습작 원고 행간에 고스란히 담겨 있다.

거짓부리

똑 똑 똑,
문 좀 열어 주세요
하룻밤 자고 갑시다.
　밤은 깊고 날은 추운데
　거 누굴까?
문 열어 주고 보니
검둥이의 꼬리가
거짓부리한걸.

꼬끼오, 꼬끼오,
달걀 낳았다.
간난아! 어서 집어 가거라
　간난이 뛰어가 보니
　달걀은 무슨 달걀
고놈의 암탉이
대낮에 새빨간
거짓부리한걸.

　　　　　　　　　　　　　　　　　　— 1937년 초(추정)

—

　『카톨릭 소년』에 투고하여 1937년 10월에 발표되었다. 자필 원고에는 1937년 초의 작품들과 함께 기재되어 있어서 그 시기의 작품으로 추정한다. 사전의 풀이에는 '거짓부리'나 '거짓부렁이'가 거짓말을 속되게 이르는 말이라고 나오지만, 속되게 이른다기보다는 가볍게 이르는 말이라고 하는 것이 더 적절할 것 같다. '거짓말'이라고 할 때는 진지한 느낌이 드는데, '거짓부렁이'라고 할 때는 장난스러운 느낌이 든다.

　시의 내용에도 장난기가 가득하다. 추운 밤에 똑똑 문 두드리는 소리가 나서 누가 하룻밤 재워 달라는 부탁인가 하고 문을 열었더니 검둥이 개가 꼬리로 문을 쳐서 소리가 난 것이다. 그러니 검둥이 꼬리가 거짓말을 했다는 뜻이다. 또 암탉이 꼬끼오 소리를 내서 달걀을 낳았나 하고 가 보았더니 아무런 흔적이 없다. 이것도 암탉이 거짓말을 했다고 했다. 앞의 검둥이 이야기는 개가 꼬리로 문을 치는 경우가 있으니 현실감이 있는데, 뒤의 암탉 이야기는 억지로 맞춘 듯한 느낌이 든다. 암탉이 꼬꼬댁거리는 것은 흔한 일이고, 달걀을 낳았을 때의 소리와는 구분되기 때문에 거짓말을 했다고 해석하는 것은 부자연스럽다. 개와 닭을 병치하여 거짓부렁이 행동으로 엮으려다 보니 무리한 설정을 했다. 그러나 어린이의 시점으로 보면 억지스럽다기보다는 개와 닭이 그렇게 인간에게 거짓 행동을 하는 일이 있구나 하고 재미있게 넘길 만하다.『카톨릭 소년』에서도 그런 천진성을 인정하여 이 작품을 동시로 게재했을 것이다.

둘 다

바다도 푸르고

하늘도 푸르고

바다도 끝없고
하늘도 끝없고

바다에 돌 던지고
하늘에 침 뱉고

바다는 벙글
하늘은 잠잠

둘 다 크기도 하오.*

— 1937년 초(추정)

* 자필 원고에 삭제 표시된 마지막 시행을 살려 적었다. '둘 다'라는 제목의 뜻이 살아나기
때문이다.

자필 원고에 연속해서 기록되어 있기 때문에 앞의 작품과 같은 시기의 작품으로 추정한다. 앞의 작품 「거짓부리」는 겨울의 상황인데 이 작품은 바다가 나오기 때문에 여름의 상황에 가깝다. 북간도 용정에서는 바다를 대하기 힘든데, 윤동주는 상상의 힘으로 바다와 하늘을 대조해 보았다.

바다와 하늘은 푸르다는 공통점이 있다. 공간적으로 무한하고 드넓기 때문에 돌을 던지거나 침을 뱉어도 아무 반응이 없다. 어린이의 관점으로 돌을 던져도 바다는 벙글 웃고 하늘은 잠잠하다고 표현했다. 이렇게 대범하고 의연한 모습을 보이는 것은 둘 다 마음의 넓이가 크기 때문이다. 윤동주는 겉으로 표현은 하지 않았지만, 바다나 하늘 같은 무량한 포용심을 갖기를 원했을 것이다. 그래서 이 둘을 대상으로 '둘 다'라는 제목의 동시를 썼을 것이다. 건강하게 성장해 가는 모습을 연상시켜서 '둘 다'라는 제목의 뜻이 정겹고 대견스럽게 다가온다.

반딧불

가자, 가자, 가자,
숲으로 가자.
달 조각을 주우러
숲으로 가자.

그믐밤 반딧불은
부서진 달 조각

가자, 가자, 가자,
숲으로 가자.
달 조각을 주우러
숲으로 가자.

— 1937년 초(추정)

윤동주의 자필 원고에 앞의 작품들과 함께 기록되어 있어 같은 시기의 작품으로 추정한다. 이 시기에 그는 동시 창작을 완결지으려는 듯 동시 성향의 작품을 많이 지었다. 반딧불을 소재로 했는데 반딧불을 부서진 달 조각이라고 상상한 것이 시적이다. 윤동주는 동시를 짓더라도 시적인 특징이 반드시 포함되도록 구성했다. 시적 상상력이 작용해야 작품이 된다는 시 창작의 기본 원리를 독서 활동을 통해 스스로 터득하고 있었다.

화자는 처음에 숲으로 달 조각을 주우러 가자고 말한다. 줍는다는 말에서 우리는 숲에 부서진 달 조각이 땅에 떨어져 있다는 말인가 의아심을 갖는다. 2연에서 "그믐밤 반딧불은 / 부서진 달 조각"이라고 해서 달 조각의 정체를 밝혔다. 여기서 '그믐밤'이라는 시점의 노출이 중요하다. 그믐달은 새벽에 동쪽 하늘에 잠깐 보이기 때문에 그믐밤은 아주 어둡다. 그렇게 어두운 날 반딧불이 날아다니면 흑백의 대조 때문에 그 모습을 쉽게 볼 수 있다. 그리고 달이 뜨지 않은 상태에서 반딧불의 빛나는 모습을 보면 그것을 부서진 달 조각으로 충분히 받아들일 수 있다. 3연은 1연을 반복했는데 2연에서 달 조각의 정체를 제시했기 때문에 반복이어도 느낌이 다르게 다가온다. 달 조각을 주우러 가자는 화자의 뜻을 훨씬 분명한 의미로 받아들이게 된다. 동시 구성의 기본기를 확립한 윤동주의 재능과 소질을 다시 한번 엿볼 수 있다.

밤

외양간 당나귀
아ㅡㅇ 앙 외마디 울음 울고,

당나귀 소리에
으ㅡ아 아 아기 소스라쳐 깨고,

등잔에 불을 다오.

아버지는 당나귀에게
짚을 한 키 담아 주고,

어머니는 아기에게
젖을 한 모금 먹이고,

밤은 다시 고요히 잠드오.

ㅡ1937. 3.

—

• **키**: 켜. 포개어진 물건의 한 층을 뜻한다.

—

역시 동시 형식의 작품이다. 현실의 어두운 국면에서 떠나 동심의 천진한 시각으로 밤의 단면을 유머러스하게 표현했다. 앞의 「아침」에서 의성어, 의태어를 재미있게 배치했듯이 여기서도 당나귀 울음과 아기 울음소리를 병치해서 음성 효과를 높였다. 당나귀 울음소리는 "아—ㅇ 앙"으로 표현했고 아기 울음소리는 "으—아 아"로 표현했다. 안으로 말리는 듯한 당나귀 소리를 나타내기 위해 울림음 'ㅇ'을 배치했다. 당나귀 소리는 외마디로 끝나기 때문에 'ㅇ'으로 매듭을 지었고 아기 울음은 계속 이어지기 때문에 "으—아 아"로 표기해서 연속성을 드러냈다. 이를 통해 윤동주의 언어 감각이 상당히 예민하게 작동하고 있음을 알 수 있다. 시를 쓰기 위한 기본 감각이 제대로 갖추어진 것이다.

한밤중에 갑자기 당나귀가 울어 아기가 잠에서 깨어 울음을 터뜨리니 어른들은 난감하다. 아기를 달래고 울음을 잠재워야 다시 잠들 수 있기 때문이다. 등잔불을 밝히고 아버지는 우선 당나귀에게 짚을 한 켜 안겨 주어 소리를 죽인다. 그사이에 어머니는 아기에게 젖을 물려 울음을 달랜다. 당나귀도 아기도 조용해지자 다시 밤은 고요해지고 모두 잠에 젖어 든다.

시골 어디서나 접할 수 있는 밤의 이야기를 의성어를 활용해서 재미있게 표현했다. 윤동주가 어렸을 적 직접 체험한 일일 것이다. 누구나 겪는 일 가운데 중요 요소를 추출해서 압축적으로 표현하여 시의 묘미를 살렸다. 동시의 천진함과 일반적 상황의 전형성이 조화를 이루어 시의 효과를 높였다. 당나귀와 아기의 동작 다음에 "등잔에 불을 다오."를 한 행으로 처리하여 전환의 효과를 거두고, 다시 "밤은 다시 고요히 잠드오."의 한 행으로 끝을 맺어 종결 효과를 거둔 배치 방법은 시행 구성 기법을 익힌 윤동주의 발전 단계를 엿보게 한다. 동시의 테두리 안에서도 윤동주의 시심과 창작 방법이 발전하고 있음을 알 수 있다.

만돌이

만돌이가 학교에서 돌아오다가
전봇대 있는 데서
돌재기 다섯 개를 주웠습니다.

전봇대를 겨누고
돌 첫 개를 뿌렸습니다.
—딱—
두 개째 뿌렸습니다.
—아뿔싸—
세 개째 뿌렸습니다.
—딱—
네 개째 뿌렸습니다.
—아뿔싸—
다섯 개째 뿌렸습니다.
—딱—

다섯 개에 세 개⋯⋯

그만하면 되었다.

내일 시험

다섯 문제에 세 문제만 하면―

손꼽아 구구를 하여 봐도

허양 육십 점이다.

볼 거 있나 공 차러 가자.

그 이튿날 만돌이는

꼼짝 못 하고 선생님한테

흰 종이를 바쳤을까요,

그렇잖으면 정말

육십 점을 맞았을까요.

― 1937. 3.(추정)

―

- **돌재기**: 돌멩이.
- **허양**: 북한어 사전에 '그냥'의 뜻으로 나온다.

1937년 3월에 쓴 앞의 시 다음에 기록되어 있어서 그 시기에 쓴 것으로 추정한다. 어린이라면 누구나 공감할 수 있는 동심의 천진성을 잘 보여 주는 재미있는 내용의 동시다. 아이의 이름을 '만돌이'로 설정했는데, 이 이름이 주는 서민적 친근함이 시의 재미를 높인다. '만돌이'라는 이름이 공부하기를 싫어하고 마음 놓고 여유를 부리는 엉뚱한 아이라는 느낌을 주기 때문이다.

시험을 앞에 둔 만돌이가 학교에서 돌아오다가 전봇대 있는 데서 돌멩이 다섯 개를 주웠다. 몇 개가 맞나 보기 위해 전봇대를 향해 돌을 던졌는데 다섯 개 중 세 개를 맞혔다. 맞히지 못했을 때 "아뿔사"라는 감탄사를 쓴 것이 재미있다. 만돌이는 이 돌의 개수로 내일 시험에 몇 점 맞을지를 점치고 다섯 개 중 세 개를 맞혔으니 육십 점은 되리라고 생각한 것이다. 그러고는 공부는 제쳐 놓고 공을 차러 갔다. 이 상황에서 시를 끝내도 좋은데 윤동주는 친절하게 설명의 말을 넣었다. 이튿날 시험에서 만돌이는 정말 육십 점을 맞았을까, 아니면 아무 답도 못 쓰고 백지를 제출했을까? 이러한 설명을 넣어서 만돌이의 엉뚱함을 강조한 후 시를 끝맺었다.

어릴 때 장난스럽게 하는 행동을 떠올려 재미있게 구성한 작품이다. 누구든 이런 경험을 해 보았을 터여서 공감의 폭이 큰 작품이라 할 수 있다.

개

"이 개 더럽잖니"
아—니 이웃집 덜렁수캐가
오늘 어슬렁어슬렁 우리 집으로 오더니
우리집 바둑이의 밑구멍에다 코를 대고
씩씩 내를 맡겠지 더러운 줄도 모르고,
보기 흉해서 막 차며 욕해 쫓았더니
꼬리를 휘휘 저으며
너희들보다 어떻겠냐 하는 상으로
뛰어가겠지요 나— 참.

— 1937. 3.(추정)

———

• **덜렁수캐**: 한곳에 있지 않고 이리저리 돌아다니기를 좋아하는 수캐.
• **내**: 냄새.

148

＿

윤동주가 같은 제목으로 쓴 또 하나의 작품은 다음과 같이 짧은
동시 형식의 작품이다.

> 눈 위에서
>
> 개가
>
> 꽃을 그리며
>
> 뛰오.

— 1936. 12.(추정)

이 작품도 특색이 있지만 개가 꽃을 그리며 뛴다는 설정이 부자
연스럽다. 눈이 오면 개가 좋아서 이리저리 뛰는 것은 흔한 일인
데 개가 평소 꽃을 좋아하는 동물이 아닌데 꽃을 그리며 뛴다는
상상이 쉽게 공감이 가지 않는다. 하늘에서 내리는 눈을 꽃으로
알고 뛰어다닌다는 뜻일 텐데, 그렇다 하더라도 개가 꽃을 좋아한
다는 발상은 수용하기 어렵다. 여기에 비해 위의 시는 개의 행태
를 사실 그대로 제시하고 있어서 이해하기 어렵지 않고, 시인의
뜻을 쉽게 받아들일 수 있다.

'동시'로 표기되어 있고 삭제 표시가 있었지만 삭제의 사선이
그렇게 뚜렷하지 않고 내용을 파악할 수 있어서 충분히 감상할 만
하다. 윤동주가 삭제 표시를 한 것은 동시로서는 내용이 지저분해

보인다고 생각했기 때문일 것 같다. 덜렁거리고 돌아다니는 이웃집 수캐가 우리집 바둑이 밑구멍에 코를 대고 냄새를 맡기에 더럽다고 하며 개를 쫓아냈다. 그랬더니 꼬리를 저으며 너희들은 어떠냐 하는 표정으로 뛰어가더라는 것이다. 여기에는 인간에 대한 풍자가 담겨 있으며, "나 ― 참"이라는 구절이 풍자의 의미를 증폭시킨다. 지저분한 내용에 더해서 어린이에게 어울리지 않는 풍자의 의미가 담겨 있어 삭제 표시를 한 것이 아닐까. 그러나 한편의 동시로서는 의미가 뚜렷하고 재미도 있다.

나무

나무가 춤을 추면
바람이 불고,
나무가 잠잠하면,
바람도 자오.

— 1937. 3.(추정)

———

　윤동주의 자필 원고에 네모 칸으로 묶여서 따로 기록되어 있는
작품이다. 간단한 동시 형식의 소품인데 발상이 재미있어서 소개
한다. 윤동주도 자신의 독특한 발상이 담긴 작품이어서 박스로 묶
어서 특별히 강조하지 않았나 생각된다. 1937년 3월에 쓴 동시들
과 함께 기록되어 있어서 그 시기에 쓴 것으로 추정한다.

　일반적으로 평범한 사람들은 바람이 부니까 나무가 흔들리고
바람이 잠잠하니까 나무도 고요해진다고 생각한다. 그런데 윤동

주는 발상을 거꾸로 했다. 어린이의 천진한 시각이라면 그렇게 반대의 생각도 할 수 있을 것이다. 나무가 움직이니 바람이 불고 나무가 잠잠하니 바람도 잔다고 생각하니 자연 현상이 더욱 신비롭게 느껴진다. 바람이 주체가 아니라 나무가 주체가 되고, 바람은 나무의 움직임을 따르는 부속물이 된다. 이렇게 나무를 주체로 설정하면 자연 현상을 바라보는 데 큰 변화가 일어날 것 같다. 상상을 발전시키면 사람이 움직이니 바람이 불고 사람이 동작을 멈추니 바람도 고요해진다고 생각할 수 있다.

이렇게 되면 중국 육조 혜능 선사의 바람과 깃발 이야기로까지 생각이 발전할 수 있다. 혜능에게 제자가 저기 흔들리는 나무는 나뭇잎이 움직인 겁니까, 바람이 움직인 겁니까 하고 묻자, 혜능은 나뭇잎도 바람도 아니고, 네 마음이 움직인 것이라고 답했다고 한다. 윤동주가 이 고사를 알았을 것 같지는 않다. 그러나 어떠한 것이든 발상의 전환에 매력을 느끼고 상상한 것이다.

윤동주는 일단 나무가 흔들려서 바람이 분다고 상상해서 일상의 논리를 뒤집었다. 이것이 동시적 발상이라는 것을 알리기 위해 "나무가 움직이면"이라고 하지 않고 "나무가 춤을 추면"이라고 썼다. "춤을 추면"이라는 시구 하나로 이 시는 인식론적 철학 담론의 시가 아니라 동시적 천진성의 시라는 사실을 분명히 드러낸다. 윤동주의 시적 재능을 또 한 번 발견하게 되는 사례다.

장場

이른 아침 아낙네들은 시들은 생활을
바구니 하나 가득 담아 이고……
업고 지고…… 안고 들고……
모여드오 자꾸 장에 모여드오.

가난한 생활을 골골이 벌여 놓고
밀려가고…… 밀려오고……
저마다 생활을 외치오…… 싸우오.

왼 하루 올망졸망한 생활을
되질하고 저울질하고 자질하다가
날이 저물어 아낙네들이
쓸은 생활과 바꾸어 또 이고 돌아가오.

— 1937년 봄

• **씁은:** 쓴. '쓰다'의 방언 '씁다'.

　서민의 생활상을 다룬 작품이다. 윤동주의 자필 원고 '창'에 수록되어 있는 작품으로 삭제 표시가 희미하게 있지만 정식으로 작품을 지우지는 않았고 후반부는 또렷이 정서하고 창작 시점까지 밝혔으므로 미완성 시편으로 분류할 수 없다. 오히려 그 시절 장터 아낙네들의 서민적 생활상을 엿보게 해서 윤동주의 어른스러운 모습이 드러나는 좋은 작품이다.

　사람들이 사는 세상을 "시들은 생활", "씁은 생활"로 이해하고 있으니 스무 살의 나이로 남의 땅 만주 지역에 살면서 부정적인 인생관을 피력한 것은 당연한 일이다. 어려운 삶 속에서도 아낙네들은 굳건한 생명력을 가지고 건실하게 생활을 개척하고 있다. 각박한 환경에서도 굳건하게 살아가는 생활의 모습은 남자들보다 여성이 두드러지기에 아낙네를 대상으로 선택했을 것이다. 이른 아침부터 장에 모여들어 열심히 노력하는 모습을 추앙하듯이 감탄하는 마음으로 노래하고 있다. 시든 생활을 바구니 하나 가득 담아 이고 있다는 표현이 예사롭지 않다. 장에서 사고 팔기 위해 바구니에 물건을 가득 담고 있는 모습을 시든 생활을 담고 있다고 표현한 것이다. "업고 지고", "안고 들고"라는 말을 통해 간결하면서도 운율미 있게 동작을 압축 표현한 방법도 뛰어나다. 아낙네들의 움직임을 업고 지고 안고 드는 것으로 요약할 수 있다.

그렇게 장에 판을 벌이고 열심히 팔고 있지만 그들이 내놓은 물건들은 가난한 생활의 세목들이다. 장날을 맞아 많은 사람들이 밀려가고 밀려오지만 모두 가난 속에서의 작은 몸부림이고 그들이 아무리 외치고 싸우고 노력해도 가난을 벗어나지 못한다는 사실을 잘 알고 있다. 그럼에도 불구하고 그들은 외치고 싸우고 활동해야 한다. 이것이 바로 생존의 증거요 생활의 방편이기 때문이다. 하루 종일 올망졸망한 생활을 되질하고 저울질하고 자질하다가 그들은 집으로 돌아간다. 그러니 그들의 하루 일과는 이고 업고 지고 안고 들고 모이고 벌여 놓고 밀려가고 밀려오고 외치고 싸우고 되질하고 저울질하고 자질하다 등의 동사로 표현되는 목록이다. 이 동사의 연속에 생활의 축도가 담겨 있다. 이렇게 부지런히 활동하며 생활을 개척해 가지만 그들의 삶의 고초는 가시지 않는다. 그래서 씁쓸한 생활과 바꾸어 하루의 노고를 머리에 이고 간다고 표현한 것이다.

장터를 배경으로 아낙네들의 생활상을 표현한 이 작품에는 성숙해 가는 윤동주의 어른다운 시각이 잘 담겨 있다. 고달픈 삶을 연민 어린 눈으로 바라보면서도 감상에 젖지 않고 드라이하게 삶의 단면을 점묘한 점이 자랑스럽다. 이제 그는 의젓한 성인 시, 한 편의 작품으로서의 시를 완성할 단계에 이르렀다. 진정한 시인의 길로 접어든 것이다.

달밤

흐르는 달의 흰 물결을 밀쳐

여윈 나무 그림자를 밟으며,

북망산을 향한 발걸음은 무거웁고

고독을 반려한 마음은 슬프기도 하다.

누가 있어만 싶던 묘지엔 아무도 없고,

정적만이 군데군데 흰 물결에 폭 젖었다.

— 1937. 4. 15.

——

달밤의 고적한 분위기와 그것을 바라보는 고독의 심경을 노래
한 서정시다. 광명학원 중학부 5학년에 다니던 시기이니 사춘기
는 지났고 어른으로서의 명상 속에 고독의 심경을 진지하게 처음
표현해 본 것이다. 이때는 4월에 새 학년에 입학하던 시기이니 이

전의 작품들은 방학 중에 썼을 것 같고, 이 시는 정식으로 5학년에 진급해서 졸업반에 오른 시기에 성숙한 감정으로 표현한 것이다.

첫 시행은 감각적 이미지를 능숙하게 구사했다. "흐르는 달의 흰 물결을 밀쳐 / 여윈 나무 그림자를 밟으며"라는 구절은 윤동주의 시에서 보기 드문 감각적 표현이다. 달이 비치는 밤의 풍경을 흐르는 흰 물결로 상상한 것도 새롭고, 달빛의 물결을 밀치며 여윈 나무 그림자를 밟는다는 구절도 신선한 표현이다. 이미지로 보면 시각적 이미지에 운동 감각적 이미지가 겹치고 촉각적 이미지까지 포함된 공감각적 형상성을 표현했다. 단순히 달밤을 걷는 동작을 이렇게 구체적인 감각을 동원하여 표현한 것은 기성 시인 못지않은 훌륭한 솜씨를 보여 준 것으로 평가된다.

두 행의 감각적 이미지를 구성한 다음에는 감상적 정조를 그대로 드러냈다. 윤동주에게는 처음 시를 쓰던 「초 한 대」나 「삶과 죽음」에서부터 죽음에 대한 강박감이 있었는데, 여기서도 '북망산'이라는 말로 죽음에 대한 관심을 드러냈다. 사는 것은 곧 죽음에 이르는 길이기도 하기에 "북망산을 향한 발걸음"이 될 텐데, 여기서는 실제로 묘지가 있는 산을 향해 걷는 상황이어서 이렇게 썼을 것이다. 여하튼 윤동주의 다른 시와 마찬가지로 발걸음은 무겁고 마음은 고독하고 슬프다. 그러나 그 이유나 근거는 아무것도 제시되지 않았다. 추상성에서 벗어나서 시인의 안목으로 고독과 슬픔의 이유를 제대로 제시해야 할 텐데 아직 거기에는 이르지 못했다. 누가 있을 것만 같았던 묘지에는 아무도 없고 정적만이 달빛의 흰 물결에 흠뻑 젖었다고 하며 정적을 감각화하는 것으로 마무리를 지었다. 시는 대상의 감각적 표현이라는 시 창작의 기초 작법은 터득한 것 같지만 추상성에서 벗어나 대상의 구체성을 실현하는 단계로 나아가기에는 아직 수련이 부족한 것을 감지할 수 있다.

풍경

봄바람을 등진 초록빛 바다
쏟아질 듯 쏟아질 듯 위태롭다.

잔주름 치마폭의 두둥실거리는 물결은
오스라질 듯 한껏 경쾌롭다.

마스트 끝에 붉은 깃발이
여인의 머리칼처럼 나부낀다.

　　　　　※　　　　　※

이 생생한 풍경을 앞세우며 뒤세우며
외—ㄴ 하루 거닐고 싶다.

—— 우중충한 오월 하늘 아래로
—— 바닷빛 포기 포기에 수놓은 언덕으로

—1937. 5. 29.

• **오스라질**: '으스러질'보다 작은 느낌의 말.

—

자신의 감정을 내비치지 않고 정경을 묘사한 시에는 거의 예외 없이 정지용의 영향이 나타난다. 이 시기까지 윤동주는 바다를 보지 못했고 항해를 해 본 경험도 없을 것이다. 따라서 바다를 묘사하려면 독서 체험에 의존해야 하는데, 그가 깊이 애독한 시가『정지용 시집』이었기 때문에 그 영향이 나타나는 것은 어쩔 수 없는 일이다. 윤동주의 시행 구성에 정지용의 다음 시편들이 영향을 주었을 것이다.

> 마스트 끝에 붉은 기가 하늘보다 곱다.
> 감람甘藍 포기 포기 솟아오르듯 무성한 물이랑이어!
> (중략)
> 해협이 물거울 쓰러지듯 휘뚝 하였다.
> 해협은 업지러지지 않았다.
>
> — 정지용,「다시 해협」부분

> 바다 바람이 그대 머리에 아른대는구료,
> 그대 머리는 슬픈 듯 하늘거리고.

바다 바람이 그대 치마폭에 니치대는구료.

그대 치마는 부끄러운 듯 나부끼고.

— 정지용, 「갑판 위」 부분

당신은 '이러한 풍경'을 데불고

흰 연기 같은

바다

멀리 멀리 항해합쇼.

— 정지용, 「바다 1」 부분

　정지용의 「다시 해협」에 바다에 파도가 일어 수면이 휘청하고 움직였다가 다시 안정을 찾는 모습이 표현되었는데, 윤동주의 「풍경」에서는 '쏟아질 듯 쏟아질 듯 위태로운' 바다의 모습으로 변형되어 나타났다. 「갑판 위」에 제시된, 배 위에 바람이 불어 머리칼이 흔들리고 치마가 나부끼는 모습을 윤동주는 "잔주름 치마폭의 두둥실거리는 물결"로 변형하여 표현했다. 마스트 끝에 달린 붉은 깃발의 이미지는 거의 그대로 수용했고, "포기 포기 솟아오르듯 무성한 물이랑"을 "바다빛 포기 포기에 수놓은 언덕"으로 변형하여 수용했다. 양배추를 뜻하는 감람甘藍은 "초록빛 바다"로, 그리고 "'이러한 풍경'을 데불고 / 멀리 멀리 항해합쇼"가 "이 생생한 풍경을 앞세우며 뒤세우며 / 왼— 하루 거닐고 싶다."로 변형 수용되었다. 정지용의 세 작품에서 이채로운 표현들이 윤동주의 시에 다양한 양상으로 변형되어 수용되었다. 윤동주는 정지용의 시를 창작 수련의 전범으로 삼아 꾸준한 습작을 통해 자신의 역량을 키워 갔다.

1연의 첫 행 "봄바람을 등진"은 윤동주의 독창적 표현이다. 봄바람을 등졌다는 것은 봄바람을 등 뒤에 맞으며 항해하는 배의 상황을 나타낸 것인데, 온화한 봄바람이 부는데도 배가 흔들려 위태로워 보이는 장면을 표현한 것이다. 바람이 부니 물결은 치마폭에 잔주름 일 듯 일어났다가 다시 부서지는데 그 모습이 경쾌하다고 했다. 사실 '위태롭다'와 '경쾌롭다'는 호응하지 않는다. 실제로 경험하지 않은 사실을 상상만으로 표현할 때 이런 부조화가 생긴다. 여러 가지 정보와 인상이 충돌하기 때문이다. 마스트 끝의 붉은 깃발이 여인의 머리칼처럼 나부낀다는 것도 그렇게 자연스러운 표현이 아니다. 항해하는 배의 돛대 끝의 깃발과 여인의 머리칼은 높이부터가 다르기 때문이다. 이처럼 습작기의 작품은 다소 난조를 보인다.

여기까지 바다에 대한 상상을 전개한 후 윤동주는 "※ ※" 기호를 붙여 시상을 구분했다. 이 기호는 앞의 상상과 뒤의 현실을 나누는 기능을 한다. 이 생생한 바다의 풍경을 머리에 그리며 온종일 거닐고 싶다고 말했다. 그가 실제로 거처하는 공간은 "우중충한 오월 하늘 아래"이지만 그의 상상은 포기 포기 수놓은 듯한 초록빛 바다로 향해 있다. 그 초록 바다와 유사한 오월 초록의 언덕을 향해 하루 종일 거닐고 싶다는 뜻을 나타냈다. 그러나 오월인

데도 자신이 처해 있는 현실은 우중충하다는 사실을 암시함으로
써 부정적 상황에서 바다의 풍경을 상상한다는 사실을 분명히 드
러냈다. 정지용의 시에서 도움을 받아 바다의 생생함을 표현했고,
어두운 상황에서 초록의 공간으로 건너가고 싶은 꿈을 암시하고
있다.

한란계

싸늘한 대리석 기둥에 모가지를 비틀어 맨 한란계
문득 들여다볼 수 있는 운명한 5척 6촌의 허리 가는 수은주
마음은 유리관보다 맑소이다.

혈관이 단조로워 신경질인 여론 동물
가끔 분수 같은 냉冷 침을 억지로 삼키기에
정력을 낭비합니다.

영하로 손가락질할 수돌네 방처럼 추운 겨울보다
해바라기 만발할 8월 교정이 이상理想 곺소이다.
피 끓을 그날이—

어제는 막 소낙비가 퍼붓더니 오늘은 좋은 날씨올시다.
동저고리 바람에 언덕으로, 숲으로 하시구려—
이렇게 가만가만 혼자서 귓속 이야기를 하였습니다.
나는 또 내가 모르는 사이에—

나는 아마도 진실한 세기의 계절을 따라

하늘만 보이는 울타리 안을 뛰쳐

역사 같은 포지션을 지켜야 봅니다.

— 1937. 7. 1.

—

- **한란계**: 수은주 온도계.
- **여론 동물**: 여론에 민감한 동물처럼 반응이 빠르다는 뜻.
- **냉ṣṣ 침**: '차가운 침'의 뜻으로 본다.
- **이상理想 곱소이다**: 뜻을 분명히 알 수 없으나 '이상 같습니다. 이상적입니다.'의 뜻으로 생각된다.

—

윤동주 초기 시 중에서 화자의 상념이 많이 담긴 작품이고 그래서 난해한 대목도 있다. 대상을 치밀하게 관찰하면서 사색의 영역을 넓히고 자기 삶에 대한 반성까지 담아 넣어서 초기 시 중에서 의미 있는 작품으로 꼽힌다.

첫 연은 온도계의 외형과 설치된 외부 상황을 나타냈다. 시의 배경은 추운 겨울이어서 온도계가 "싸늘한 대리석 기둥에 모가지를 비틀어 맨" 형상으로 묘사되었다. 추운 겨울 싸늘한 대리석 기둥에 모가지가 묶인 상태로 걸려 있으니 상당히 비참한 모습이다. "5척 6촌"은 일반적으로 성인의 작은 키에 해당하는 수치이니 온도계를 사람으로 비유했다. 사람이 대리석 기둥에 매달려 있다면 그것은 죽은 모습일 것이다. 길고 가는 수은주의 허리가 가늘다고 했고, 붉은 수은 표시가 겉으로 드러나니 유리관보다 맑다고 했다.

온도계는 주위 온도에 따라 수은주의 높이가 수시로 변한다. 그점에 착안하여 여론에 신경질적으로 반응하는 동물이라고 했다. 수은주의 붉은색과 가는 형상을 혈관으로 표현했다. "분수 같은 냉ㅅ침"이란 무슨 뜻일까? 분수 같다는 것은 아래서 위로 솟구친다는 뜻이고 '냉 침'은 차가운 침이라는 뜻이니 속에서는 분수처럼 솟구치는 욕망이 있어도 겉으로는 차가운 자세를 취한다는 뜻일까? 속에서는 분수처럼 솟아오르지만 겉으로는 아무 일 없다는 듯 차가운 침을 억지로 삼킨다면, 그것은 아주 힘든 일이다. 그래서 정력을 낭비한다고 했다. 요컨대 겉과 속이 다른 태도를 취하기 때문에 현실에 대처하기 어렵다고 했다. 이처럼 윤동주는 온도계를 통해 어떤 사람의 모습을 나타내고 있음이 분명하다.

추운 겨울에 영하로 내려가면 수은주는 아래로 하강할 것이고 해바라기가 피어오르는 8월이면 수은주는 해바라기처럼 위로 솟구칠 것이다. 그것은 분수처럼 솟아오르는 일이기에 수은주의 생리에 맞는 일이기도 하다. 그래서 화자는 8월의 교정이 온도계에 이상적인 상태라고 진단했다. 그러면서 8월의 이상적인 상태를

"피 끓을 그날"이라고 표현했다. 이것은 "분수 같은" 자세와 통하는 능동적 반응이다. 윤동주의 내면에는 이렇게 밖으로 분출하고 싶은 무언가 뜨거운 욕망이 있었다.

어제는 소나기가 내리고 오늘은 날씨가 좋으니 동저고리 바람에 언덕이나 숲으로 마음대로 다니라고 온도계에 귓속말을 했다. 내가 모르는 사이에 자유롭게 언덕과 숲을 다닐 수 있으리라고, 세상의 진실을 찾아 하늘만 보이는 울타리 밖으로 뛰쳐나가 넓은 세상으로 나아가라고 말했다. 이 부분의 의미는 모호한데, 더 넓은 세계로 나아가는 것이 자신이 할 일이라는 뜻을 암시한 듯하다. 그러나 자신의 포부를 직접 밝히는 것이 어색했는지 망설이는 어조를 보였다. "역사 같은 포지션을 지켜야 봅니다."는 문장이 완성되지 않았다. 창작 원고에 이 부분의 표기는 정서로 매우 뚜렷하게 기록해서 수정의 흔적이 없다. 의미는 둘 중의 하나일 것이다. "역사 같은 포지션을 지켜봅니다"라거나 "역사 같은 포지션을 지켜야 하나 봅니다"일 것이다. 어떤 경우든 역사를 거론했다는 사실이 중요하다. '역사 같은 포지션'이란 무슨 뜻일까? '역사적 위상', '역사 앞에 떳떳한 위치'라는 뜻으로 해석할 수 있다. 인류 역사의 흐름 앞에 떳떳한 위치에 서고 싶다는 청춘의 기상을 드러낸 것이 아닐까?

여기서 윤동주의 문장이 애매하게 흔들린 것은 자신이 없어서 모호한 자세를 취했기 때문일 것이다. 여하튼 윤동주는 외부 온도에 민감하게 반응하는 온도계를 대상으로 현실에 반응하는 자세와 역사 앞에 자기를 정당하게 내세우는 인간의 태도에 대해 명상했다. 광명학원 중학부 5학년 중반에 이른 시기이니 상급 학교 진학도 염두에 두고 있었을 것이고, 배운 사람으로서 현실과 역사 앞에 어떻게 서야 할 것인지 고민도 생겼을 것이다. 그러한 여러 가지 복합적인 사유가 이 시에 착잡하게 얽혀 있다. 많은 생각이 중첩해 있어서인지 시의 화법도 정돈되지 않았고 다소 어수선한 느낌을 준다. 그러나 성인의 단계로 성숙해 가는 스무 살 윤동주의 착잡한 내면을 접할 수 있어서 몇 번이고 숙독하게 된다.

그 여자

함께 핀 꽃에 처음 익은 능금은
먼저 떨어졌습니다.

오늘도 가을바람은 그냥 붑니다.

길가에 떨어진 붉은 능금은
지나던 손님이 집어 갔습니다.

—1937. 7. 26.

—

윤동주 시가 발전하는 과정의 중간 단계를 알 수 있는 작품으로, 다양한 소재를 통해 시 의식과 작품 형식을 넓혀 가고 있다. 제목이 '그 여자'로 되어 있으니 이 시의 소재인 능금이 여자의 비유임을 알 수 있다. 어째서 능금을 비유로 여자의 인생을 상상했는지 알 수 없지만 바람과 열매의 관계를 통해 인생의 우연성을 명상해 본 독특한 작품이다. 앞뒤의 사연이 단절된 채 단편적 상황만 제시되어 있어, 행간에 생략된 의미를 연상해서 윤동주의 생각을 재구해 볼 수밖에 없다.

　능금나무에 꽃이 많이 피었는데 열매가 맺히는 시기가 서로 달라서 어떤 능금은 먼저 익고 어떤 것은 천천히 익을 것이다. 먼저 익은 능금은 먼저 떨어진다. 이것을 바람 탓이라고 할 수는 없다. 바람은 그냥 불 뿐이고 먼저 익은 능금이 우연히 떨어졌을 뿐이다. 길가에 떨어진 능금을 지나던 손님이 집어 갔다고 하고 이에 대한 논평은 전혀 하지 않고 시를 끝맺었다. 이 시의 제목을 왜 '그 여자'라고 했을까? 윤동주는 이 능금을 통해 어떤 여성의 삶을 암시하고자 했던 것 같다. 그렇다면 그 여성은 어떠한 사람일까? 일찍 익은 능금이 먼저 떨어지고 그 능금을 지나던 손님이 집어 갔다면 그것은 어떤 여성의 상황을 비유한 것일까? 궁금증이 일어나지만 해답이 바로 찾아지지는 않는다. 상상력을 발동하여 여성의 삶을 떠올려 볼 수밖에 없다.

　만일 그 능금이 다른 능금과 비슷한 속도로 익어 갔다면 일찍 떨어지지 않았을 것이고 길가를 지나던 손님이 그 능금을 집어 가는 일도 없었을 것이다. 지나가던 손님이 집어 갔다는 것은 좋은 결과는 아닌 것 같다. 너무 일찍 소비되는 길로 빠진 것이니 여성으로서 불행한 길로 나간 것을 비유한 것일까? 정상적으로 성장한 다른 능금들은 과수원 주인에게 함께 수확되어 정당한 길로 갔

을 것 같다. 그러니까 이 일찍 익은 능금은 남보다 조숙해서 길을
잘못 접어든 여성의 비유인 것 같다. 특이하게 조숙한 여성은 세
상에 먼저 나가 잘못된 길에 빠질 수 있다. 스무 살 전후의 나이이
니 주위에 그런 여성의 사례가 있었을지도 모른다. 윤동주는 상황
을 노골적으로 드러내지 않고 능금의 비유로 돌려 말했다. 본의
아니게 남에게 상처를 주는 일을 피하려고 그렇게 했을 수 있다.
윤동주의 인간에 관한 관심과 남을 배려하는 마음을 엿볼 수 있는
작품이다.

소낙비

번개, 뇌성, 왁자지근 뚜다려
먼 도회지에 낙뢰가 있어만 싶다.

벼룻장 엎어 논 하늘로
살 같은 비가 살처럼 쏟아진다.

손바닥만 한 나의 정원이
마음같이 흐린 호수 되기 일쑤다.

바람이 팽이처럼 돈다.
나무가 머리를 이루 잡지 못한다.

내 경건한 마음을 모셔 들여
노아 때 하늘을 한 모금 마시다.

— 1937. 8. 9.

- **벼룻장**: '벼룻장'은 원래 벼루, 먹, 붓, 연적 따위를 넣어 두는 납작한 상자를 가리키는 말인데, 여기서는 그냥 벼루를 지칭한 것 같다.

여름에 소낙비가 내리는 장면을 보고 일으킨 상념을 소박하게 표현한 작품이다. 이보다 조금 앞서 쓴 「한란계」에도 "어제는 막 소낙비가 퍼붓더니 오늘은 좋은 날씨올시다"라고 '소낙비'가 나온 것으로 보아 윤동주가 살던 지역에서는 '소낙비'가 많이 쓰인 것 같다. '소낙비'와 '소나기'는 같은 뜻이지만 느낌이 조금 다르다. '소나기'에는 '비'라는 말이 없지만 '소낙비'에는 '비'가 들어 있어서 비가 내린다는 느낌이 뚜렷하다. 2연의 "살 같은 비가 살처럼 쏟아진다."라는 구절에 '비'가 나오니 '소낙비'가 제목에 더 어울린다.

번개가 치고 뇌성이 와자지근 들리니 먼 도회지에 벼락이 떨어진 것 같다. 굳이 도회지를 든 것은 소리가 들리는 이곳으로부터 먼 지역을 나타내고자 한 것 같다. 하늘은 먹물 든 벼루를 엎어 놓은 것처럼 시꺼멓고, 화살 같은 비가 화살처럼 쏟아진다. '살'을 두 번 쓴 것은 시인의 의도적인 선택으로 보인다. 화살 같은 비가 정말 화살처럼 쏟아진다고, 비 내리는 모양의 격렬함을 강조한 표현일 것이다. 그렇게 격렬하게 비가 내리니 손바닥처럼 작은 나의 정원이 흐린 호수 모양이 된 것이다. 소낙비가 세게 내려 정원이 물에 넘치는 장면을 통해 자신의 마음이 흐려지는 상태를 표현했다.

다음 두 행은 정지용의 「갈매기」에 나오는 "똥그란 바다는 이제 팽이처럼 돌아간다"와 「바다 2」에 나오는 "꼬리가 이루 / 잡히지 않았다"의 영향을 받았다. 바람이 팽이처럼 회전하면서 빠르게 이동하는 장면과 그로 인해 나무가 심하게 흔들리는 모습을 나타냈다. 두 시행이 어울리지 못하고 겉도는 느낌을 주는 것은 대상의 관찰에서 자연스럽게 우러난 표현이 아니기 때문이다. "나무가 머리를 이루 잡지 못한다."라는 것은 의인화한 표현이라는 사실을 고려해도 논리적으로 수용되기 어렵다. '이루'라는 말은 다수의 대상에 일어나는 현상을 지칭할 때 쓰는 말인데, 나무의 경우에는 머리가 하나이기 때문에 부자연스럽다. 정지용의 미묘한 시구에 매혹을 느껴 유사한 표현을 해 보려는 의식이 작용한 결과일 것이다.

그다음 시행은 윤동주의 독창적 사유가 반영되었다. 소낙비가 이렇게 심하게 내려 세상이 어지러워도 경건함을 잃지 말고 구약성서의 노아가 폭우 속에서도 믿음을 지켰듯 날이 개기를 기다리며 노아의 하늘을 마음에 담아 넣는다는 뜻이다. '노아 때 하늘을 한 모금 마신다'고 표현한 것이 신선하다. 그러나 이 대목도 조금 예민하게 따져 보면 정지용의 「나무」에 나오는 "신약의 태양을 한 아름 안다"에서 영향받은 것으로 생각되기도 한다. 여하튼 윤동주는 이런저런 시행의 영향을 받아 소낙비가 내리는 날의 정경과 마음의 상태를 가능한 한 포괄적으로 표현하려고 노력했다.

비애

호젓한 세기의 달을 따라
알 듯 모를 듯 한데로 거닐과저!

아닌 밤중에 튀기듯이
잠자리를 뛰쳐
끝없는 광야를 홀로 거니는
사람의 심사는 외로우려니

아― 이 젊은이는
피라미드처럼 슬프구나.

— 1937. 8. 18.

――

• **한데로**: 이 부분의 원문은 "알뜻 모를뜻 한데로"로 되어 있다. 여기서
'한데'는 "집 바깥의 노출된 곳"을 가리키는 명사로 보인다. 홍장학도

앞의 책(203쪽)에서 이렇게 풀이한 바 있다.

- **거닐과저:** 거닐고저. '과저'는 고어 투의 종결어미.

———

앞서 「한란계」, 「소낙비」 등의 작품에서 착잡한 심경을 표현한 윤동주는 한여름 밤에 잠을 이루지 못하고 다시 자신의 괴로운 심정을 짧은 시로 표현했다.

어떤 이유에서인지 윤동주는 잠을 이루지 못하고 어디론가 뛰쳐나가 방황하고 싶은 충동을 느낀다. "호젓한 세기의 달"이라는 표현에서 화자의 고민이 시대와 관련되었다는 느낌을 받는다. 밤하늘에 떠가는 달을 따라 어디든 밖으로 나가 거닐고 싶다는 뜻을 밝혔다. "알 듯 모를 듯"은 '아는 곳이든 모르는 곳이든'의 뜻으로 읽힌다. 방 안에 있는 것은 너무나 답답하니 어디든 밖으로 나가 거닐고 싶다는 뜻이다.

깊은 밤에 공이 튀겨 나가듯이 잠자리를 뛰쳐나간다고 한 것은 나가는 것을 참다가 어느 순간 어쩔 수 없이 뛰쳐나가는 행동을 표현하려 한 것이다. "끝없는 광야를 홀로 거니는"은 자신의 처지를 과장해서 표현했다. 행동과 상황을 이렇게 과장해서 표현한 것도 자신의 절박함과 외로움을 드러내기 위함이다. 윤동주는 자신을 "이 젊은이"라고 지칭하면서 자신의 모습이 "피라미드처럼 슬프"다고 말했다. '피라미드'라는 말의 선택은 독특하다. 외로움과 슬픔을 함께 담은 단어를 고심해서 선택했을 것이다.

이집트의 사막에 홀로 솟아 있는 피라미드의 모습을 윤동주도 백과사전 같은 데서 보았을 것이다. 피라미드에는 외롭게 혼자 솟아 있다는 의미 외에도 슬픔과 신비로움의 느낌이 포함되어 있다. 예전에는 왕가의 무덤으로 축조되었으나 이제는 황량한 사막의 고립된 물체로 남아 있으니 역사의 무상함이 슬픔을 일으키고, 왕족의 부장물이 묻혀 있다고 하니 신비로움을 자아낸다. "이 젊은 이는 / 피라미드처럼 슬프구나."라는 표현 속에는 자신의 고독과 슬픔 외에 어떤 비밀스러운 신비로움의 의미도 담겨 있는 것 같다. 이 피라미드라는 말에서 윤동주가 자신을 결코 비하하지 않고 자존을 지킨다는 사실을 알아차릴 수 있다.

명상

가츨가츨한 머리칼은 오막살이 처마 끝,
쉬파람에 콧마루가 서운한 양 간질키오.

들창 같은 눈은 가볍게 닫혀
이 밤에 연정戀情은 어둠처럼 골골이 스며드오.

— 1937. 8. 20.

- **쉬파람**: '휘파람'의 고어.
- **간질키오**: 간지럽소. '간질키다'는 "간지럽히다"의 뜻인데 여기서는 "간지럽다"의 뜻으로 쓰였다.
- **골골이**: 모든 곳에 다.

1937년 여름에 윤동주는 여러 편의 시를 지었다. 스무 살 나이

에 고등학교 과정 마지막 여름방학을 지내면서 여러 가지 심사가 착잡하게 얽혔던 것 같다. 이 짧은 시도 형태는 간단하지만 그 안에는 여러 감정과 사연이 복잡하게 얽혀 있다. 복잡한 감정의 내면을 정돈해서 이렇게 단순하게 표현한 시적 절제가 놀랍다. 더군다나 전례 없이 '연정'을 끌어들이면서도 조금도 과장하지 않고 절제의 자세를 유지한 점이 정말 놀랍다. '연정'이라는 단어를 사용할 정도로 감정이 무르익은 상태인데 고도의 지성으로 감정의 노출을 억제했다.

'명상'이라는 제목의 시를 쓰면서 자신의 겉모습을 먼저 이야기했다. 메마르고 거친 머리칼은 오막살이 처마 끝 모양처럼 어수선하다고 했다. 자신의 외양이 누추하고 추레하다고 말한 것은 자기가 겉모습에 그리 신경을 쓰지 않는 사람임을 나타낸 것이다. 허전한 마음을 달래려는 듯 휘파람을 부니 콧마루가 시큰한 듯 간지럽다. 휘파람을 부니 까닭없이 사람에 대한 그리움이 밀려온다. 들창처럼 열려 있던 눈이 갑자기 닫히고 솟아난 연정은 마치 어둠이 모든 곳에 깔리듯 사방에 두루 스며드는 것 같다. '연정'을 스며든다고 표현한 것도 놀랍고 그 연정이 어둠처럼 모든 곳에 다 퍼진다는 표현도 놀랍다.

윤동주는 인간의 연정을 인정하고 그 마음이 어둠이나 빛처럼 사방에 두루 퍼진다고 생각했다. 매우 긍정적이고 건전한 사고다. 시대의 어둠을 늘 절감했기에 연정이 빛처럼 퍼진다고 하지 못하고 어둠처럼 스며든다고 했지만, 인간 마음의 순연한 상태가 온

누리에 퍼진다고 믿은 것은 기독교인다운 긍정적인 사유다. 인간 연정의 보편성과 편재성을 표현한 초유의 기독교 시인으로 평가할 수 있을 것 같다. 짧은 시이지만 윤동주의 인간에 대한 믿음을 보여 주는 귀중한 작품이다.

바다

실어다 뿌리는
바람조차 씨원타.

솔나무 가지마다 새춤히
고개를 돌리어 뻐들어지고,

밀치고
밀치운다.

이랑을 넘는 물결은
폭포처럼 피어오른다.

해변에 아이들이 모인다
찰찰 손을 씻고 구보로,

바다는 자꾸 섧어진다.
갈매기의 노래에……

돌아다보고 돌아다보고
돌아가는 오늘의 바다여!

　　　　　　　　　　　　　　　　 — 1937. 9. 원산 송도원에서

——

• **섧어진다:** 설워진다. 윤동주는 '설버진다'에 가까운 음으로 발성했을
　것 같다.

——

　원산은 해방 이전에는 함경남도에 속했지만 해방 후 강원도로
편제되었다. 원산의 송도원은 일제강점기에 해수욕장으로 개발
되어 널리 알려졌으며 그 시대의 소설과 수필에 자주 언급되었다.
윤동주도 여름방학을 맞아 송도원에 다녀온 모양이다. 1937년
9월이면 여름방학을 끝내고 돌아온 시점이니 8월에 송도원에서
보고 느낀 감정을 적어 두었다가 9월에 시로 완성한 것 같다.
　송도원은 명사십리로 알려진 해변과 소나무 숲이 유명하다고
한다. 윤동주의 시에도 시원한 바람과 소나무 가지가 등장하지만,
경치에 그렇게 감동한 것 같지는 않고 어딘지 모를 쓸쓸함이 행
간에 배어 있다. 1연은 바람이 시원하다고 얘기했고 2연은 가지

가 비틀어진 소나무의 모양을 묘사하면서 소나무 가지가 새침하게 고개를 돌리고 뻐드러진 모양으로 얽혀 있는 모양을 표현했다. 3연의 "밀치고 / 밀치운다"의 주체는 4연의 물결일 것이다. 물결이 연이어 서로 밀치듯 밀려 나오는 장면을 표현한 것이다. 이랑을 넘는 물결이 꽤 높게 치솟으니 거기서 부서지는 포말을 폭포의 정경에 비유했다. 폭포처럼 피어오른다는 시행은 정지용의 「바다 1」에 나오는 "흰 물결 피어오르는 아래로 바둑돌 자꾸자꾸 내려가고"라든가,「아침」에 나오는 "피어오르는 분수를 물었다" 같은 구절의 영향을 받은 것 같다. 정지용 시의 영향이 여전히 윤동주의 의식에 관여하는 양상을 볼 수 있다.

5연의 "찰찰"도 정지용 시의 영향으로 선택된 시어일 것이다. 정지용의 「바다 2」에 "찰찰 넘치도록 / 돌돌 구르도록"이 나오기 때문이다. 정지용 시에서는 물이 조금씩 여러 번 넘치는 모양을 표현하기 위해 '철철'이 아니라 '찰찰'이라고 표현한 것이다. 그런데 윤동주는 바닷물에 아이들이 작은 손을 씻는 장면을 '찰찰'로 표현했다. 아이들이 바다에 잠깐 손을 넣었다가 빼는 장면을 나타낸 것이기 때문에 '찰찰'이라는 말이 잘 어울린다. 정지용의 영향을 넘어서서 창조적 변형에 성공했다.

"찰찰 손을 씻고 구보로"의 '구보로'는 원문에 '구부로'로 적혀 있다. 이 단어의 뜻이 분명하지 않기 때문에 윤동주의 동생 윤일주는 '구보로'로 보았고* 홍장학은 '굽으로'로 해석했다.** '굽으로'란 "해변의 아래쪽 구부러진 곳으로"라는 뜻이다. 나는 전자를 지지한다. 정지용의 「바람」에 "호 호 추워라 구보로!"가 나오기 때문이다. 바람이 불어 추우니 구보로 달려가자는 뜻이다. 이 시행에 제시된 상황을 생각해 보면 구보로 달려간다고 보는 것이 합리적이다. 꽤 높은 물결이 폭포처럼 피어오르는데 아이들이 모여들어서 찰찰 손을 씻은 다음에 물결이 다시 밀려오니 빨리 달려나가는 모습을 표현한 것이다.

아이들의 천진한 모습을 묘사한 다음에 정서를 바꾸어 바다가 갈매기 노래에 자꾸 서러워진다고 했다. 갈매기 울음이 주는 처량한 느낌을 표현한 것 같은데, 여기에는 화자의 서운한 마음이 반영되어 있다. 이별의 서운함을 표현한 것이다. 다음으로 "돌아다보고 돌아다보고 / 돌아가는 오늘의 바다여!"라고 마무리를 지어 이별의 서운함을 정식으로 표현했다. 그가 체험한 대상은 시원한 바람, 독특한 모양의 소나무, 이랑을 넘는 물결, 뛰어다니며 노는 아이들, 처량한 갈매기 울음 등이다. 그렇게 새로울 것이 없는 장면들이지만 아쉬운 듯 자꾸 돌아다보며 돌아섰다고 했다. 거기서 화자의 시선을 끈 것은 고개를 돌리고 뻐드러진 소나무 가지와 폭포처럼 피어오르는 물결이었던 것 같다. 대상을 가장 두드러지게 묘사했기 때문이다.

* 『원본 대조 윤동주 전집』, 연세대학교 출판부, 2012, 107쪽.
** 홍장학, 앞의 책, 211쪽.

비로봉

만상萬象을
굽어보기란―

무릎이
오들오들 떨린다.

백화白樺
어려서 늙었다.

새가
나비가 된다.

정말 구름이
비가 된다.

옷자락이
칩다.

― 1937. 9.

───

　1937년 9월에 「바다」를 쓰고 이 작품도 쓴 것으로 보아 원산의
송도원 해수욕장을 관광하면서 금강산도 다녀온 것 같다. 송우혜
는 이 두 시를 근거로 윤동주가 9월에 수학여행을 다녀왔다고 기
술했는데* 원산으로 수학여행을 갔을 가능성은 충분히 있다. 용정
에서 기차를 타면 두만강변의 상삼봉역에 이르고 상삼봉역에서
함경선을 타면 원산에 도착하기 때문이다.** 그러나 두 작품의 계
절감이 상당히 다르기 때문에 정말로 9월에 수학여행을 가서 그
경험을 시로 쓴 것인지는 분명하지 않다.
　이 작품은 정지용의 「비로봉」과 제목이 같고 같은 대상을 소재
로 하고 있지만 '백화'라는 단어만 같이 쓰일 뿐 직접적인 유사성
은 보이지 않는다. 오히려 시의 형식과 표현은 정지용의 「난초」와
유사하다. 마지막 시행 "옷자락이 / 칩다"는 정지용의 "난초 잎은
/ 칩다"를 변형한 것으로 보인다. 그 외에 전체적인 표현에는 윤

*　송우혜, 앞의 책, 214쪽.
**　위의 책, 232쪽.

1부　성장기 1934~1937　　　　　　　　　　　　　　　　　　　　　　　　187

동주의 개성이 짙게 반영되어 있다.

비로봉 정상 가까이 올라갔는지 만상을 굽어보니 무릎이 오들오들 떨린다고 했다. 이것은 계절의 추위를 나타낸 것이 아니라 높은 곳에서 내려다본 아찔한 느낌을 표현한 것이다. "백화白樺 / 어려서 늙었다."라는 시행은 윤동주의 독창성이 작용한 구절이다. 자작나무는 껍질이 흰빛이어서 머리가 흰 노인의 모습을 연상시키니 나이도 들기 전에 늙었다는 뜻이다. 윤동주 나름으로 유머를 구사한 것이다. 자작나무 사이를 돌아다니는 새들을 보니 흰 꽃밭을 나는 나비 같다. 그래서 "새가 / 나비가 된다."라고 표현했다. 대상을 보고 상상적 전환을 꾀해 보았다. 그와 함께 구름이 비가 된다고 했다. 높은 산이라 가까이 떠 있던 구름이 금세 비가 되어 흩어지는 모습을 관찰한 것이다. 이렇게 구름이 바로 비가 되어 흩어지니 갑자기 추위를 느끼게 된다. 그래서 "옷자락이 / 칩다"라고 썼다. 만일 정지용의 "난초 잎은 / 칩다"라는 구절이 없었다면 윤동주의 이 구절은 매우 멋진 마무리의 작품으로 추앙되었을 것이다.

이 시의 구성을 다시 살펴보면 이 시기 윤동주의 어떤 작품보다 짜임새가 있음을 확인할 수 있다. 처음에는 산정에서 아래를 굽어보며 전율을 느끼고, 백화의 신비로운 백색 수피를 보며 엉뚱한 상상을 하고, 흰 자작나무 사이를 나는 새들이 신비롭게 나비가 된 듯한 상상을 하고, 구름이 바로 비로 변형되어 흩뿌리는 자연의 변화를 맛보고, 갑자기 옷자락에 비를 맞아 한기를 느끼는 것

으로 끝을 맺었다. 산의 정상 장면에서부터 추위를 느끼는 장면까
지 공간의 변화에 초점을 맞추어 합리적으로 구성했다. 윤동주의
시적 재능이 성장하는 것을 확인할 수 있다.

산협山峽의 오후

내 노래는 오히려
설운 산울림.

골짜기 길에
떨어진 그림자는
너무나 슬프구나.

오후의 명상은
아― 졸려.

― 1937. 9.

―

    조금씩 성장하던 윤동주의 시의 경로에 긴장이 조금 풀어지면
서 장난기 어린 작품으로 변형되었다. 의도적으로 이런 작품을 통

해 언어의 자유를 누릴 수 있다고 생각했는지도 모른다. 시의 출발은 어른스럽게 시작되었다. "내 노래는 오히려 / 설운 산울림."이라는 시행에는 슬픔이 주는 시의 울림이 있다. '산울림'이라는 현상이 신비로운 느낌을 주는데, 거기 수식어 '설운'이 붙으니 서러운 울림이 은은하게 주위로 퍼지는 느낌을 받는다. 더군다나 자신의 노래가 서러운 산울림이라니 윤동주의 시가 슬픔을 머금고 산울림처럼 주위에 넓게 퍼지는 신비로운 장면을 연상시킨다.

1연의 멋진 은유에 이어지는 2연은 감상적 토로가 전면에 노출되어 1연의 은은함을 교란한다. '산울림'과 관련하여 골짜기를 끌어들인 것은 이해가 되지만 자신의 그림자에 대해 "너무나 슬프구나"라고 직설적으로 토로하는 것은 분명 앞 시행의 감정 밀도를 떨어뜨리는 처사다. 이러한 2연의 하락은 3연의 농담 같은 종결에 의해 완전히 파국으로 주저앉는다. 앞에 전개된 명상에 대해 "아— 졸려."라고 해 버리면 이것은 유머도 아니고 동시도 아니다. 윤동주의 자필 원고에는 썼다가 지우고 '미정고'라고 표시한 부분도 많은데 '산협의 오후'라는 그럴듯한 제목 아래 왜 이런 기록을 그대로 남겨 놓았는지 아쉽기만 하다. "아— 졸려."라는 구절로 앞의 '설운'과 '슬프구나'의 감정이 모두 분해되고 말았다. 참으로 안타까운 결말이다.

창窓

쉬는 시간마다
나는 창 녘으로 갑니다.*

— 창은 산 가르침.

이글이글 불을 피워 주소,
이 방에 찬 것이 서립니다.

단풍잎 하나
맴도나 보니
아마도 자그마한 선풍旋風이 인 게외다.

그래도 싸느란 유리창에
햇살이 쨍쨍한 무렵,
상학종上學鐘이 울어만 싶습니다.

---

* 원문에는 '합니다'로 되어 있는데 문맥으로 볼 때 '갑니다'가 분명하므로 수정해서 적었다.

— 1937. 10.

—

• **상학종**上學鐘: 공부 시작을 알리는 종.

—

1937년 10월에 썼으니 광명학원 중학부 5학년 2학기 가을에 쓴 작품이다. 가을의 정취가 물씬하다. 감상적 성향이 강한 윤동주이니 가을의 계절감이 감정에 파동을 일으켰을 것이다. 화자는 쉬는 시간마다 창 쪽으로 간다고 했다. 창을 통해 밖을 내다보며 사색의 장을 넓히고자 한 것이다. "쉬는 시간마다"라는 말을 처음에 넣은 것에 윤동주의 의도가 개입되어 있다. 자신이 창을 지향하는 사람임을, 창을 통해 외부의 관찰을 원하는 사람임을 나타낸 한 것이다.

아니나 다를까. 화자는 "창은 산 가르침"이라고 단적으로 말했다. 모든 것을 왜곡 없이 실물 그대로 비추어 주는 창은 정직함의 표상이다. 그러니 창은 죽은 사물이 아니라 살아 있는 가르침이라고 해도 좋다. 가을의 찬 기운이 서리니 습기에 창이 흐려진다. 화자는 불을 피워 온도를 높여서 창밖을 볼 수 있게 해 달라고 말한다. 다시 내다보는 창밖에 단풍잎 하나가 맴돌고 있다. 작은 회오리바람이 불어 단풍잎이 날린 것이라고 생각한다. 이러한 자연의 미세한 변화와 움직임을 세심히 관찰하기 위해 쉬는 시간마다 창 옆으로 이동한 것이다.

그러나 윤동주는 유리창 옆에 붙어 서서 상념에만 사로잡히는 것은 원치 않는다. '그래도'라는 말은 자신이 창 옆의 사색을 즐기는 사람이지만 그래도 면학의 길로 돌아가기를 원하는 사람이라는 뜻을 나타낸다. 싸느란 유리창에 햇살이 쨍쨍 비치는 상태는 창 옆에서 사색에 잠기기에 좋은 환경이다. 그렇게 햇살이 쨍쨍한 상태에서도 때가 되면 창을 떠나 제 자리로 돌아온다. 유리창에서 너무 시간을 보내는 것이 아닌가 생각이 들어, 공부 시작을 알리는 종소리가 들렸으면 좋겠다는 생각을 한 것이다. 모범생다운 절도가 몸에 밴 상태임을 알 수 있다. 시를 쓰고 사색을 즐기면서도 공부를 게을리하지 않는 모범생 윤동주의 모습을 엿볼 수 있다.

유언

후언—한* 방에
유언은 소리 없는 입놀림.

― 바다에 진주 캐러 갔다는 아들
　　해녀와 사랑을 속삭인다는 맏아들
　　이밤에사 돌아오나 내다봐라―

평생 외롭던 아버지의 운명殞命
감기우는 눈에 슬픔이 어린다.

외딴집에 개가 짖고
휘양찬 달이 문살에 흐르는 밤.

― 1937. 10. 24.

* 윤동주의 어감을 살려 원문 그대로 표기했다.

• **휘양찬**: '휘영청한'의 뜻으로 변형하여 쓴 말 같다.

이 시는 1937년 10월 24일에 자필 원고에 기록했던 것을 연희 전문학교에 입학한 이듬해인 1939년 2월 6일 자 『조선일보』에 약간 개작해서 발표했다. 개작된 형태를 정본으로 삼아 옮겼다. 『조선일보』는 매주 한 번 정도 제4면을 '학생 페이지'로 설정하여 여러 학교 학생들의 원고를 투고 받아 수록했다. 윤동주는 이미 1938년 10월 17일 자 지면에 「아우의 인상화」를 발표한 바 있고, 1939년 1월 23일에 산문 「달을 쏘다」를 발표했다.

첫 행의 '후언—한'은 환하다는 뜻이 아니다. 어두운 분위기에 막연히 부연 빛이 우러나는 상태를 표현한 것이다. 희부연 방에서 아버지가 운명하시며 유언을 남기는데 입은 움직이지만 소리는 잘 들리지 않는다. 죽음을 눈앞에 둔 암울한 상황에 마지막 유언을 남기는 엄숙한 장면을 표현한 것이다. 아버지는 간신히 입을 열어 마지막 말씀을 하신다. 바다에 진주 캐러 간 아들과 해녀와 사랑을 속삭인다는 맏아들이 혹시 내 소식을 듣고 돌아오는지 밖을 내다보라는 당부다. 그들이 어떤 사연으로 집을 나갔는지는 알 수 없지만 이 어두운 밤에 돌아올 리가 없다. 평생 외롭게 사셨던 아버지는 쓸쓸히 죽음을 맞이하고, 남은 가족은 망자의 눈을 감기면서 슬픔이 밀려들 뿐이다.

　외로운 유언과 운명의 밤에 호곡 소리도 없고 외딴집에서 개가 짖을 뿐이다. 달이 조문하는 듯 휘영청 하늘에 떠서 달빛만 문살에 흐른다. 외로운 아버지가 운명하는 밤을 감정을 절제하여 절도 있게 표현했다. 감상적 성향이 있어서 감정을 자주 노출하는 윤동주가 이 시에서는 대상과 거리를 두고 슬픔을 우회적으로 드러냈다. 감정을 담은 표현은 "슬픔이 어린다."뿐이다. 윤동주도 이 시가 감정을 절제하고 제법 어른스럽게 쓴 작품이라는 것을 알고 잘 간직했다가 『조선일보』에 투고한 것 같다.

　1937년 9월 이후의 작품들은 「산협의 오후」만 수준이 떨어질 뿐, 「바다」, 「비로봉」, 「창」, 「유언」 순으로 구성과 표현이 발전하면서 수준이 향상되는 것을 발견할 수 있다. 꾸준한 습작과 수련의 과정을 거치면서 윤동주는 한 명의 청년 시인으로 발전의 길을 걸은 것이다. 문단에 등단은 하지 않았지만, 이 시대 다른 어떤 시인보다 착실한 창작 수행의 길을 밟았다. 이제 윤동주는 광명학원 중학부를 졸업하고 대학에 진학하게 된다. 전기적 자료로 보면 대학 진학을 둘러싸고 가족들과 갈등을 벌이기도 했지만 자신의 뜻을 굽히지 않고 연희전문학교 문과에 진학한 것으로 알려져 있다. 그래서인지 1937년 11월부터 1938년 4월까지는 기록된 작품이 없고, 1938년 4월 연희전문학교에 입학하고 안정을 찾은 다음에야 새로운 작품이 나오게 된다. 이제 우리는 대학교 과정에 진학한 청년 윤동주의 더욱 성숙한 작품을 만나게 될 것이다.

2부

연희전문학교 입학기
1938~1939

새로운 길

내를 건너서 숲으로
고개를 넘어서 마을로

어제도 가고 오늘도 갈
나의 길 새로운 길

민들레가 피고 까치가 날고
아가씨가 지나고 바람이 일고

나의 길은 언제나 새로운 길
오늘도…… 내일도……

내를 건너서 숲으로
고개를 넘어서 마을로

—1938. 5. 10.

—

　스물한 살의 나이로 연희전문학교 문과에 입학하여 처음으로 맞이한 새봄에 쓴 이 시는 시인 윤동주의 순정한 마음의 결을 너무나도 잘 드러낸다. 이 시를 읽으면 윤동주 마음의 행로를 쉽게 접할 수 있을뿐더러 시가 무엇이고 시는 어떻게 써야 하는 것인지 분명히 파악하게 된다. 말하자면 윤동주는 대학에 입학해서 마음의 안정을 찾으면서 가장 정제된 시의 형식을 갖추게 된 것이다. 이 한 편의 시는 어디서 한 번쯤 본 듯한 친근함을 일으키면서도 언제나 새로운 느낌으로 우리에게 다가온다. 늘 친근하고 언제나 새로운 시가 진정으로 참된 시다. 윤동주는 이 한 편의 시만으로 한국 시사의 반열에 당당히 들어서게 되었다. 그는 대학에 들어와 처음으로 쓴 이 시를 잘 간직했다가 1941년 6월에 간행된 연희전문학교 문우회지 『문우』에 발표했고 1941년 11월 졸업 무렵에 내고자 했던 개인 시집 『하늘과 바람과 별과 시』에도 넣었다.

　기성 문단에 시를 발표한 적이 없고 요즘 같은 등단의 과정을 거치지도 않았지만, 이렇게 깨끗한 시 한 편을 단정하게 적어 두고 언젠가 발표할 기회가 오기를 기다렸으니 그를 시인이라고 부르지 않을 이유가 없다. 좋은 시를 썼으나 발표하지 않았기에 시인이 아니고, 시를 발표하면 무조건 시인이라고 한다면, 그것은 매우 불공정한 처사다. 언젠가 발표할 날을 기다리며 최선을 다해 시를 썼으면 그는 당연히 시인이다. 멀리 북간도에서 유학 와서 서울 문단의 사정을 잘 모르는 상태에서 세속의 시류에 영합하지 않고 창작 원고에 시를 정갈히 기록했다면 그 고고한 행위만으로 충분히 시인으로 불릴 만하다.

이 시의 언어 배치와 호흡 전개는 너무도 자연스럽다. 그야말로 물이 흐르는 것 같다. 내를 건너면 숲이 있고 고개를 넘으면 마을이 있다. 어디서나 쉽게 알 수 있는 이 간단한 구도를 언어로 표현한 사람은 윤동주가 처음이다. 마치 '콜럼버스의 달걀'처럼. 간단한 사실을 간명한 언어로 처음 표현했기에 시가 되었다. 윤동주는 어제도 가고 오늘도 갈 이 길을 '새로운 길'이라고 했다. 어째서 어제도 가고 오늘도 갈 길인데 새로운 길인가? 이 길을 이렇게 언어로 표현했기에 새로운 길이 되는 것이다. 언어로 표현하지 않고 머리에 담아만 둔다면 그것은 새로운 길이 아니다. 언제나 존재했던 길을 언어로 명명할 때 비로소 새로운 길이 된다.

윤동주 개인에게는 그 길이 대학에 들어와서 새롭게 걷는 길이기도 하다. 새로운 대학 생활이긴 하지만 늘 건실하게 살아온 윤동주에게는 언제나 걸어왔던 그 길이다. 인간의 길은 어디나 내를 건너면 숲이 있고 고개를 넘으면 마을이 있다. 어제도 가고 오늘도 갈 이 길이 미래의 길이 되는 것이다. 참으로 명확한 이 진리를 이렇게 간명하게 언어로 옮기니 그것은 그대로 아름다운 시구가 된다.

윤동주는 한국 시사에서 최초로 친숙한 진실을 시로 전환하는 독특한 화법을 보여 주었다. 그 새로운 화법은 윤동주의 창안이며 그는 1938년 5월, 비로소 한국시사의 새로운 시인이 되었다. 그러나 그 사실을 아는 사람은 아무도 없었다. 그는 이 시를 써 두기만 하고 발표하지 않았기 때문이다. 하지만 그는 시를 쓴 날짜를 정확히 기록해 두었으며, 그는 분명 1938년 5월 한국 시사의 새로운 시인이 되었다. 이 역사적 사실을 여기 새롭게 명기해 두고자 한다.

　윤동주의 새로운 길은 우리가 아는 길과 다르지 않다. 민들레가 피고 까치가 날고 아가씨가 지나고 바람이 이는 아주 친숙한 길이다. 1938년에만 볼 수 있는 길이 아니라 90년의 세월이 흐른 지금도 어디서나 볼 수 있는 길이다. 인간의 길은 이렇게 시공의 격차를 넘어 비슷한데, 그 길을 걷는 사람에게는 늘 새로운 길이다. 그리고 윤동주는 오늘도 내일도 이 길을 걸을 것이라고 노래했다. 이 대목은 우리 가슴을 아프게 한다. 이 시를 쓴 지 만 7년이 안 되어 그가 세상을 떠났기 때문이다. 내를 건너서 숲으로, 고개를 넘어서 마을로 가고자 했던 그의 희망은 시대의 억압에 의해 좌절되었다. 그러나 이 시를 쓰던 스물한 살의 윤동주는 그런 사실을 전혀 알지 못했다. 이러한 새로운 길이 순탄하게 펼쳐질 것이라고 믿었을 것이다. 미래의 운명을 아는 사람은 없고, 그 사실을 아는 미래의 우리가 사실을 반추하며 아픔을 느낀다. 윤동주의 뒤를 이어 우리가 그 길을 걷고 있다.

산울림

까치가 울어서
산울림,
아무도 못 들은
산울림.

까치가 들었다,
산울림,
저 혼자 들었다,
산울림.

— 1938. 5.

—

이 시는 동시로 1938년 5월에 썼으며 이후 윤석중 시인이 주관
한 『소년』지에 투고하여 1939년 3월호에 실렸다. 연희전문학교

에 입학한 다음에도 동시에 대한 윤동주의 관심은 지속되었다. 이 시 외에 네 편의 동시를 더 써서 친필 기록으로 남겼으며 그중 이 시가 지면에 발표되었다. 단순성과 소박성을 잘 갖추어 동시다운 맛을 느끼게 한다.

소재는 산울림인데 산울림이라는 소재는 1937년 9월에 쓴 「산협의 오후」에 "내 노래는 오히려 / 설운 산울림"이라는 구절에 나온 바 있다. 자신의 시를 서러운 산울림이라고 언급했던 윤동주는 시각을 전혀 달리하여 자연 현상으로서의 산울림을 동심의 천진성으로 신비롭게 표현했다. 산에 까치가 우니 그 울음소리가 산울림을 이루어 멀리 퍼져 간다. 그러나 깊은 산중이어서 그 소리를 아무도 듣지 못한다. 산중의 고요하면서도 신비로운 분위기를 표현했다.

2연에서는 시각을 바꾸어 그 산울림 소리를 까치가 들었다고 했다. 1연이 인간 중심의 사유라면 2연은 시야를 확대하여 동물인 까치까지 청자로 끌어들였다. 자기 울음소리가 산울림으로 되돌아오는 소리를 까치 자신이 들었고, '혼자서' 들었다고 했다. 산중의 고요함과 신비로움은 그대로 유지되는데 시선이 인간을 넘어서서 까치로 확대되니 신비로움이 더 커지고 산중의 적막까지 신비로움에 흡수된다. 단순한 어구의 반복으로 산중의 고요와 신비로움, 인간과 동물의 공존으로 사유가 확대되고 있어, 윤동주의 시적 상상력이 더 발전한 양상을 확인하게 된다.

윤동주는 자신의 육필 원고에 '동요'라는 부기를 쓰고 다섯 편의 동시를 기록한 다음 맨 끝에 적은 이 시에만 창작 시점을 1938년 5월로 표기했다. 다섯 편의 동시 중에서는 이 시가 가장 맵시가 있다. 윤석중이 편집 주간으로 있는 『소년』지에 몇 편을 투고했는지 알 수 없으나 만일 여러 편 중 이 시만 실렸다면 동시로서의 우수함 때문이며 주간 윤석중의 감식안이 작용한 결과일 것이다.

햇빛·바람

손가락에 침 발라
쏘―ㄱ, 쏙, 쏙.
장에 가는 엄마 내다보려
문풍지를
쏘―ㄱ, 쏙, 쏙.

아침에 햇빛이 빤짝,

손가락에 침 발라
쏘―ㄱ, 쏙, 쏙.
장에 가신 엄마 돌아오나
문풍지를
쏘―ㄱ, 쏙, 쏙.

저녁에 바람이 솔솔.

―1938(추정)

—

앞의 「산울림」과 같은 지면에 기록된 다섯 편 중 하나로, 1936년에 쓴 것으로 추정되는 「창구멍」을 개작한 작품이다. 「창구멍」은 1936년 1월 6일에 쓴 것으로 표기한 「고향집」, 「병아리」와 같은 지면에 기재되어 있다. 「창구멍」을 현대어 표기로 옮기면 다음과 같다.

바람 부는 새벽에 장터 가시는
우리 아빠 뒷자취 보고 싶어서
침을 발라 뚫어 논 작은 창구멍
아롱아롱 아침 해 비치웁니다.

눈 내리는 저녁에 나무 팔러 간
우리 아빠 오시나 기다리다가
혀끝으로 뚫어 논 작은 창구멍
살랑살랑 찬 바람 날아듭니다.

개작한 「햇빛·바람」은 「창구멍」을 바탕으로 새롭게 재구성한 작품이다. 「창구멍」과 비교하면 느낌과 작품의 초점이 많이 다르다. 「창구멍」은 작품의 초점이 아버지에 대한 관심과 정감에 맞추어져 있다. 바람 부는 새벽에 장터에 나가는 아버지가 걱정이 돼서 뒷모습이라도 보려고 종이창에 구멍을 내었더니 그 구멍으로 햇빛이 비치고, 저녁에 아버지가 돌아오시나 기다려져 구멍을 내었더니 찬 바람이 날아든다는 내용이다. 바람 불거나 눈이 내려도 새벽부터 저녁까지 가족을 위해 애쓰시는 아버지에 대한 고마운 마음을 표현하면서, 아버지 모습을 더 보려고 뚫어 놓은 구멍에 부수적인 결과가 나타난다는 것을 어린이의 관점에서 표현했다.

「햇빛·바람」은 이러한 내용을 훨씬 동요에 가까운 형식으로 조정해서 노래의 리듬이 살아나도록 구성했다. 생활의 측면은 희석되고 동심의 천진성이 더 두드러지게 드러난다. 그리고 대상이 아빠에서 엄마로 전환되었다. 생활의 측면이 축소되고 정감의 국면이 확대되자 아빠가 엄마로 바뀐 것이다. 시행과 시어 배치도 훨씬 시적인 의장을 갖추었고 생략의 묘미도 함께 드러냈다. "쏘―ㄱ, 쏙, 쏙"을 반복하여 운율미를 나타냈고 "아침에 햇빛이 빤짝", "저녁에 바람이 솔솔"로 함축의 묘미를 살렸다. 서술이 줄어들면서 동요다운 리듬감을 갖추게 되었다.

이 개작 과정을 보면 윤동주가 창작 수련을 하면서 동요의 형식에 깊은 관심을 기울인 흔적을 찾을 수 있다. 다만 '문풍지'라는 단어를 잘못 사용한 것이 아쉽다. '문풍지'는 문틈으로 들어오는 바람을 막기 위해 문의 가장자리에 붙인 종이를 뜻하는 말이다. 문에 바른 창호지에 구멍을 뚫었다는 내용인데 창호지라는 단어가 떠오르지 않아서 그냥 문풍지라는 말을 쓴 것 같다.

해바라기 얼굴

누나의 얼굴은
해바라기 얼굴.
해가 금방 뜨자
일터에 간다.

해바라기 얼굴은
누나의 얼굴.
얼굴이 숙어 들어
집으로 온다.

— 1938(추정)

───

이 시는 같은 지면에 기록되어 있지만 표현이 미숙해서 과거에
썼던 것을 함께 기록한 것이 아닌가 짐작된다. 누나의 행동과 해

바라기의 생태를 연결 지어 동시로 구성했다.

해바라기는 해를 향해 움직이는 속성이 있다. 아침에 해가 뜨면 동쪽으로 머리를 들고 저녁에 해가 지면 서쪽으로 머리를 숙인다. 누나는 아침에 해가 뜨면 곧바로 일터에 나가고 저녁에 해가 지면 지친 모습으로 고개를 숙이고 집으로 온다. 이러한 누나의 행동이 해바라기 같다고 본 것이다.

엄격히 따지면 "해가 금방 뜨자"보다는 "해가 뜨면 금방"이 더 나을 것 같고, 2연에는 '해 지면' 같은 어구가 들어가면 좋을 것 같다. 그러나 이 시에서는 이러한 논리적 관계를 떠나 해바라기와 누나를 동일시한 동심의 천진성이 중요하다. 윤동주에게는 누나가 없었으니 이 시는 상상의 구성이다. 아침 일찍 일어나 일터에 나갔다가 저녁이면 지친 얼굴로 집으로 돌아오는 어느 이웃 누이의 모습을 보고 이 시를 착상했는지도 모른다. 일터에서 고생하는 누이를 자연의 해바라기로 비유한 동심의 천진성을 높이 살 만하다.

애기의 새벽

우리집에는
닭도 없단다.
다만
애기가 젖 달라 울어서
새벽이 된다.

우리집에는
시계도 없단다.
다만
애기가 젖 달라 보채어
새벽이 된다.

— 1938(추정)

일반적으로 닭의 울음소리가 새벽을 알리고, 시계를 보고 새벽이 되었음을 알게 되는데, 우리집에서는 아기가 그 역할을 한다고 천진하게 생각하고 그 동심의 흐름을 시로 표현했다. 자필 원고에 같은 제목으로 유사한 시가 남아 있는데, 두 작품을 놓고 고심하다가 이 작품으로 최종 선택을 한 것 같다. 그 작품도 특색이 있어서 인용해 본다.

　　애기가 울어서
　　새벽이 된다
　　우리집에는
　　닭도 없는데

　　애기가 보채어
　　새벽이 된다
　　우리집에는
　　시계도 없는데

두 작품의 다른 점은 두 가지다. 우리집에 닭도 없고 시계도 없다는 사실을 먼저 말한 것과 나중 말한 것에 차이가 있고, 아기가 울고 보채는 이유를 "젖 달라"라고 명시한 것이 다르다. 아기가

울고 보채는 것이 규칙적으로 배고픔을 느끼기 때문이라는 것을
말해서 그 규칙성 때문에 시계 역할을 대신한다는 사실을 암시한
앞의 작품이 더 합리적인 구성을 가졌다고 볼 수 있다. 윤동주도
그 점을 고려해서 앞의 작품을 최종작으로 택했을 것이다.

귀뚜라미와 나와

귀뚜라미와 나와
잔디밭에서 이야기했다.

귀뚤귀뚤
귀뚤귀뚤

아무에게도 가르쳐 주지 말고
우리 둘만 알자고 약속했다.

귀뚤귀뚤
귀뚤귀뚤

귀뚜라미와 나와
달 밝은 밤에 이야기했다.

— 1938_(추정)

동시다운 함축과 생략의 묘미를 갖춘 작품이다. 귀뚜라미와 내가 나눈 대화이니 제목을 '귀뚜라미와 나와'라고 했다. 이 제목은 지금의 동시 작품 제목으로도 훌륭하다. 윤동주는 순정한 마음에서 우러나는 동심의 진실성을 갖고 있었기에 지금 등장했어도 이 시로 충분히 동시 작가가 되었을 것이다. 귀뚜라미와 내가 잔디밭에서 이야기했다고 상상하는 것부터가 동시적이다. 자연과 인간을 동질적으로 보는 시선이기 때문이다.

잔디밭의 이야기는 달 밝은 밤의 이야기로 이어진다. 잔디밭보다 달 밝은 밤이라는 배경이 귀뚜라미와 이야기를 나누는 상황으로는 더 잘 어울린다. 이야기의 내용은 드러내지 않고 "귀뚤귀뚤"이라는 의성어만 반복했다. 귀뚜라미와 나눈 이야기를 아무에게도 가르쳐 주지 말고 우리 둘만 알자고 약속했기 때문에 "귀뚤귀뚤" 소리만을 반복한 것이 의미가 있다. 둘만의 비밀스러운 이야기를 어떻게 드러낼 수 있겠는가. 과연 귀뚜라미와 나눈 이야기가 무엇인지, 왜 그 이야기를 둘만 알자고 약속한 것인지 계속 의문을 일으키며, 이러한 의문의 끝없는 순환 자체가 동시적이다. 어린이에게 호기심을 일으키는 것이 동시의 중요한 기능 중 하나이기 때문이다. 어린이는 호기심이 많으며, 특히 자연 대상에 대해 더 많은 호기심을 갖는다. 귀뚜라미라는 평범한 대상을 소재로 이렇게 순수한 호기심을 자아내게 하는 것은 평범한 일이 아니다.

윤동주는 이 시에서 자신이 창조한 동시의 극점을 보여 주었다.

그러나 이후 윤동주는 더 이상 동시를 쓰지 않았다. 이제 소년에서 벗어나 대학생이라는 청년의 단계에 접어들었기 때문일까. 송우혜는 『윤동주 평전』에서 그가 연희전문학교 1학년 이후에는 동시를 쓸 마음의 여유를 잃었고, 어린이의 행복한 마음을 더 이상 지닐 수 없었기에 동시를 쓰지 못했을 것이라고 추정했다.* 대학 생활을 시작하면서 학업에 부담을 느끼기도 했지만 더 넓은 눈으로 세상을 보면서 민족과 현실에 대해 새로운 고민이 생겼을 것이다. 역사와 현실에 대한 청년기의 고민을 시로 표현하기 시작하면서 어린이의 천진한 마음을 소박한 언어로 드러내는 것이 더 이상 가능하지 않았을 것 같다. 그가 좀 더 평온한 시기에 시를 썼다면 더 좋은 동시를 더 많이 남겼을지도 모른다.

---

* 송우혜, 앞의 책, 228쪽.

어머니

어머니!
젖을 빨려 이 마음을 달래어 주시오.
이 밤이 자꾸 서러워지나이다.

이 아이는 턱에 수염자리 잡히도록
무엇을 먹고 자랐나이까?
오늘도 흰 주먹이
입에 그대로 물려 있나이다.

어머니
부서진 납인형도 싫어진 지
벌써 오랩니다.

철비가 후누주군이 내리는 이 밤을
주먹이나 빨면서 새우리까?
어머니! 그 어진 손으로
이 울음을 달래어 주시오.

—

- **철비:** 철 따라 계절에 맞추어 내리는 비.
- **후누주군이:** '후줄근히'와 유사한 말로 보인다.

—

 자필 원고에 사선으로 삭제 표시가 되어 있기는 하지만 그 정도
가 심하지 않고 문맥이 충분히 살아 있어서 윤동주 시 목록에서
제외될 작품은 아니며 다른 작품과 대등하게 감상할 수 있는 작품
이다. 창작 날짜도 분명히 표기되어 있다. 동심의 자리에서 어머
니에 대한 그리움을 표현한 작품이다. "턱에 수염자리 잡히도록"
이라는 말을 통해 화자가 연희전문학교에 다니는 성년의 상태라
는 점도 분명히 드러냈다.

 화자는 턱에 수염자리가 잡힌 성년의 나이지만 간절히 어머니
를 호명하며 젖이라도 물려 이 마음을 달래 달라고 소망한다. 그
이유는 자신의 마음이 서럽기 때문이다. 대부분의 시가 그런 것처
럼 이 시도 서러움의 이유나 내용은 말하지 않는다. 막연히 밀려
드는 달랠 수 없는 서러움 때문에 어머니를 부르며 그 품에서 위

안을 받고 싶은 마음을 표현했다.

어린아이는 수시로 공복감을 느끼고 무엇을 흡입하고 싶은 흡인 본능이 있다. 어머니가 있으면 젖을 물겠지만, 입에 댈 것이 없으면 맨주먹을 빤다. 자신은 턱에 수염자리가 잡힌 성인의 상태인데도 입에 주먹을 무는 유아기적 갈망에서 벗어나지 못했다고 고백한다. 그러고는 어릴 때 가지고 놀던 납인형을 떠올렸는데, 서양 장난감을 소재로 택한 것은 북간도에서 서울로 유학 온 지식 청년의 도시적 상상력이 작용했기 때문이고, 우리식 애완물로는 적당한 대상이 없었을 것이다. 여하튼 납인형도 이미 부서진 지오래고 그것에 싫증을 느낀 지도 오래되었다고 했다. 그를 위안해줄 것은 주위에 아무것도 없는 상태다. 밖에는 계절의 변화를 재촉하는 비가 내리고 허기와 공복감은 메워지지 않는다. 성인이 되어 대학생이 된 지금도 주먹을 빨면서 밤을 새워야 하느냐고 탄식한다. 감정이 격해진 화자는 "어머니! 그 어진 손으로 / 이 울음을 달래어 주시오."라고 탄원한다.

이 시기에 무엇이 윤동주의 마음을 이렇게 허전하게 했는지는 알 수 없으나 형언할 수 없는 서러움과 공복감을 느끼며 어머니의 손길을 갈구하는 시를 썼다. 그리고 이 시를 썼다는 사실 자체가 어머니를 대신하여 윤동주를 위안했을 것이다. 가족을 떠나 서울에 있는 윤동주에게는 시가 어머니의 역할을 대신하고 정신의 위기를 다스리는 데 도움을 주었을 것이다.

비 오는 밤

쏴— 철석! 파도 소리 문살에 부서져
잠 살포시 꿈이 흩어진다.

잠은 한낱 검은 고래 떼처럼 설레어
달랠 아무런 재조도 없다.

불을 밝혀 잠옷을 정성스레 여미는
삼경三更.
염원念願.

동경憧憬의 땅 강남에 또 홍수 질 것만 싶어
바다의 향수보다 더 호젓해진다.

— 1938. 6. 11.

—

1938년 6월 11일이면 서울에서 연희전문학교에 재학하던 때이니 파도 소리가 들릴 일도 없고 바다의 향수를 느낄 일도 없다. 윤동주는 어느 비 오는 밤에 꿈에서 깨어 상상의 나래를 펼쳤다. 바다의 꿈을 꾸었는지 "솨— 철석"하는 파도 소리가 들리는 가운데 비몽사몽간에 잠에서 깨었다. 비 오는 소리를 꿈결에 파도 소리로 들었을 것이다. 파도 소리가 문살에 부서진다고 표현한 것이 시적이다.

잠에서 깨어나니 마음이 설레어 다시 잠들기 힘들다. 잠이 검은 고래 떼처럼 설렌다고 한 표현이 이채로운데 이것은 어떠한 상태를 나타낸 것일까? 아마도 검은 고래 떼가 바다를 헤엄치는 사진이나 영상물을 보았던 것 같다. 검은 고래가 파도 위를 넘실대며 힘차게 헤엄치는 모습을 연상하면 이 표현을 이해할 수 있다. 마음이 그런 모양으로 설렌다면 다시 잠들기 어려울 것이다.

화자는 다시 불을 밝히고 잠옷을 정성스레 여민다고 했다. 독실한 기독교 신자이니 옷깃을 여미고 기도를 올렸을지도 모른다. 그것을 "삼경. / 염원."으로 압축해 표현하지 않았을까? 그러나 "삼경. / 염원."이라는 한자 어투 표현은 깊은 밤의 소망을 나타낸 젊은이의 시구로는 추상적이다. 마지막 연은 시를 끝맺는 결구라는 압박감 때문에 작위적인 시구를 만든 것 같다. 윤동주의 시대에 강남이라면 '강남 갔던 제비'가 돌아온다고 하는 따뜻한 남방 지역을 말할 텐데 늘 따뜻한 상록의 지역이기 때문에 동경의 땅이라고 할 만하다. 강남 지역은 남방이라 비가 많이 내릴 것이고 홍수가 반복되니 '또'라는 말이 들어간 것 같다.

강남땅에 또 홍수가 날 것 같아서 자신의 마음이 바다의 향수보다 더 호젓해진다고 했는데, 이것은 어떤 의미일까? 바다의 향수는 조금 전에 꾸었던 꿈과 관련되어 있을 것이다. 앞에서 파도 소리와 함께 잠에서 깨었다고 했기 때문이다. 바다의 꿈을 꾸고 그 향수에 잠겨 잠을 이루지 못했는데, 갑자기 비가 내려 자신이 동경하는 땅 강남 지역에 홍수가 날 것 같아서 바다의 향수보다 강남 걱정이 더 앞선다는 의미로 읽힌다. 왜 강남을 동경의 땅이라고 했는지 알 수 없지만 젊은 나이니까 막연히 이국에 대한 동경을 가진 것으로 이해할 수 있다. 바다에 대한 동경보다 강남에 대한 동경이 더 크므로 그러한 마음의 지향을 '호젓해진다'라는 시어로 표현했다. 21세 청춘 시절에 지닌 마음의 동경을 잠시 표현한 것으로 보인다.

사랑의 전당

순아 너는 내 전殿에 언제 들어왔던 것이냐?
내사 언제 네 전에 들어갔던 것이냐?

우리들의 전당은
고풍古風한 풍습이 어린 사랑의 전당

순아 암사슴처럼 수정 눈을 내려 감아라.*
난 사자처럼 엉클린 머리를 고르련다.

우리들의 사랑은 한낱 벙어리였다.

청춘!
성스런 촛대에 열熱한 불이 꺼지기 전
순아 너는 앞문으로 내달려라.

어둠과 바람이 우리 창에 부닥치기 전
나는 영원한 사랑을 안은 채

뒷문으로 멀리 사라지련다.

이제
네게는 삼림 속의 아늑한 호수가 있고,
내게는 준험峻險한 산맥이 있다.

— 1938. 6. 19.

—

이 시의 육필 원고 6연 3행 끝에 "1938. 6. 19."라는 날짜 표기를 썼다가 두 줄로 지웠다. 7연을 새롭게 이어 쓰기 위해서 지운 것인지 날짜가 맞지 않아 지운 것인지 정확히 알 수 없지만, 전후의 문맥을 보면 앞의 이유로 지운 것 같다. 이 시가 1938년 6월 19일에 완성된 것이라면 이 시기에 쓰인 작품 중 가장 완성도가 높은 작품으로 평가된다. '순'이라는 가상의 인물을 설정하여 자신의 감정과 사랑의 순수성을 정직하게 드러내고, 험난한 미래에 대한 각오까지 의연하게 표현했다. 21세 젊은 대학생의 순정한 내면을 시적인 화법으로 표현했기에 이 시기의 대표작이고 윤동주

---

* 표준어로는 "내리감아라"지만 어감의 차이가 크므로 "내려 감아라"로 표기한다.

일생의 걸작으로 평가할 수도 있다. 어떻게 사전 학습도 없이 이러한 걸작이 불시에 도출되었는지 알 수 없지만, 창작의 순연한 불길은 예기치 못한 순간 뜨겁게 타오를 수 있으니 그의 창작 원고에 기록된 이 작품의 순도를 의심할 필요는 없다. 다만 이 시에도 그가 애호한 정지용의 영향이 강하게 스며 있는 것은 부정할 수 없다. 정지용의 다음 시구들이 윤동주의 시행 구성에 영향을 준 것을 확인할 수 있다.

> 시약시야, 순하디 순하여 다오.
> 암사슴처럼 뛰어다녀 보아라.
>
> — 정지용, 「따알리아」 부분

> 어린아이야, 달려가자.
> 두 뺨에 피어오른 어여쁜 불이
> 일즉 꺼져 버리면 어찌 하자니?
>
> — 정지용, 「새빨간 기관차」 부분

> 사랑을 위하얀 입맛도 잃는다.
> 외로운 사슴처럼 벙어리 되어 산길에 설지라도—
>
> — 정지용, 「또 하나 다른 태양」 부분

  정지용의 「따알리아」에서 색시를 부르며 순한 암사슴처럼 뛰어

다녀 보라고 권유하는 문맥이 윤동주 시에서는 순이를 부르며 암 사슴처럼 눈을 내려 감고 앞문으로 내달려 보라는 말로 전환 표출 되었다. 두 뺨에 피어오른 불이 꺼지기 전에 달려보라는「새빨간 기관차」의 화법이 윤동주 시에는 촛대에 뜨거운 불이 꺼지기 전에 내달리라는 당부의 말로 전환되었다. 사랑을 지키기 위해서는 외 로운 사슴처럼 벙어리가 되어도 좋다는「또 하나 다른 태양」의 다 짐은 "우리들의 사랑은 한낱 벙어리였다."라는 구절로 변형되어 정착했다.

제목이 '사랑의 전당'이고 순이라는 여성의 이름을 직접 호명하 면서 상대에 대한 마음을 직접 표현하고 있으니 정말로 이 시기에 윤동주가 사랑하는 대상이 있었는지 당연히 의심을 가질 법하다. 그러나 전기적 사실로는 확인된 것이 없다. 청춘기에 흔히 가질 수 있는 사랑의 환상을 바탕으로 자신의 정신과 각오를 호쾌하게 표현하려는 마음으로 창작한 것 같다.

1연에 제시된 시의 문맥에 의하면 화자와 순이는 이미 마음의 전당을 공유한 것으로 되어 있다. 순이는 내 마음의 전당에 들어 왔고 나는 순이의 마음에 이미 들어가 있다. 그들이 공유한 공간 을 "고풍古風한 풍습이 어린 사랑의 전당"이라고 격조 있게 표현 했다. '고풍하다'는 말에서 화자의 보수적 성향이 암시되지만, 사 랑의 전당을 공유한다는 설정은 매우 참신하고 파격적이다. 이어 화자는 사랑의 전당을 공유한 순이에게 암사슴처럼 온순한 자태 로 수정같이 맑은 눈을 내리감으라고 권유한다. 자신은 사자처럼 엉클어진 머리를 고르게 가다듬으며 순이를 받아들일 준비를 하겠다고 말한다. 그렇게 사랑의 마음을 공유하는데도 자신들의 사랑을 '벙어리'라고 표현했다. 겉으로 표현하지 못하는 사랑의 내면성을 뜻한 것이니 '고풍한 풍습'에서 암시된 보수적 성향이 윤동주 내면의 바탕을 이루고 있음을 짐작할 수 있다.

보수적 성향이 바탕에 깔려 있으니 사랑의 열정을 표시하는 일은 거의 불가능하다. 그래서 화자는 순이에게 젊은 사랑의 성스러운 촛대에 뜨거운 불이 꺼지기 전에 전당의 앞문을 향해 내달려 오라고 청한다. 자신이 순이를 향해 치닫지는 못하고 순이에게 행동을 요청할 정도로 화자의 태도는 소극적이다. 화자와 순이를 둘러싸고 있는 현실도 그렇게 밝지 않다. 어둠과 바람이 몰아치기 직전의 상황이다. 어둠과 바람이 이 전당의 창에 부닥치기 전에 영원한 사랑을 안은 채 뒷문으로 멀리 사라지겠다고 했다. 이것은 무슨 뜻인가? 순이에게 젊은 사랑의 열기가 사라지기 전에 전당의 앞문을 향해 내달려 오라고 청했으면 거기 상응하는 행동이 있어야 마땅할 터인데, 위험한 상황이 닥쳐오기 전에 사랑을 안고 멀리 사라지겠다고 했으니, 그의 내면은 이처럼 나약하다. 그리고 이러한 진술은 그의 사랑이 현실적인 상태가 아니라 관념의 소산임을 드러낸다. 이렇게 소극적이고 관념적인 사랑이라면 그 사랑은 오래 지속되지 못할 것이다. 모처럼 표현한 사랑의 전당이 한갓 관념의 소산임을 알려 주는 예이다.

이렇게 나약한 모습을 보일 수밖에 없는 이유를 암시하면서 윤동주는 시를 끝맺는다. 이 마지막 연은 두 사람이 처한 상황과 자신이 사랑하는 순이를 소극적으로 대할 수밖에 없는 이유를 드러낸다. 상상의 상황이든 현실의 조건이든 이러한 생각을 표현했다는 것은 윤동주의 심성이 그만큼 솔직하고 순수하며 사려 깊은 상태임을 단적으로 드러낸다. "네게는 삼림 속의 아늑한 호수가 있고, / 내게는 준험峻險한 산맥이 있다."라고 그는 썼다. 처음에는 '험준한 산맥'이라고 썼다가 '준험한 산맥'이라고 고쳐서 자신이 처한 상황이 범상치 않은 상태임을 드러냈다.

순이와 내가 사랑의 전당에 함께 들어온 것은 맞지만, 너는 삼림 속 아늑한 호수로 남아 있어야 할 존재이고 나는 준험한 산맥을 넘어서야 할 사람이다. 이렇게 서로 다른 처지의 두 사람이 동행할 수는 없다. 너는 평온한 상태를 유지해야 하고 나는 시련의 길을 걸어야 한다는 생각이 녹아 있다. 윤동주는 자신의 앞길이 순탄하지 않으리라는 사실을 운명적으로 직감한 것 같다. 그러한 처지에 누구를 사랑한다고 하여 상대를 시련의 길로 동참시킬 수는 없었다. 그래서 그는 홀로의 사랑을 지키며 상대를 삼림 속 아늑한 호수의 상태에 두고자 했다. 그것이 진정으로 상대를 아끼는 사랑의 마음이 아니겠는가. 연희전문학교 1학년에 다니는 21세의 청년 윤동주는 이렇게 아름다운 내면을 지니고 있었다.

이적異蹟

발에 터분한 것을 다 빼어 버리고
황혼이 호수 위로 걸어오듯이
나도 사뿐사뿐 걸어 보리이까?

내사 이 호숫가로
부르는 이 없이
불리어 온 것은
참말 이적이외다.

오늘따라
연정, 자홀自惚, 시기, 이것들이
자꾸 금메달처럼 만져지는구려

하나, 내 모든 것을 여념 없이
물결에 씻어* 보내려니
당신은 호면湖面으로 나를 불러내소서.

— 1938. 6. 19.

—

• **터분한**: 기분이 답답하고 따분한.

—

이 시는 앞의 「사랑의 전당」과 같은 날에 쓴 것으로 표기되어 있다. 이상섭 교수는 이 시에 나오는 호수를 신촌 서교동 일대에 있었던 잔다리 호수로 보았다.[**] 지금의 서교동 일대를 예전에 '잔다리'라고 했고 그 근처에 큰 연못이 있었다는 것이다. 윤동주가 생활하던 연희전문학교 기숙사에서 잔다리 연못까지는 약 30분 거리라고 한다. 이상섭 교수는 1938년 초여름 어느 황혼 녘에 이 연못가로 산책을 나왔다가 이채로운 경험을 하고 그것을 시로 표현했다고 해석했다.

이 시의 배경이 된 사건은 성경 『마태복음』과 『마가복음』에 나오는 예수와 베드로 사이의 유명한 이야기다. 풍랑 이는 갈릴리 호수에 배를 저어 가던 예수의 제자들이 물 위로 걸어오는 예수를 보고 놀랐다. 베드로가 주님이 오라 하시면 가겠다고 했다. 예수가 오라고 하자 베드로는 물 위로 걷다가 두려움을 느껴 물에 빠졌다. 예수가 베드로의 손을 잡고 이끌며 "믿음이 적은 자여, 왜

---

[*] 자필 원고가 '씨서'인지 '써서'인지 불분명한데, 수정 이전 원고에 "내 모든 것을 버리려니"로 되어 있어서, 문맥에 맞추어 '씻어'로 해독한다.

[**] 이상섭, 『윤동주 자세히 읽기』, 한국문화사, 2021, 124쪽.

232

의심하였느냐"라고 꾸짖었다는 내용이다.

윤동주는 이 이야기를 직접 소개하지 않고 예수나 베드로 대신 황혼을 등장시켰다. 황혼이 아무 흔적도 없이 호수 위로 가뿐히 걸어오는 모습을 보고 성경의 그 구절이 떠올랐을 것이다. 나도 내 발에서 답답한 것들을 다 빼어 버리고 저 황혼처럼 호수 위로 걸을 수 있을까, 이런 생각을 한 것이다. 하지만 그것은 상상일 뿐 실행될 수 없는 일이다. 그래서 그런 이적 대신에 자신이 이 호숫가로 저절로 나오게 된 사실이 바로 이적이라고 생각했다. 이 호숫가에서 명상을 통해 자신의 새롭고 진실한 면모를 자각하게 되었으니, 그것이 이적이라고 사유한 것이다.

자신에게 달라붙어 마음을 심란하게 한 대표적인 감정으로 "연정, 자홀自惚, 시기"를 열거했다. 연정과 시기는 쉽게 이해가 되는데 '자홀'이란 무엇인가? '자홀'이란 자기도취의 감정을 말한다. 누구를 연모하는 것도 알고 보면 자기도취의 감정이다. 스스로 사랑에 빠져 걷잡을 수 없게 되었다는 것은 분명 자기도취에 속한다. 누구를 시기한다는 것도 자기 능력을 과대평가하는 일의 연장이니 자기도취의 일면이 있다. 결국 '연정, 자홀, 시기' 중 핵심적인 사항은 자기도취임을 알 수 있다. 자기를 버려야 호수 위를 걸을 수 있는 이적이 실현되는데 자신을 귀한 금메달로 여기고 자기도취의 상태에 빠져 있으니 이적을 보일 수 없다.

그래서 화자는 자신의 모든 것을 아쉬움 없이 물결에 씻어 보내겠다고 말한다. 그렇게 번거롭고 답답한 감정들이 다 사라지면 당신이 베드로를 불러내듯이 나를 불러내 달라고 호소했다. 당신에게 기원하는 형식을 취했지만, 사실은 자기 자신에게 소망을 말한 것이다. 마음의 번민이 사라지고 자기 애착에서 벗어나면 가벼운 영혼이 되어 호수 위를 걷는 이적이 실현되리라고 생각했다. 호수 위를 걷는 것이 중요한 일이 아니라 번민과 애착을 버리는 일이 중요하다. 그는 "터분한 것을 다 빼어 버리"는 것을 원했다. 그것이 '준험한 산맥'을 넘는 방법의 하나라고도 생각했을 것이다.

아우의 인상화

붉은 이마에 싸늘한 달이 서리어
아우의 얼굴은 슬픈 그림이다.

발걸음을 멈추어
살그머니 앳된 손을 잡으며
"너는 자라 무엇이 되려니"

"사람이 되지"
아우의 설운 진정코 설운 대답이다.

슬며―시 잡았던 손을 놓고
아우의 얼굴을 다시 들여다본다.

싸늘한 달이 붉은 이마에 젖어
아우의 얼굴은 슬픈 그림이다.

—1938. 9. 15.

—

이 시는 연희전문학교에서 첫 방학을 맞은 시기인 1938년 9월 15일에 쓴 것으로 『조선일보』에 투고하여 1938년 10월 17일 자 '학생 페이지'에 발표되었다. 시간이 흘러 이듬해 1월 23일에 산문 「달을 쏘다」를 발표하고 2월 6일에 「유언」을 발표한 것은 앞에서 설명했다. 『조선일보』가 문학청년 윤동주에게는 중요한 발표 무대였다.

윤동주의 아우로는 다섯 살 아래인 여동생 혜원이 있고 열 살 아래인 남동생 일주가 있다. 막내 광주는 열여섯 살 아래로 이 시를 쓸 때 다섯 살이니 현실적으로 이 시의 문맥에 들어올 수 없다. 실제의 맥락을 고려하면 방학을 맞아 고향에 돌아와 열한 살인 남동생 일주와 대화를 나누고 그것을 소재로 시를 썼다고 볼 수 있다. 시의 내용은 단순한데, 행간에 비극의 음영이 드리워 있어 윤동주의 운명을 예고하는 듯한 슬픔의 여운이 있다. 또 윤동주의 시를 전부 모아 책으로 간행한 동생 윤일주의 간절한 형제애와 정성이 우연이 아님을 이 시에서 예감할 수 있다. 이러한 사실에서도 윤동주 시의 모든 발화는 필연을 내장한 운명의 언어임을 자각하게 된다.

화자는 동생의 얼굴을 보며 붉은 이마에 싸늘한 달이 어린 비극의 화폭을 연상한다. 어린 동생의 얼굴에서 왜 이렇게 슬픈 형상을 찾아내는가. 여기에는 자신의 슬픈 운명이 투영되어 있다. 윤동주는 동생의 얼굴에서 자신의 슬픈 운명을 본 것이다. 느닷없는 슬픈 운명과의 만남에 놀란 듯 화자는 발걸음을 멈추고 자신의 분신, 동생의 앳된 손을 살그머니 잡으며 "너는 자라 무엇이 되려니" 하고 묻는다. 철없는 동생은 "사람이 되지"라고 천연덕스럽게 답한다. 사람이 되는 것, 사람이 되어서 사람답게 사는 것이 얼마나 힘든 일인가. 이것을 모르는 천진한 동생은 아주 자연스럽게, 당연하다는 듯이 그렇게 말했다. 화자는 이 대답이 "진정코 설운 대답"이라고 강조해서 말했다.

화자인 형은 아우의 대답에 놀란 듯 슬며시 잡았던 손을 놓고 아우의 얼굴을 다시 들여다본다. 이후 들여다보는 행위는 윤동주의 시에 유난히 많이 등장하는데, 그 첫 단계가 여기 나타난다. 시상이 새롭게 전개되지는 않고 앞에서 했던 말의 순서를 바꾸어 반복했다. 그래서 이 말은 윤동주의 인생관이 된 듯하다. 윤동주는 자신과 동생을 포함하여 인간을 이렇게 본 것이다. 싸늘한 달이 붉은 이마에 젖어 있는 슬픈 형상. 이것이 인간이다.

인간을 이러한 비극의 존재자로 인식했기 때문에 그는 유신론적 실존철학자 키르케고르(Søren Aabye Kierkegaard)의 책에도 매력을 느꼈을 것이다. 그는 졸업할 때까지 키르케고르의 책을 탐독했고[*] 신학을 전공한 친구에게 키르케고르에 대한 깊은 이해를 피력했다고[**] 전한다. 키르케고르는 인간의 유한성을 자각하면서 영원성

---

[*] 윤일주, 「선백先伯의 생애」, 『하늘과 바람과 별과 시』, 정음사, 1983, 234쪽.
[**] 문익환, 「동주 형의 추억」, 위의 책, 215쪽.

에 대한 갈망을 인정한 철학자이다. 키르케고르의 사상은 당시 젊은 지식인들 사이에 유행처럼 번지며 인기를 끌었는데, 윤동주도 분명히 그 사상을 접했을 것이고, 이는 윤동주의 인간관을 형성하는 데에도 깊은 영향을 주었을 것이다.[*] 그의 시에서 키르케고르의 영향이 나타나는 것은 1941년 이후의 시편이고 1939년 이전의 시는 그렇지 않다고 보는 견해도 있지만[**], 사상의 영향이라는 것이 어느날 문득 나타나는 일은 없다. 그의 바탕이 어떤 사상을 받아들일 준비가 되어 있을 때 비로소 그 사상이 쉽게 흡수되는 것이다. 앞으로의 그의 시는 이러한 인간관을 중심으로 한 변형의 과정이라고 할 수 있다.

[*] 김응교, 「단독자, 키르케고르와 윤동주」, 『처럼』, 2023, 352～369쪽에서 윤동주 시와 키르케고르 사상의 관련성을 논했다.
[**] 오주리, 『존재의 시: 한국현대시사의 존재론적 연구』, 국학자료원, 2021, 116～117쪽.

코스모스

청초한 코스모스는
오직 하나인 나의 아가씨

달빛이 싸늘히 추운 밤이면
옛 소녀가 못 견디게 그리워
코스모스 핀 정원으로 찾아간다.

코스모스는
귀또리 울음에도 수줍어지고

코스모스 앞에 선 나는
어렸을 적처럼 부끄러워지나니

내 마음은 코스모스의 마음이요
코스모스의 마음은 내 마음이다.

— 1938. 9. 20.

—

　천진한 소년의 마음으로 돌아가 가을의 서정을 소박하게 노래한 작품이다. 삶에 관한 상념을 표현하지 않는 경우에는 이렇게 소박한 소년풍의 시를 써서 남겼다. 습작에 속하는 작품이라고 생각하고 편안한 마음으로 소박한 작품에 담긴 윤동주의 시심을 감상하면 된다.

　소박한 습작이어서 표현도 상투적이다. 청초한 코스모스를 오직 하나뿐인 나의 아가씨라고 했다. 아가씨는 원래 미혼의 양반집 딸을 높여 부르던 말이었다. 윤동주의 시대에도 존대의 개념은 남아 있어서 시집갈 나이의 여자를 높여 부르는 말로 통용되었을 것이다. 그러니까 윤동주는 코스모스의 청초함을 공대해야 할 덕성으로 내세우며 아가씨라는 칭호로 우대한 것이다. '오직 하나뿐인'이라는 말은 그러한 청초함을 지키고 있는 대상이 드물다는 뜻을 나타낸다. 그래서 날씨가 싸늘해지고 청초함을 지닌 옛 소녀가 못 견디게 그리울 때는 코스모스 핀 정원으로 일부러 찾아간다고 했다. 청초한 소녀는 보지 못하지만, 코스모스를 통해 청초함의 표상을 음미할 수 있기 때문이다.

　청초한 기품을 지닌 코스모스는 부끄러움이 많아서 귀뚜라미 울음에도 수줍어하고 그 청초한 모습 앞에 나도 부끄러움을 느낀다. 부끄러움을 공유한다는 점에서 코스모스와 나는 통하는 점이 있다. 이 대목에서 청초함이라는 덕성이 윤동주의 마음으로 전이 된다. 그러니 "내 마음은 코스모스의 마음이요 / 코스모스의 마음은 내 마음이다."라는 구절이 이어지는 것은 당연하다. 이것이 윤동주가 정작 하고 싶었던 말이고 하고 싶던 말을 했으니, 시가 마무리된다. 결국 이 시가 말하고자 한 바는 화자인 내가 코스모스의 청초함을 본받고자 한다는 것이다. 윤동주의 부끄러움과 순결성 지향의 원형을 담은 작품이다.

슬픈 족속

흰 수건이 검은 머리를 두르고
흰 고무신이 거친 발에 걸리우다.

흰 저고리 치마가 슬픈 몸집을 가리고
흰 띠가 가는 허리를 질끈 동이다.

— 1938. 9.

———

자필 원고에, 이 시는 앞의「코스모스」와 뒤에서 볼「고추밭」사
이에 있는데, "1938. 9월"이라고 표기하고 날짜는 적지 않았다.
이 시가 마음에 들었는지 연희전문학교 졸업 무렵에 내고자 했던
자선 시집『하늘과 바람과 별과 시』의 목록에 넣었는데, 거기에도
창작 시점은 "1938. 9."라고만 표기되어 있다. 1938년의 작품으
로는 이 시와「새로운 길」두 편만 자선 시집『하늘과 바람과 별과

시』에 수록했다.

　단순한 형식의 이 시는 누구나 한눈에 알아차릴 수 있는 이항 대립을 구조로 삼고 있다. '흰 수건'과 '검은 머리', '흰 고무신'과 '거친 발', '흰 저고리 치마'와 '슬픈 몸집', '흰 띠'와 '가는 허리'가 이항 대립을 이룬다. 여기에서 지칭하는 시어들이 무엇을 의미하는지 모르는 사람은 없을 것이다. 그러나 이 단순한 이항 대립을 이렇게 연결해서 분명한 의미 맥락이 조성되도록 시를 구성한 사람은 윤동주밖에 없었다. 이것 역시 '콜럼버스의 달걀'과 같다. 막연히 느껴서 알고는 있지만 그것을 언어로 표현하는 것은 쉬운 일이 아니다. 윤동주는 이 내용을 간단한 시의 형식으로 표현했다. 여기에 윤동주의 독창성과 시인적 재능이 담겨 있다. 그래서 기성 시단에 한 번도 이름을 올리지 않았지만, 그를 시인으로 부를 당위성이 생기는 것이다.

　이 시의 대상은 한국 여인이다. 남자가 아니라 여자를 대상으로 한 데에도 윤동주의 의도가 잠재되어 있다. 피압박 민족에서도 수난과 수모를 더 많이 받는 대상은 여성이다. 표면적으로 흰 수건을 검은 머리에 두른 것만으로는 수난의 의미가 아니다. 그러나 흰 고무신이 거친 발에 걸린다는 구절을 읽으면 앞의 사실도 수난의 형상으로 다가온다. 흰빛이 백의민족을 상징하여 한국 민족을 나타낸다는 설명은 하지 않아도 좋을 것이다. 검은 머리와 거친 발의 상대적 표상으로 받아들여도 좋다. 외국어로 번역했을 때도 흰빛은 순결과 정화의 상징으로 읽힐 것이다. 그 흰빛이 검은 머리를 감싸고 거친 발에 걸릴 때, 순결을 훼손하는 오염의 이미지가 작동한다.

　노동하는 여성의 몸은 슬프다. 나약한 슬픈 몸에 흰 저고리 치마를 걸치고, 거친 발에 흰 고무신을 신고, 가는 허리를 흰 띠로 질끈 동이고 육체노동을 하는 장면은 슬픔과 연민을 자아낸다. 윤동주는 이항 대립을 연결하되 점층적 변화를 꾀했다. 처음에는 평범한 서술로 시작해 조금씩 강도를 높여 '거친 발', '슬픈 몸집', '가는 허리'로 심화하여 수난의 정도를 강화했다. 마지막 4행에 '질끈'이라는 말은 나약한 여성이 고통을 감내하며 어쩔 수 없이 노동에 참여해야 하는 안간힘을 잘 표현했다. 보고 느낀 대로 썼지만 윤동주 내면의 진심이 진실한 시를 만들었다. 좋은 시는 진심에서 나온다는 사실을 확인하게 되는 사례다. 윤동주는 진정 시인이었다.

고추밭

시들은 잎새 속에서
고 빨—간 살을 드러내 놓고,
고추는 방년芳年된 아가씬 양
땍볕에 자꾸 익어 간다.

할머니는 바구니를 들고
밭머리에서 어정거리고
손가락 너어는 아이는
할머니 뒤만 따른다.

— 1938. 10. 26.

___

- **땍볕**: '뙤약볕'의 방언.
- **너어는**: '씹다', '빨다'의 함경도 방언. 「황혼이 바다가 되어」에도 나
  온 시어다.

1938년 10월 26일로 날짜가 기재되어 있는데, 동시풍의 내용으로 보아 그 전에 썼던 것을 이때 정리하여 옮겨 적은 것 같다. 여름에 고추가 익어 가니 잎은 시들고 고추는 빨간 살이 짙게 드러난다. 고추가 붉게 익어 가는 모습을 20세 전후의 젊은 아가씨로 비유했다. 고추는 낮게 자라므로 할머니도 쉽게 딸 수 있다. 할머니가 바구니를 들고 밭머리에서 서성이고 아이는 그 뒤를 손가락만 빨며 따라다닌다.

　빨간 살을 드러낸 고추를 방년의 아가씨로 비유했지만, 제시된 정경은 그렇게 풍요롭지 않다. 늙은 할머니가 바구니를 들고 어정거리는 모습도 그렇고, 손가락을 빨며 할머니 뒤만 따르는 아이도 그렇다. 무언가 빈곤의 그림자가 깔려 있어서 방년의 아가씨 모습과 어울리지 않는다. "고 빨─간 살을 드러내 놓고"는 정지용의 「바다 1」에 나오는 "한나절 노려보오 훔켜잡아 고 빨간 살 뺏으려고"의 영향을 받은 것 같다. 고추의 빨간 살을 방년의 아가씨로 표현하려는 마음과 농촌의 답답한 빈곤상을 간접적으로 드러내려는 마음이 묘하게 중첩되면서 조화를 잃은 작품이 빚어졌다. 그래도 농촌의 모습은 실감 나게 그려 냈다.

달걀이

연륜이 자라듯이

달이 자라는 고요한 밤에

달걀이 외로운 사랑이

가슴 하나 뻐근히

연륜처럼 피어 나간다.

— 1939. 9.

—

시를 쓴 시기가 "14년 9월"로 표기되었는데 14년은 이 시대의 일본 연호인 쇼와(昭和) 14년, 즉 1939년을 가리킨다. 서울에서 대학을 다니며 생활하다 보니 당시의 제도를 따라 일본 연호를 썼다. 이 시기에 일본 연호로 창작 시점을 표기한 작품은 이 작품과 「장미 병들어」, 「투르게네프의 언덕」 등 세 편으로 모두 1939년 9월에 쓴 것으로 기재되어 있다.

연륜은 나무의 나이테를 가리키는 말이다. 그래서 연륜이 자란 다는 말이 가능하다. 일 년마다 나이테가 하나씩 늘어 가므로 연륜을 보고 나무의 나이를 헤아릴 수 있다. 그렇게 연륜이 늘어나듯이 달이 자란다고 했다. 달의 둥근 형상에서 나이테의 둥근 윤곽을 떠올리고 달도 그렇게 점점 커 간다고 상상했다. 시간이 흘러 연륜이 늘어나듯이 우리들의 상태도 점점 성장한다는 뜻도 내포되어 있을 것이다. 커다란 달이 고요하게 사방을 비추는 밤에 누군가를 그리워하는 외로운 사랑이 떠오른다.

그 대상이 누구인지는 알 수 없다. 혼자만 간직했기에 외로운 사랑이라고 했을 것이다. 연륜이 자라고 달도 자라듯이 그 외로운 사랑도 성장한다고 했다. 그러나 사랑의 성장은 저절로 이루어지지 않는다. "가슴 하나 뻐근히" 피어 나간다고 했다. 마음에 무언가 아픔을 남기며 퍼져 간다. 윤동주는 분명 사랑의 성장통을 느꼈다. 사랑의 대상이 무엇인지, 누구인지 알 수 없지만 가슴에 뻐근한 통증을 남기고 연륜처럼 성장하는 사랑을 노래했다.

장미 병들어

장미 병들어
옮겨 놓을 이웃이 없도다.

달랑달랑 외로이
황마차 태워 산에 보낼거나

뚜― 구슬피
화륜선 태워 대양大洋에 보낼거나

프로펠러 소리 요란히
비행기 태워 성층권에 보낼거나

이것 저것
다 그만두고

자라가는 아들이 꿈을 깨기 전
이내 가슴에 묻어 다오.

—

앞의 「달같이」와 같은 시기에 쓴 것으로 기재되어 있다. 마지막 연의 "자라가는 아들이 꿈을 깨기 전 / 이내 가슴에 묻어 다오."라는 말로 보면 시의 화자는 윤동주 자신이 아니라 아들을 둔 어머니거나 아버지다. 윤동주가 남성이니 일단 아버지라고 생각하자. 그러면 '병든 장미'는 무엇을 뜻하는가? 이 제목은 자연히 윌리엄 블레이크의 시 「병든 장미」를 떠올리게 한다. 윤동주가 그 시를 읽었을 가능성은 충분하지만 이 시와 직접적인 관련성이 있는 것은 아니다.* 영어권 시에서 병든 장미는 주로 사랑하는 여인의 비유로 등장한다. 그런데 여기에서는 애인의 비유는 아닌 것 같다. 병든 장미를 옮겨 놓을 적당한 장소가 없으니 자기 가슴에 묻어 달라고 한 것으로 보아 실제로 병든 장미를 두고 시를 쓴 것 같기도 하다.

병든 장미를 어딘가로 옮겨야 할 텐데 마땅한 장소가 없다. 병

---

* 신경숙, 「장미의 상호텍스트성: 윤동주의 '장미 병들어'와 정지용의 '카페 프란스', 윌리엄 블레이크의 '병든 장미'」, 류양선 엮음, 『윤동주 시인을 기리며』, 창작산맥사, 2017, 315~354쪽 참조.

든 장미를 돌보고 재활시킬 수 있는 적당한 장소가 없는 것이다. 포장을 두른 마차에 태워 산에 보낼 수도 없고 증기선에 태워 바다로 보낼 수도 없다고 했다. 상상을 확대해서 비행기에 태워 대기권을 벗어난 성층권에 보낼 생각도 했다. 이 세 가지 상상은 병든 장미를 보낼 마땅한 장소가 없다는 것을 시적인 수식을 동원해 나열한 것이다. 이 수사적 나열은 병든 장미를 도울 효율적인 방안이 없다는 것을 역으로 드러내는 장치다. "이것저것 / 다 그만두고"라는 말은 장미를 옮겨 놓을 장소가 마땅히 없다는 사실을 이미 알고 있었다는 뜻이다. 신경숙 교수는 이 시에서 "누군가 함께 앓아 주거나, 병든 장미를 함께 애처로워할 이웃이 없다는 화자의 고립감"*을 검출했다. 탁월한 성찰이다.

화자는 자라 가는 아들이 지금 잠을 자고 있으니 잠에서 깨기 전에 차라리 내 가슴에 묻는 것이 좋겠다는 뜻을 제시했다. 여기에는 장미가 병들어 죽어 간다는 사실을 아들에게 숨기고 싶다는 뜻이 담겨 있다. 잠든 아들이 깨어나 이 사실을 알면 크게 고통스러워할 것이다. 그래서 화자는 아들이 깨어나기 전에 장미를 자기 가슴에 묻어 달라고 요청한다. 이것은 장미의 병이 자기 자신에게 전이될 수 있다는 점에서 위험한 행동이다. 그러나 화자는 자기 가슴에 병든 장미를 묻는 길을 선택한다. 신경숙 교수는 이 대목을 "외로움과 질병을 그대로 품어 주는 인간의 가슴속으로 안착

* 위의 책, 324쪽.

한다. 화자의 가슴은 병든 장미의 무덤, 그 질병을 감싸고 감내할 수 있는 유일한 장소"*라고 해석했다.

요컨대 이 시의 의미 구조는 장미가 병들어 옮겨 놓을 이웃이 없으니 이것저것 다 그만두고 아들이 꿈을 깨기 전에 자신의 가슴에 병든 장미를 묻어 달라는 내용이다. 장미의 질병과 고통과 죽음을 자신이 혼자 감내하겠다는 희생과 견인의 자세를 보인 것이 중요하다. 그렇다면 '병든 장미'의 정체는 무엇인가? 이것은 피할 수 없는 육체의 질병, 혹은 시대의 질병을 상징했을 수 있다. 치유할 수 없는 질병에 대해 먼저 염려하고 미래의 세대에게 짐을 지우지 않으려고 병든 장미를 자기 가슴에 묻어 달라고 한 윤동주의 자세는 유교적 살신성인, 또는 기독교적 자기희생에 해당한다. 이어지는 그의 시에서 보게 될 희생양 정신이 이미 이 시에 나타나고 있음을 확인하게 된다. 2학년 여름방학을 보내며 그는 이렇게 시대의 문제에 고민하고 인간 운명의 문제에 번민하고 있었다.

* 위의 책, 325쪽.

투르게네프의 언덕

나는 고갯길을 넘고 있었다…… 그때 세 소년 거지가 나를 지나쳤다.

첫째 아이는 잔등에 바구니를 둘러메고, 바구니 속에는 사이다 병, 간즈매 통, 쇳조각, 헌 양말짝 등 폐물이 가득하였다.

둘째 아이도 그러하였다.

셋째 아이도 그러하였다.

텁수룩한 머리털, 시커먼 얼굴에 눈물 고인 충혈된 눈, 색 잃어 푸르스름한 입술, 너덜너덜한 남루, 찢겨진 맨발,

아― 얼마나 무서운 가난이 이 어린 소년들을 삼키었느냐!

나는 측은한 마음이 움직이었다.

나는 호주머니를 뒤지었다. 두툼한 지갑, 시계, 손수건…… 있을 것은 죄다 있었다.

그러나 무턱대고 이것들을 내줄 용기는 없었다. 손으로 만지작만지작거릴 뿐이었다.

다정스레 이야기나 하리라 하고 "얘들아" 불러 보았다.

첫째 아이가 충혈된 눈으로 흘끔 돌아다볼 뿐이었다.

둘째 아이도 그러할 뿐이었다.

셋째 아이도 그러할 뿐이었다.

그러고는 너는 상관없다는 듯이 자기네끼리 소곤소곤 이야기하면서 고개로 넘어갔다.

언덕 위에는 아무도 없었다.

짙어가는 황혼이 밀려들 뿐―

― 1939. 9.

―

• **간즈매**: '통조림'을 뜻하는 일본어.

―

제목 옆에 '산문시'라는 양식명을 적어 투르게네프와 같은 산문시를 쓴다는 의식으로 시를 구성했음을 밝혔다. 이 시는 투르게네프의 산문시 「걸인」을 전제로 해서 그와는 다른 자기 생각을 표현한 작품이다. 산문시 형식인데 원고지 작성법에 맞추어 시행을 정확히 배열하고 있는 것을 자필 원고에서 확인할 수 있다. 그는 당시 어느 문인보다 원고지 문서 작성법을 정확히 파악하고 있었던 것 같다.

투르게네프의 산문시 「걸인」은 1872년 2월에 쓴 작품이다. 찬

바람 부는 길거리를 걷다가 동냥을 구하는 늙은 거지를 만난 화자
는 무언가를 주려고 호주머니를 다 뒤졌지만 아무것도 없었다. 줄
것이 없음을 안 화자는 빈손으로 거지의 손을 움켜잡고 미안하다
고 말한다. 그러자 거지는 붉게 충혈된 눈으로 나를 응시하다가
가느다란 미소를 짓는다. 그리고 싸늘한 내 손가락을 꼭 잡아 주
면서 혼잣말처럼 그것만으로도 고맙다고, 그것도 적선이라고 중
얼거린다. 그 순간 나도 거지로부터 적선을 받았다는 사실을 깨닫
는다. 가난한 사람에 대한 연민과 교감을 표현한 이 작품은 그 독
특한 주제 때문에 개화기 이후 우리나라에 여러 차례 번역 소개되
었다. 윤동주는 이 시를 읽고 자기 나름의 번안과 새로운 해석을
시도한 것이다.

　윤동주의 시에서 거지는 늙은이가 아니라 세 명의 아이로 설
정되어 있다. 그들은 행인에게 동정을 구하지도 않고 그냥 지나
칠 뿐이다. 아이들은 무서운 가난에 휩싸여 있었고 온갖 폐물만
짊어지고 있다. 거기에 비해 화자인 나는 두툼한 지갑에 시계까
지 있을 것은 죄다 가지고 있었다. 소유물의 있고 없음의 차이가
그들과 나를 커다란 거리감으로 갈라 놓는 것이다. 나는 그들에
게 물건을 내줄 용기도 갖지 못한다. 값싼 동정이 그들에게 굴욕
감이나 거부감을 갖게 할까 두려웠기 때문이다. 그들을 다정하게
불러 보았으나 그들은 돌아보지도 않고 자기들끼리 고개를 넘어
가 버렸다.

　화자는 그들과 자신이 전혀 다른 세계에 격리되어 살고 있다는

사실을 확인한다. 그들과 내가 손을 잡고 동질성을 느끼기에는 나의 처지가 지나치게 넉넉하다. 이러한 자신의 생활 양태를 몰각하고 약자에 대한 연민과 동정을 갖는 것이 가능한 일인지 자문하고 있다. 윤동주는 이 시를 통해 자신의 처지와 위상을 성찰하며 약자에 대한 동정의 의미를 반성하고 있다. 이 문제를 넘어서야 진정한 사랑에 이르게 된다고 생각했을 것이다. 그래서 시의 제목을 「투르게네프의 언덕」이라고 했다. 자신이 넘어야 할 언덕이 투르게네프의 시에 있다는 뜻이다.

투르게네프 작품의 모방작처럼 시를 구성했지만, 윤동주는 상당히 중요한 문제를 제기했다. 동정과 사랑이 말처럼 쉬운 일이 아니며 많은 것을 가졌다고 가능한 일도 아니라는 점을 깨달은 것이다. 진정으로 상대를 사랑하려면 말이나 행동 이전에 삶이 그들과 하나가 되어야 한다. 삶의 공유가 시혜의 행동보다 선행되어야 한다. 이러한 사실을 깨닫고 그것을 실천하기 위해 마음을 가다듬었던 것 같다. 기독교인으로서 그 언덕을 넘어야 진정한 사랑을 실천할 수 있다고 생각했을 것이다.

산골 물

괴로운 사람아 괴로운 사람아
옷자락 물결 속에서도
가슴속 깊이 돌돌 샘물이 흘러
이 밤을 더불어 말할 이 없도다.
거리의 소음과 노래 부를 수 없도다.
그신 듯이 냇가에 앉았으니
사랑과 일을 거리에 맡기고
가만히 가만히
바다로 가자.
바다로 가자.

— 1939. 9.(추정)

—

• **그신**: '긎다(그치다)'의 활용으로 보아 '그친' '멈춘'의 뜻으로 풀이한다.

자필 원고에 앞의 「투르게네프의 언덕」과 뒤에 있는 「자화상」 사이에 기록되어 있어, 앞뒤의 두 작품과 같은 시기에 지은 작품으로 추정한다. 자기 자신을 대상화하여 '괴로운 사람'이라고 호명했다. '옷자락 물결'은 묘한 표현이다. 자필 원고를 보면 이 시구는 원래 "사람 물결"이었는데 "옷자락 물결"로 수정되었다. 사람들이 몰려다니는 모양을 표현하기 위해 지나가는 여러 사람의 옷자락이 물결처럼 퍼져 가는 모습을 적었다. 결과적으로 사람의 물결을 옷자락 물결에 비유한 것인데, 그 물결이 샘물의 흐름으로 이어져서 하나의 비유가 또 다른 비유를 파생하는 계기가 되었다.

자기 자신을 괴로운 사람이라고 연이어 두 번 호명했다. 괴로움을 강조하려는 의도일 것이다. 많은 사람들이 스쳐 가는 세상의 물결 속에서 "옷자락 물결"이 연상되고 그 이미지가 샘물의 이미지를 견인했다. 가슴속 깊이 돌돌 샘물이 흐른다고 했으니, 물결과 샘물은 비유의 소산일 뿐 실제의 것은 아니다. '산골 물'이라는 제목도 실제의 산골 물을 소재로 한 것이 아니라 옷자락 물결과 가슴속 샘물을 산골 물로 환유한 것이다.

옷자락이 물결처럼 휘어져 늘어지고 가슴속 깊은 곳에는 샘물이 흐르니 유동하는 물의 이미지가 시의 윤곽을 지배한다. 중요한 사항은 '이 밤을 더불어 말할 이 없다'는 사실이다. 화자는 이 외로운 밤의 처지에 대해 고민을 나눌 상대가 없는 고립의 상태에서

물의 이미지에 둘러싸여 있다. 요컨대 주위의 상황은 돌돌 소리까지 내며 유동하고 있는데 자아는 혼자 고립되어 있으며, 고립되어 있어서 거리의 소음과 노래를 부를 수 없다고 했다. 소통의 단절, 상황과의 격리. 이것이 자아가 처한 상황이다.

이러한 고립과 단절의 상황에서 화자는 모든 행동을 포기한 듯 멈추고 냇가에 앉았을 뿐이다. 사정이 이러하니 자신이 감당해야 할 사랑이나 행위도 거리에 맡기고 조용한 자세를 취할 수밖에 없다. 세상의 소음과 절연되고 노래도 포기하고 사랑과 일도 남에게 맡긴 상태에서 화자는 무엇을 해야 하는가? 화자가 내세운 발언은 이해하기 어렵다.

"바다로 가자. / 바다로 가자."라고 했다. 샘물이 흐르는 냇가에 앉아서도 바다로 가자고 말할 수는 있다. 그러나 거리의 사연을 함께 이야기할 상대도 없고 노래도 부를 수 없는 상태인데, 모든 것을 거리에 맡기고 가만히 바다로 가겠다는 것은 무슨 뜻인가? 실제적인 행동의 자리에서 이탈하여 그냥 말없이 더 넓은 세계로 가서 새로운 생활을 하겠다는 뜻으로 읽힌다. 명확한 생각이 표명되지 않아서 내포된 의미를 제대로 해석하기는 어렵다. 현실의 소통이 원만하지 않으니 더 넓은 세계로 가겠다는 뜻일까? 현실과 화합하지 못하는 상태인 것은 분명하다. 방황하고 유동하며 갈피를 못 잡는 윤동주의 심사를 목격하게 된다.

자화상

산모퉁이를 돌아 논가 외딴 우물을 홀로 찾아가선 가만히 들여다봅니다.

우물 속에는 달이 밝고 구름이 흐르고 하늘이 펼치고 파아란 바람이 불고 가을이 있습니다.

그리고 한 사나이가 있습니다.
어쩐지 그 사나이가 미워져 돌아갑니다.

돌아가다 생각하니 그 사나이가 가엾어집니다. 도로 가 들여다보니 사나이는 그대로 있습니다.

다시 그 사나이가 미워져 돌아갑니다.
돌아가다 생각하니 그 사나이가 그리워집니다.*
우물 속에는 달이 밝고 구름이 흐르고 하늘이 펼치고 파아란 바람이 불고 가을이 있고 추억처럼 사나이가 있습니다.

—1939. 9.

윤동주의 자필 원고를 보면 시의 제목이 '외딴 우물', '자상화', '우물 속의 자상화', '자화상'으로 바뀌어 간 것을 확인할 수 있다. '우물 속의 자상화'는 1941년 6월에 간행된 연희전문학교 문우회지 『문우』에 실렸을 때의 제목이다. 많은 사람들이 지적한 대로 이 작품에는 윤동주의 자아 성찰의 자세가 뚜렷이 드러난다. 시인은 우물에 비친 자기 모습을 '한 사나이'로 대상화하고 자신에 대한 미움과 가엾음, 그리움의 감정을 교차시켰다. 화자가 바라보는 자아의 위상은 우물 속에 고립되어 있다. 우물 안의 공간은 "달이 밝고 구름이 흐르고 하늘이 펼치고 파아란 바람이 불고 가을이 있습니다."로 되어 있어 환상적이고 신비로운 배경으로 미화되어 있다.

화자는 우물 속의 사나이, 즉 자기 모습에 대해 감정의 변화를 언급하는데 그 이유는 제시하지 않았다. 감정의 변화가 어떤 맥락에서 이루어지는지도 나타나 있지 않다. 이것은 자아의 고뇌가 반복적으로 일어나지만 자신에 대한 명확한 인식은 정립되지 않았다는 사실을 드러낸다. 이 시에서 분명히 지각되는 것은 자아의

---

* 자필 원고 '하늘과 바람과 별과 시' 부분에는 이 두 시행이 하나로 이어진 것인지 두 행으로 나뉜 것인지 분명치 않다. 이보다 먼저 작성된 '창'의 원고를 보면 이 두 시행은 연이 나뉘어 기록되어 있다. 이것은 행이 뚜렷이 나뉜 3연 "그리고 한 사나이가 있습니다. / 어쩐지 그 사나이가 미워져 돌아갑니다."의 경우도 마찬가지다. 이것을 근거로 두 행으로 나누어 적는다.

고독과 그 고독의 미화다. "산모퉁이를 돌아" 논가의 "외딴 우물"
을 "홀로 찾아가서" "가만히" 들여다보았을 때 "한 사나이"가 나
타난다고 했다. 멀리 떨어진 외로운 장소에서 그 안을 가만히 들
여다보았을 때 비로소 떠오르는 외로운 사나이의 모습이다. 마지
막 시행에서는 그 사나이가 "추억처럼" 있다고 했다. 추억은 과거
의 회상이다. 어째서 우물 속에 비치는 사나이의 모습이 과거의
추억처럼 떠오른 것일까? 현재의 생동하는 형상이 아니라 과거의
정태적 형상으로 자신을 인식했기 때문이다.

　이 상황 설정에서 우리가 파악하게 되는 것은 내밀한 유폐의
상황에 자리 잡은 고독한 자아의 모습이다. 시인은 자신의 고독
한 모습을 설정해 놓고 그 고독한 자아에 미움, 가엾음, 그리움의
감정을 투영해 보았다. 여기에는 외부 세계가 전혀 개입하지 않
고 있으며, 세계로부터 절연된 우물 속의 밀폐된 자아의 모습이
나타날 뿐이다. 자아에 대한 감정 표현이 '미움, 가엾음, 그리움'
의 세 가지로 제시되었지만 '가엾음'과 '그리움'은 서로 맥락이
통하기 때문에 감정의 방향은 '미움/가엾음-그리움'의 둘로 나뉜
다. 미워하지만 가엾고, 미워하지만 그리운 존재가 자기 자신이
다. 행동이 차단된 채 아름다운 가을 풍경 속에 과거의 추억처럼
유폐되어 있는 고립된 존재가 자기 자신이다.

　윤동주가 표현한 감정의 맥락을 이해하는 것은 어렵지 않다.
자기 자신을 보니 행동을 잃은 무력한 소극성은 밉지만 혼자 고
립된 유폐의 모습은 가엾고, 어떻든 부정할 수 없는 자기 모습이

기에 그리운 것이다. 그는 이렇게 자신에 대해 분열적 태도를 지니고 있었고, 그것을 시로 솔직하게 표현했다.

소년

　여기저기서 단풍잎 같은 슬픈 가을이 뚝뚝 떨어진다. 단풍잎 떨어져 나온 자리마다 봄을 마련해 놓고 나뭇가지 위에 하늘이 펼쳐 있다. 가만히 하늘을 들여다보려면 눈썹에 파란 물감이 든다. 두 손으로 따뜻한 볼을 씻어 보면 손바닥에도 파란 물감이 묻어난다. 다시 손바닥을 들여다본다. 손금에는 맑은 강물이 흐르고, 맑은 강물이 흐르고, 강물 속에는 사랑처럼 슬픈 얼굴―아름다운 순이의 얼굴이 어린다. 소년은 황홀히 눈을 감아 본다. 그래도 맑은 강물은 흘러 사랑처럼 슬픈 얼굴―아름다운 순이의 얼굴은 어린다.

―1939

―

　이 시를 읽으면 윤동주가 얼마나 해맑은 감성을 지닌 사람인지 알 수 있다. 일제 말에 옥사한 시인이라는 선입견에 가려 보지 못했던 윤동주의 온화한 내면과 유연한 감수성을 발견하게 된다. 이렇게 맑은 마음과 순정한 감성을 지니고 있었기에 그는 어두운 현실에 그토록 괴로워하고 스스로 부끄러워했으며 결국 시대의 질곡 속에서 죽음의 길로 떠날 수밖에 없었음을 알게 된다. 순수한 삶을 보장하지 못하는 세계 속에서 어떻게 순결한 자아의 존재가 지속될 수 있겠는가.

이 시의 시간적 배경은 가을이다. 제목인 '소년'은 순정한 마음을 지닌 화자의 나이를 가리킨다. 이런 순정한 마음은 소년 시절에만 유지된다는 뜻인 것 같기도 하다. 어른이 되면 타락한 세계에 점점 길들어 간다고 생각했을지도 모른다.

소년은 단풍잎이 떨어지는 가을날 자기가 좋아하는 순이의 모습을 떠올린다. 그 소환은 주체할 수 없는 그리움의 감정으로 이어진다. 가을의 계절감은 소년의 순정한 감성을 영롱하게 채색한다.

단풍잎이 떨어지는 모양을 "단풍잎 같은 슬픈 가을이 뚝뚝 떨어진다"라고 표현한 데는 소년의 사춘기적 애상의 감정과 함께 계절의 변화를 대하는 시인의 독특한 정감도 반영되어 있다. "단풍잎 같은 슬픈 가을"이라는 표현은 원관념과 보조관념을 바꾸어 관념을 시각화하는 독특한 구성이다. 단풍잎이 떨어질 때마다 시간은 흐르고, 이 아름다운 가을도 아쉬움만 남긴 채 지나가고 말 것이라는 허전한 심사가 이 시행에 응결되어 있다.

단풍잎 떨어진 자리마다 봄을 마련해 놓았다고 한 것은 연희전문학교 2학년에 재학 중인 청년 윤동주의 긍정적인 시각을 반영한다. 가을은 종결이 아니라 또 다른 생성이며 봄을 준비하는 계절이다. 이것은 소년의 생각이 아니라 청년 윤동주의 생각일 것이다. 단풍잎 떨어진 자리에 봄이 마련되어 있을 뿐만 아니라 나뭇가지 위에는 파란 하늘이 펼쳐져 있다. 윤동주는 이렇게 섬세하고 긍정적인 시선으로 자연을 관찰하고 있다.

소년의 천진한 생각은 그다음에 본격적으로 제시된다. 붉은 단풍잎과 푸른 하늘의 시각적 대조를 넘어 이룩되는 푸른 물감의 환상이다. 가을 하늘이 너무도 파랗기 때문에 눈썹에 파란 물감이 묻어나고 손바닥에도 파란 물감이 묻어난다고 했다. 여기서 시인은 '따뜻한 볼'이라는 말을 잊지 않았다. 여기에도 청년 윤동주의 온화한 심성이 드러난다. 눈썹과 두 볼, 손바닥까지 파랗게 물들자 이제 손바닥에는 맑은 강물이 흐른다. 이 상상력의 변화 과정은 우리가 주의 깊게 들여다볼 만하다. 푸른 하늘이 푸른 눈썹으로, 푸른 눈썹이 다시 푸른 손바닥으로, 그것이 다시 푸른 강물로 바뀌는 전환은 그 이전에 우리 시사에서 접한 바 없는 심상이다. 이렇게 신선한 시적 감성은 어디서 온 것일까? 그것은 학습이나 수련에서 온 것이 아니라 윤동주의 맑은 마음에서 저절로 우러난 것이리라.

시적 상상의 파장은 여기서 멈추지 않는다. 손바닥에 떠오른 푸른 강물의 심상은 어느새 사랑하는 순이의 얼굴로 전환된다. '사랑처럼 슬픈 얼굴'이라는 표현은 얼마나 절묘한가. 진정한 사랑은 슬플 수밖에 없는 것. 사랑은 그 안에 비극의 씨앗을 잉태하고 있는 것임을 스물두 살의 청년 윤동주는 이미 선험적으로 알고 있었던 것인가. 이렇게 무능하고 무력한 내가 그렇게 아름다운 당신을 제대로 사랑할 수 있을까? 그런 생각이 떠오를 때 정직한 사람은 슬퍼진다. "소년은 황홀히 눈을 감아 본다."라고 했다. 혹시 황홀히 눈을 감아 본 기억이 있는가? 사랑하는 사람의 얼굴이 떠올라 주체할 길 없는 격정에 두 눈을 감을 수밖에 없었던 기억. 윤동주는 순정한 감성으로 이러한 체험을 상상적으로 구성하여 시로 표현했다. 이 구절을 쓴 윤동주야말로 진정한 사랑을 할 자격이 있는 사람이다.

그러나 인간으로서의 기본적 존엄조차 보장받을 수 없는 상황에서 진정한 사랑이 가능했을 리 없다. 거짓된 시대에 어떻게 참된 사랑이 실현될 수 있을 것인가? 그런데도 화자는 '사랑처럼 슬픈 얼굴, 아름다운 순이의 얼굴이' 계속 강물에 비친다고 했다. 이것 자체가 상황의 모순이며 시인이 지닌 감정의 모순이다. 윤동주는 순수한 사랑이 가능하지 않은 시대에 순수한 사랑을 꿈꾸었으며 그 의식 자체에 이미 비극성이 담겨 있었다.

3부

번민과 갈등의 시기
1940~1942

위로

　거미란 놈이 흉한 심보로 병원 뒤뜰 난간과 꽃밭 사이 사람 발이 잘 닿지 않는 곳에 그물을 쳐 놓았다. 옥외 요양을 받는 젊은 사나이가 누워서 치어다 보기 바르게—

　나비가 한 마리 꽃밭에 날아들다 그물에 걸리었다. 노—란 날개를 파득거려도 파득거려도 나비는 자꾸 감기우기만 한다. 거미가 쏜살같이 가더니 끝없는 끝없는 실을 뽑아 나비의 온몸을 감아 버린다. 사나이는 한숨을 쉬었다.

　나이보다* 무수한 고생 끝에 때를 잃고 병을 얻은 이 사나이를 위로할 말이 — 거미줄을 헝클어 버리는 것밖에 위로의 말이 없었다.

— 1940. 12. 3.

---

* 자필 원고에 "나(歲)보담"이라고 되어 있어서, '나이'의 뜻을 나타낸 것임을 알 수 있다.

—

 「자화상」 등을 쓴 1939년 9월부터 이 시를 쓴 1940년 12월까지
일 년 넘는 기간 동안 윤동주는 시를 쓰지 않았다. 이 시기에 그는
인생과 종교와 시대에 대해 여러 고민을 했을 것이다. 사회적으로
는 일제의 탄압이 극심해졌고 창씨개명을 위시한 다양한 악법이
시행되어 한민족의 숨통을 조여 왔다. 북간도의 항일민족주의 풍
토에서 성장한 예민한 지식 청년 윤동주가 이러한 횡포에 무감각
할 수는 없었을 것이다. 번민이 안으로 깊어진 것인지, 침묵의 시
간을 보낸 후 3학년이 끝나는 시기에 그는 다시 몇 편의 시를 썼다.
 이 시는 병원에 문병하러 간 상황을 배경으로 하고 있어 뒤에
있는 「병원」과 배경이 유사하다. 병실 근처에 옥외 요양을 받는
젊은 사나이가 누워 있다. 그 주변에 먹이를 잡을 요량으로 거미
가 쳐 놓은 그물이 있다. 병을 치료해서 삶의 상태로 나가야 할 환
자들이 있는 병원에 그물을 쳐서 먹이를 잡아먹는 거미가 있다는
사실은 역설적이다. 병원과 어긋나는 행동을 하는 곤충이라 화자
는 "흉한 심보"라는 말로 거부감을 표현했다.
 거미줄은 병원 뒤뜰 난간과 꽃밭 사이, 사람의 발이 잘 닿지 않
는 곳에 쳐져 있다. 윤동주의 관찰은 정밀하여 젊은 사나이가 쳐
다보기 좋은 위치라는 것을 드러냈다. 그는 병자의 상태는 고려하
지 않고 먹이 잡을 생각만 하는 거미의 행태를 은근히 비판하면서
세상의 형편을 암시한다.

조금 있으니 나비 한 마리가 꽃밭에 날아들어 그물에 걸린다. 노란 날개를 파닥거리며 몸부림쳐도 나비는 거미줄에 더욱 감길 뿐이다. 거미가 쏜살같이 가더니 하염없이 실을 뽑아 나비의 온몸을 감는다. 끔찍한 살육의 장면이다. 이 처참한 장면에 병든 환자는 죽음의 불안감을 느낄 것이다. 그는 이 장면을 보고 한숨을 쉬었다. 사악한 병의 손아귀에 잡혀 목숨을 잃을 것 같은 공포감을 느낀 것이다. 화자는 이 병든 젊은이를 위해 그 사악한 거미줄을 헝클어 버렸다.

화자는 그 젊은이를 "나이보다 무수한 고생 끝에 때를 잃고 병을 얻은" 사나이라고 지칭했다. 이 말에는 세월의 무정함과 인생의 비장함이 깃들어 있다. 그 환자는 젊은이로서 인생을 한참 활기차게 펼쳐 갈 나이에 있다. 그런데 때를 만나지 못하고 그 대신 병을 얻었으니 참으로 불우한 운명이다. 그런 불행한 젊은이에게 무슨 위로의 말이 필요하겠는가. 그야말로 "거미줄을 헝클어 버리는 것밖에 위로의 말이 없었"을 것이다.

우리는 여기서 운명의 불행 앞에 어쩔 줄 몰라 하는 한 연약한 자아의 무력함을 본다. 윤동주는 불행을 행복으로 되돌릴 힘이 없다. 피조물인 인간은 창조주의 전지전능 앞에 기도 외에는 보여 줄 것이 없다. 잔혹한 사신邪神의 몸짓 같은 거미의 작태 앞에 화자는 무력하다. 기도도 위로도 하지 못하고 거미줄만 흩어 버렸다. 운명의 손아귀에 무력한 윤동주의 연약한 심정을 마주하며 신앙이나 기도도 비정한 인생 앞에서는 필요 없는 것인가 하는 회의가 생긴다.

병원

    살구나무 그늘로 얼굴을 가리고, 병원 뒤뜰에 누워, 젊은 여자가 흰 옷 아래로 하얀 다리를 드러내 놓고 일광욕을 한다. 한나절이 기울도록 가슴을 앓는다는 이 여자를 찾아오는 이, 나비 한 마리도 없다. 슬프지도 않은 살구나무 가지에는 바람조차 없다.

    나도 모를 아픔을 오래 참다 처음으로 이곳에 찾아왔다. 그러나 나의 늙은 의사는 젊은이의 병을 모른다. 나한테는 병이 없다고 한다. 이 지나친 시련, 이 지나친 피로, 나는 성내서는 안 된다.

    여자는 자리에서 일어나 옷깃을 여미고 화단에서 금잔화 한 포기를 따 가슴에 꽂고 병실 안으로 사라진다. 나는 그 여자의 건강이―아니 내 건강도 속히 회복되기를 바라며 그가 누웠던 자리에 누워 본다.

― 1940. 12.

—

정지용의 영향이 여전히 남아 있는 작품이다. "슬프지도 않은 살구나무 가지에는 바람조차 없다"는 정지용의 「태극선」에 나오는 "슬프지도 않은 태극선 자루가 나부끼다"와 관련이 있다. 윤동주는 『정지용 시집』의 「태극선」을 읽으며 여러 가지 메모를 남겼는데, 「태극선」을 생활과 동경 사이의 갈등을 보여 주는 작품으로 읽었기 때문이다. 이 시 「병원」은 「태극선」과 내용상으로는 관련이 없다. 앞의 「위로」가 병원에 문병을 간 상황의 시이기 때문에 이번에는 직접 병원을 소재로 한 시를 써서 세상에 대한 자신의 관점을 드러냈다.

앞의 시에는 옥외 요양을 받는 젊은 남자가 나왔는데 이 시에는 병원 뒤뜰에서 일광욕하는 젊은 여자가 등장한다. 젊은이로 세대를 설정한 것은 자신의 고민을 대신 드러내기 위한 배치로 보인다. 자신의 무력감을 자인하는 상황이 유지되면서 병든 여인을 관찰하는 것으로 자기 생각을 드러냈다.

여인은 살구나무 그늘로 얼굴을 가린 것으로 되어 있다. 스스로 얼굴을 가렸다기보다는 살구나무 그늘 밑에 여인이 누워 있다고 봐야 할 것이다. 병원 뒤뜰, 나무 그늘, 흰옷, 하얀 다리는 이 여인이 세상으로부터 소외되어 있음을 암시한다. 가슴을 앓는다고 했으니 폐결핵 같은 질환을 앓는 여인일 것이다. 앞의 「위로」에 나온 사나이도 누워서 옥외 요양을 받는 것으로 보아 같은 질환일 가능성이 높다. 이처럼 병원의 정경은 우울하다.

한나절이 기울도록 누워 있지만 이 여인에게는 아무도 찾아오는 이가 없고, 나비 한 마리도 날아들지 않는다. 세상으로부터 완전히 절연된 듯하다. "슬프지도 않은 살구나무 가지에는 바람조차 없다."라는 구절은 정지용 시구의 영향을 받았지만 정지용 시보다 더 적절하게 구사되었다. 여인의 상황은 슬픔을 일으키는데 살구나무는 그와 아무 관련이 없는 무정한 사물이니 여인의 비극성을 더 강화하는 역할을 한다. 살구나무의 무정함과 여인의 가련한 상황이 대조되면서 바람조차 없는 상황이 여인의 자폐적 단절감을 강화한다.

2연에서 비로소 화자가 등장하여 자신의 이야기를 한다. 자신도 정체불명의 아픔에 시달리다 이곳을 찾아온 것이다. "나의 늙은 의사는 젊은이의 병을 모른다."라는 말에서 세대의 격차를 암시하는 윤동주의 의식이 모습을 드러낸다. 앞의 시 「위로」의 사나이나 이 시의 여인이나 이 시의 화자나 다 젊은 세대다. 의사는 늙은 세대다. 늙은 의사이기 때문에 젊은이의 병을 모르는 것일까? 의사는 내게 병이 없다고 진단했지만, 그 진단이 나에게 지나친 시련과 피로를 안겨 준다고 했다. 나도 모르고 의사도 모르는 내 병의 정체는 무엇일까? 병이 없다는 말로 볼 때 육체의 병은 아닌 것 같다. 그래서 화자는 "성내서는 안 된다."라고 다짐한다. 정신의 병이기에 인내심을 갖고 혼자 감내하며 스스로 병을 고쳐야 하는 것이다.

이렇게 생각에 잠겨 있을 때 여인의 움직임이 나타난다. 여자의 움직임은 비교적 활달하다. 자리에서 일어나 옷깃을 여미고 화단에서 금잔화 한 포기를 따서 가슴에 꽂고 병실 안으로 사라진다. 의사도 모르는 상태에서 스스로 감당해야 할 환자의 병보다는 화단에서 금잔화 꽃잎을 따서 가슴에 꽂을 정도로 여유를 보이는 여인의 상태가 나아 보인다. 여자의 사라짐은 오히려 환자의 고립을 강조하는 느낌이 든다. 환자는 그 여자의 건강과 자신의 건강이 속히 회복되기를 바란다고 했다. 어느 사이에 동병상련의 동질감이 형성되었나 보다. 그래서 그 여인이 누웠던 자리에 자신이 누워 본 것이다.

이 세상에는 유형 무형의 병을 앓는 사람이 많고, 그런 의미에서 세상은 커다란 병원이라고 할 만하다. 윤동주는 졸업 무렵 자신이 간행하려는 시집의 제목을 '병원'이라고 하려고 했다고 전한다. 그 제목의 유래가 이 시일 것이다. 윤동주는 후배 정병욱에게 자신의 시가 "앓는 사람들에게 도움이 될 수 있을지도 모르지 않겠느냐고 겸손하게 말"*했다고 한다. 이 말에는 세상에 대한 기독교적 헌신의 자세가 담겨 있다. 자신의 시를 도구로 삼아 병든 사람들이 위안을 얻었으면 좋겠다는 소망이 작용한 것이다. 여자가 누웠던 자리에 자신이 누워 본다는 것도 단순한 동병상련의 태도가 아니라 여인의 병을 알아서 자신이 도움을 주고 싶다는 마음의

* 정병욱, 「잊지 못할 윤동주의 일들」, 『나라사랑』 23, 141쪽.

표현이다. 이만큼 윤동주는 자신의 고립 속에서도 타인을 도우려는 타자 지향적 태도를 지니고 있었다. 그러한 의식이 '병원'을 시집의 제목으로 삼도록 유도했을 것이다.

팔복八福

마태복음 5장 3~12

슬퍼하는 자는 복이 있나니
슬퍼하는 자는 복이 있나니
슬퍼하는 자는 복이 있나니
슬퍼하는 자는 복이 있나니
슬퍼하는 자는 복이 있나니
슬퍼하는 자는 복이 있나니
슬퍼하는 자는 복이 있나니
슬퍼하는 자는 복이 있나니

저희가 영원히 슬플 것이오.

— 1940. 12.(추정)

—

이 작품은 앞의 「위로」를 기록한 종이 뒷면에 기재되어 있다. 나

중에 별도로 처리하려는 듯 작품을 네모로 묶어 표시했고 가필의
흔적이 많다. 이 시를 쓰면서 고민이 많았음을 암시한다. 처음에
는 마태복음 5장 3절이나 4절만 가지고 시를 쓰려고 했는지 "마태
복음 5장 4절", "마태복음 5장 3절"이라고 썼다가 지우고 "마태
복음 5장 3~12"로 수정했다. 8행 끝에 "저희가 슬플 것이오, 저희
가 위로함을 받을 것이오."를 썼다가 지우고 위와 같은 형태로 마
무리를 지었다.

　『마태복음』 5장에 나오는 유명한 '팔복의 가르침'을 패러디했
다. 이 시를 근거로 이 시기에 윤동주가 기독교 신앙에 대한 회의
에 빠졌다고 추정하기도 한다. 그러나 민족의 암울한 현실에 부딪
치고 거기서 갈등을 빚었다고 유아기 때부터 이어 온 신앙에 회의
가 오는 일은 드물다. 현실에 대한 대처 방식에서 심리적 갈등이
빚어질 수는 있다. 그러한 갈등의 한 양상과 고뇌의 흔적이 한 장
의 메모처럼 한 편의 시로 표현된 것이다. 『마태복음』 5장 3절에
서 12절까지의 본문은 다음과 같다.

　심령이 가난한 자는 복이 있나니 천국이 그들의 것이요
　애통하는 자는 복이 있나니 그들이 위로를 받을 것이요
　온유한 자는 복이 있나니 그들이 땅을 기업으로 받을 것이요
　의에 주리고 목마른 자는 복이 있나니 그들이 배부를 것이요
　긍휼히 여기는 자는 복이 있나니 그들이 긍휼히 여김을 받을 것
이요

마음이 청결한 자는 복이 있나니 그들이 하나님을 볼 것이요

화평하게 하는 자는 복이 있나니 그들이 하나님의 아들이라 일컬음을 받을 것이요

의를 위하여 박해를 받은 자는 복이 있나니 천국이 그들의 것이라.

나로 말미암아 너희를 욕하고 박해하고 거짓으로 너희를 거슬러 모든 악한 말을 할 때에는 너희에게 복이 있나니

기뻐하고 즐거워하라 하늘에서 너희의 상이 큼이라. 너희 전에 있던 선지자들도 이같이 박해받았느니라.*

윤동주는 제목 밑에 "마태복음 5장 3~12"라고 썼지만 팔복에 해당하는 3절에서 10절을 패러디해 반복했다. 11절과 12절은 10절의 박해받음의 부연이라고 보고, 팔복을 말할 때는 10절까지만 해당되는 것으로 해석한다. 처음에 시를 구성할 때는 성경의 가르침을 따라 "저희가 위로함을 받을 것이오."로 끝내려 하였는데, 어떤 내면의 묵상에 의해 "저희가 영원히 슬플 것이오."로 끝을 맺었다. 인간이란 박해받고 슬플 수밖에 없는 존재이고 그 박해와 슬픔으로 인해 구원받으리라는 생각을 했던 것 같다. "복이 있나니"는 미래와 천국의 몫이고 현세에서는 "영원히 슬플 것이오."가 인간의 몫이라고 생각했던 것일까. 12절의 "하늘에서 너희의 상이 큼이라. 너희 전에 있던 선지자들도 이같이 박해받았느

---

* 한글 성경 개정개역본을 인용하면서 일부 어색한 부분을 수정하였다.

니라."라는 구절에서 그러한 암시를 받았는지도 모른다. 내세의 하늘나라에서 상을 주어 복이 있는 것이고 현세에서는 핍박과 슬픔 속에 살아갈 수밖에 없음을 자인했다. 이러한 비극적 인간관은 그가 숙독한 키르케고르의 저술에서 영향을 받았을 수도 있다.

키르케고르는 인간의 우수와 절망이 세상의 한계를 넘어서려는 인간 정신의 한 징표라고 보았다.* 인간은 비극적 상황과 자신에 대한 절망을 통해 더 높은 실존의 단계로 도약할 수 있는 계기를 얻는다고 했다.** 앞의 「병원」에 "나의 늙은 의사는 젊은이의 병을 모른다. 나한테는 병이 없다고 한다."라는 구절이 나왔는데 키르케고르식으로 말하면 이 병은 '죽음에 이르는 병', 곧 절망이다. 인간은 절망을 통해 절대자의 존재를 자각하고 스스로 죄인임을 인정하면서 신앙을 통해 영원으로 가는 길을 추구하게 된다.*** "키르케고르는 우리가 영원성과 무한성을 진정으로 발견하고 실현하기 위해서는 우리 자신의 유한성과 죄성罪性을 통절하게 자각해야 한다고"**** 보았다. 이 생각을 위의 시에 대입하면 인간은 슬픔과 절망을 느끼면서도 신앙의 정신으로 영원한 구원의 복음을 향해 매진해야 한다. 그러니 "저희가 영원히 슬플 것이오."가 우리의 현실일지라도 믿음의 열정을 가지고 영원히 복을 누릴 수

---

* 이명곤, 『키르케고르의 '이것이냐 저것이냐' 읽기』, 세창미디어, 2017, 54쪽.
** 위의 책, 93쪽.
*** 박찬국, 『키르케고르의 '죽음에 이르는 병' 읽기』, 세창미디어, 2024, 51~52쪽.
**** 위의 책, 139쪽.

있는 구원의 세계를 정신적으로 추구하는 것이 기독교인의 윤리라고 할 수 있다. 위의 시「팔복」은 키르케고르 저술의 의미를 되짚는 단계에서 그의 고민과 성찰 끝에 탄생했을 것이다.

간판 없는 거리

정거장 플랫폼에
내렸을 때 아무도 없어

다들 손님들뿐
손님 같은 사람들뿐

집집마다 간판이 없어
집 찾을 근심이 없어

빨갛게
파랗게
불 붙는 문자도 없어*

모퉁이마다
자애로운 헌 와사등瓦斯燈에
불을 켜 놓고

손목을 잡으면
다들, 어진 사람들
다들, 어진 사람들

봄, 여름, 가을, 겨울,
순서로 돌아들고.

— 1941

———

자필 원고에 월, 일 표기 없이 연도만 기재되어 있다. 그다음에
1941년에 쓴 시들이 연이어 나오는 것으로 보아 1941년 초의 어
느 시점에 쓴 작품 같다. 시 끝부분에 "봄, 여름, 가을, 겨울, / 순
서로 돌아들고."라는 구절을 보면 봄이 시작되는 무렵에 쓴 것이
아닐까 짐작된다. '간판 없는 거리'라는 제목과 시의 내용으로 보
면 무언가 허망한 심사가 시인의 내면을 사로잡은 것 같다. '없다'
는 부정과 부재의 의미가 시 전면을 지배하고 있다.

———

* 일부 선집에는 "없이"로 되어 있는데, 이 부분은 자필 원고에 첨가한 시행으로 표기가 불
분명하다. 그러나 앞에서 계속 "없어"로 했던 것을 여기서만 "없이"로 할 이유가 없다.

정거장 플랫폼에 내렸을 때 아무도 없다고 했는데, 사실은 아무도 없는 것이 아니라 사람들은 존재했다. 다만 그 사람들이 낯선 손님 같아서 자신과 동떨어진 존재로 보였다는 뜻이다. "손님 같은 사람들뿐"이라는 구절에서 이방인의 자리에서 돌아와 다정한 존재로 귀속되고 싶은 자아의 소외감과 결속감이 동시에 느껴진다. 사람들이 낯선 손님 같은 느낌을 주지만, 한편으로는 그들과 친밀하게 합류하고 싶은 마음도 솟아난다. 거리의 집들에는 간판이 없어서 어떤 집인지 알 수 없고, 빨갛고 파랗게 빛이 나던 네온사인 문자도 없어서 마치 유령의 거리 같은 느낌을 준다.

"집 찾을 근심이 없어"라는 시행은 어떻게 연결되는지 문맥을 잡기 어렵다. 집에 간판이 없으면 오히려 집 찾기가 어려운 법인데 화자는 거꾸로 말했다. 집집마다 간판이 없으니 집 찾을 생각이 아예 일어나지 않는다는 뜻일까? 텅 빈 부재와 공백의 상황을 강조하려다 이런 구절이 들어간 것 같다. 그래도 낯선 사람들이 오가고 간판도 안내판도 없는 허전한 거리 모퉁이마다 자애로운 낡은 와사등에 불이 켜 있다고 했다. '자애로운'이라는 말로 거리의 을씨년스러움을 해소하고자 했다. 이 와사등 풍경은 낯선 거리를 친숙한 거리로 바꾸는 역할을 한다. 그래서인지 "손목을 잡으면 / 다들, 어진 사람들"이라고 했다. 처음에는 낯선 손님처럼 느껴졌으나 그런 부재와 공백의 거리에 연한 가스등이 켜지자 그들의 손목을 잡을 마음이 생기고, 그들의 손목을 잡으니 따뜻한 체온이 느껴지면서 다들 어진 사람들임을 자각하게 되었다. 이어서 계절의 변화가 순조롭게 이어질 것이라는 사실도 언급한다. 세상이 지극히 자연스럽게 순환하고 있다는 긍정적 의식의 표현이다. 그런데 이렇게 순서로 돌아드는 긍정의 안정감이 어떻게 생긴 것일까?

이질적 소외감이 동질적 친화감으로 바뀌었는데 어떤 계기에 의해 그러한 변화가 일어났는지, 내면의 변곡점이 뚜렷하지 않다. 아무도 없다는 공백감이 어떻게 다들 어진 사람들이라는 의식으로 변하면서 계절의 순연한 변화까지 자인하게 된 것인지 알기 어렵다. 뒤의 「십자가」에서도 보게 되겠지만 윤동주의 시에는 내면의 변화가 일어날 때 변화의 단서가 잘 드러나지 않는다. 그냥 그 결과를 담담히 서술할 뿐이다. 변화의 원인보다 결과가 나타난 상태를 서술하는 것이 중요하다고 생각해서 그런 것일까? 이유는 알 수가 없다.

무서운 시간

거 나를 부르는 것이 누구요.

가랑잎 이파리 푸르러 나오는 그늘인데,
나 아직 여기 호흡이 남아 있소.

한 번도 손 들어 보지 못한 나를
손 들어 표할 하늘도 없는 나를

어디에 내 한 몸 둘 하늘이 있어
나를 부르는 것이오.

일을 마치고 내 죽는 날 아침에는
서럽지도 않은 가랑잎이 떨어질 텐데……

나를 부르지 마오.

—1941. 2. 7.

「위로」나 「병원」 등에 나타난 윤동주의 병자로서의 자의식이 이 시에서 "나 아직 여기 호흡이 남아 있소", "어디 내 한 몸 둘 하늘이 있어", "내 죽는 날 아침" 같은 극단적 시행을 유도해 냈을 것이다. 이 시에서 "나를 부르는 것"의 정체는 무엇인가? 자아는 「자화상」에서처럼 고독의 공간에 유폐되어 있고 소극적이고 무력한 상태로 위축되어 있다. 죽음에 임박한 쇠약한 상태로 약간의 호흡이 남아 있을 뿐이다. 이 무력한 나를 누군가가 부르고 있다. 시인은 외부의 소리에 귀를 막으려 하지만 시인을 부르는 외부의 목소리는 집요하다. 모든 행동을 포기하고 간신히 호흡만 유지하고 있는 나를 외부 세계로 불러내려는 '무서운 소리' 앞에 시인은 전율하고 있다. 그러나 그는 끝내 허무주의의 분위기를 풍기며 "나를 부르지 마오."라고 단언한다.

2연의 "가랑잎 이파리 푸르러 나오는 그늘인데"라는 구절은 해석하기 어렵다. 가랑잎은 나무에서 떨어진 마른 잎인데 어떻게 그것이 푸르러 나올 수 있단 말인가? 이 '푸르러'라는 말은 푸르다는 일상적 의미가 아니고, 싱싱하게 퍼져 나오는 상태를 나타낸 것 같다. 요컨대 '나무에서 떨어진 가랑잎도 생기를 되찾아 싱싱하게 돋아 오를 것 같은 그늘'이라는 의미로 이 구절을 해석하고 싶다. 문법적으로는 풀이가 되지 않아도 시에 담긴 윤동주의 의식을 중심으로 의역할 수밖에 없다. 그러면 다음에 나오는 "나 아직 여기 호흡이 남아 있소."도 연결해서 풀이할 수 있다. 가랑잎 이파리도 푸르게 돋아날 것 같은 그늘처럼, 병들어 지친 나도 아직 호흡이 남아 있다는 뜻이다.

그러면 가랑잎이 다시 나오는 5연은 어떻게 해석할 것인가? "일을 마치고 내 죽는 날 아침"이라는 구절에 대해 역사적 상황과 관련지어 과도한 의미 부여가 이루어진 사례를 알고 있다. 3연의 "손 들어 표할 하늘도 없는 나"라는 대목에서 자유를 잃은 당시의 상황을 암시하기는 했지만, 이 시기의 윤동주는 민족의식이나 항일의식이 뚜렷하게 형성되지 않은 상태였다. 그러한 윤동주가 '나의 사명을 다하고 죽는 날'이라는 과감한 발언을 할 리가 없다. 더구나 이 시는 간신히 호흡이 남아 있는 나약한 상태의 발언으로 구성되어 있다. 그러므로 이 구절은 '자기에게 주어진 일을 마치고 죽음을 맞게 되는 날'이라는 평범한 의미로 해석하는 것이 문맥에 맞다. 자신이 죽는 날 아침에도 아무 의미 없는 가랑잎이 떨어질 것이라는 뜻이다. 자신 같은 미미한 존재가 죽는데 누가 크게 슬퍼할 것인가, 하는 의미가 담겨 있다. 여기에는 현실에 적극적으로 대응하지 못하는 나약한 자아의 미묘한 허무 의식이 깔려 있다. 윤동주에게 이러한 동요와 망설임이 있었다고 해석하는 것이 인간 윤동주를 올바로 이해하는 길일 것이다.

간단히 말하면 이 시는 외부적 행동의 요구에 무력하게 대처할 수밖에 없는 자신의 나약한 모습을 솔직하게 드러낸 작품이다. 그러나 「자화상」과 구분되는 측면이 있다. 세계의 요구 앞에 자아가 당당히 자신의 위상을 드러낸 것은 아니지만 우물 속에 '추억처럼' 유폐되었던 자아가 비로소 외부 세계의 목소리와 만나게 된 것은 큰 변화다. 우리는 여기서 시대와 상황의 변화 속에서 절망하고 고뇌하고 반발하는, 살아 있는 자아의 모습을 뚜렷이 확인할 수 있다. 이제 윤동주라는 자아는 고립의 처소에서 벗어나 세계의 요구와 만나게 되었다.

눈 오는 지도

순이가 떠난다는 아침에 말 못 할 마음으로 함박눈이 내려, 슬픈 것처럼 창밖에 아득히 깔린 지도 위에 덮인다. 방 안을 돌아다보아야 아무도 없다. 벽과 천정이 하얗다. 방 안에까지 눈이 내리는 것일까, 정말 너는 잃어버린 역사처럼 훌훌히 가는 것이냐, 떠나기 전에 일러둘 말이 있던 것을 편지를 써서도 네가 가는 곳을 몰라 어느 거리, 어느 마을, 어느 지붕 밑, 너는 내 마음속에만 남아 있는 것이냐, 네 조그만 발자욱을 눈이 자꾸 내려 덮여 따라갈 수도 없다. 눈이 녹으면 남은 발자국 자리마다 꽃이 피리니 꽃 사이로 발자욱을 찾아 나서면 일 년 열두 달 하냥 내 마음에는 눈이 내리리라.

— 1941. 3. 12.

—

앞에서 본 「소년」과 이 작품은, 쓰인 시점은 상당히 차이가 나지만 어조나 형식, 정서나 주제가 자매편이라고 해도 좋을 정도로 유사성을 보인다. 「소년」의 시간 배경은 가을이고 「눈 오는 지도」는 겨울이다. 「소년」에서 순이를 생각하며 사랑의 감정을 느끼던 소년은 「눈 오는 지도」에서 순이와의 이별에 가슴 아파하며 순이에 대한 무한한 그리움의 감정을 펼쳐 내고 있다. 가을과 겨울의 계절감은 소년이 지닌 사랑의 감정을 영롱하게 채색하는 역할을 한다.

「눈 오는 지도」는 순이와의 이별이 중심 모티프다. 이별의 아침에 마치 자신의 막막한 심정을 대변이라도 하는 듯 함박눈이 내린다. 순이가 떠난다는 그 생각만 해도 정신이 아득할 지경이어서 방 안에도 눈이 내리는 듯 모든 것이 하얗게 보이기까지 한다. "너는 잃어버린 역사처럼 훌훌히 가는 것이냐,"라는 말에는 시인이 느끼는 역사의 무상감이 깃들어 있다. 아무리 찬란한 역사도 시간이 흐르면 언젠가는 사라지고 만다는 의식이 이런 시행을 이끌었을 것이다.

네가 어디로 떠나는지는 알 수 없으나 어디를 가든 결국 내 마음속에는 남아 있을 것이라고 안타까운 심정을 토로한다. 이 말 또한 사랑의 진실을 아는 사람이라야 할 수 있는 발언이다. 우리는 헤어질 때 어디로 가느냐고 묻고 편지를 하겠다고 약속한다. 그러나 그 사람이 어디를 가든 자신의 마음속에 확실하게 남아 있는 경우라면 어디를 가느냐고 구태여 물을 필요조차 없다.

그다음 대목에서 윤동주는 자못 눈부신 상상력을 발휘하여 심상의 다변화를 꾀한다. 지금 밖에는 눈이 내리고 순이는 길을 떠난다. 내리는 함박눈은 순이의 발자국을 덮어 버린다. 그래서 순이가 어디로 가는지 찾을 길이 없다. 그러나 사랑하는 순이가 떠난 길이기에 봄이 되어 눈이 녹으면 발자국마다 고운 꽃이 필 것이다. 그 꽃 사이로 순이를 찾아 나서면 내 마음에는 일 년 내내 눈이 내릴 것이라는 상상을 펼쳤다. 눈과 꽃과 눈으로 변주되는 순결의 심상은 이별의 안타까움을 환기하며, 사랑의 아름다움과 지속성을 일깨운다. 생각해 보라. 순이의 발자국을 덮으며 끝없이 내리는 함박눈을, 꽃길 사이로 순이의 발자국을 찾아 나선 소년의 마음에 하얗게 눈 내리는 장면을, 동화 속의 한 폭 그림 같은 그 순수의 색상을!

이 시를 읽으면 우리 마음의 길에도 꽃이 피고 함박눈이 내리는 듯한 착각이 일어난다. 이 시를 쓸 때 그의 나이 스물넷. 그 궁핍한 시대에 스물넷의 나이로 이토록 순수한 내면을 간직할 수 있었던 것은 거의 기적에 가까운 일이라고 생각한다. 악마들이 날뛰는 흑암黑暗의 시대에 어떻게 이렇듯 순연한 서정의 세계가 보존될 수 있었을까? 그러나 또한 생각해 보면 그 순수성이 그를 죽음의 나락으로 몰아갔는지도 모른다.

새벽이 올 때까지

다들 죽어가는 사람들에게
검은 옷을 입히시오.

다들 살아가는 사람들에게
흰옷을 입히시오.

그리고 한 침대에
가지런히 잠을 재우시오.

다들 울거들랑
젖을 먹이시오.

이제 새벽이 오면
나팔 소리 들려올 게외다.

— 1941. 5.

기독교적 상상력이 뚜렷이 나타난 시다. 뒤의 「십자가」를 예비하면서 자기희생의 전초적 의미로 검은 옷을 입힌다는 죽음의 의식과 나팔 소리라는 기독교적 상징을 함께 묶어서 배치했다. 「창세기」에 의하면 지구가 형태도 없이 흑암에 싸여 있을 때 창조주가 빛과 어둠을 나누어 낮과 밤을 창조하였다. 「창세기」 15장에는 아브람이 깊이 잠들었을 때 흑암과 두려움이 그에게 임했다는 기록이 나온다. 「출애굽기」 10장에는 여호와가 애굽 땅에 흑암의 재앙을 내리는 장면이 나온다.

여기서 보듯 흑암과 어둠과 밤은 혼돈, 불안, 죽음의 상징이다. 윤동주는 시의 첫 연에서 "다들 죽어가는 사람들에게 / 검은 옷을 입히시오."라고 말했다. 반대로 "다들 살아가는 사람들에게 / 흰옷을 입히시오."라고 해서 죽음과 삶을 옷의 색깔로 구분했다. 이어서 죽어가는 사람들과 살아가는 사람들을 한 침대에 가지런히 잠을 재우라고 했다. 즉 죽음과 삶을 구분하지 않고 나란히 평등하게 대우하라는 뜻이다. 또 그 사람들이 울면 젖을 먹이라고 했다. 죽어가는 사람이건 살아가는 사람이건 그들 모두 갓 태어난 어린애와 같은 존재라는 뜻이다. 하느님의 진정한 음성을 만나지 못한 존재는 모두 갓 태어난 어린애와 같은 미성숙한 존재이며 하느님의 소리를 만나야 비로소 성숙한 어른이 될 수 있다. 마지막 행에서 새벽이 오면 나팔 소리가 들려올 것이라고 했다. 이 나팔 소리는 성서에 나오는 복음의 상징이다.

성경을 보면 하느님이 등장하는 중요한 순간에 나팔 소리가 울린다. 나팔 소리는 하느님의 복음을 알리는 소리이고 죽은 자의 부활을 알리는 소리다. 새벽은 새로운 세계의 시작을 상징하는 시간이다. 그러니 죽어가는 자건 살아가는 자건 구분 없이 막 태어난 어린애로 돌아가 침대에 누워 있으면 새로운 부활의 세계가 시작될 때 나팔 소리가 들리고 하느님의 새로운 세계가 열릴 것이라는 뜻이다. 세계의 오염이나 타락에 대해 극단적인 발언은 하지 않았지만, 현실 세상에 대해 부정의 뜻을 밝힌 것은 분명하다. 지금의 상태에서 벗어나 모두 어린애로 돌아가 잠이 들면 나팔 소리와 함께 새로운 새벽이 열릴 것이라는 뜻이다. 그러한 세상이 오기를 기원하는 미래 지향의 시로서, 적극적인 현실 부정은 아니지만 새로운 세계의 도래를 기원하는 기독교적 재생의 메시지가 담겨 있다.

십자가

쫓아오던 햇빛인데
지금 교회당 꼭대기
십자가에 걸리었습니다.

첨탑이 저렇게도 높은데
어떻게 올라갈 수 있을까요.

종소리도 들려오지 않는데
휘파람이나 불며 서성거리다가,

괴로웠던 사나이,
행복한 예수 그리스도에게
처럼
십자가가 허락된다면

모가지를 드리우고
꽃처럼 피어나는 피를

어두워 가는 하늘 밑에
조용히 흘리겠습니다.

— 1941. 5. 31.

—

　윤동주는 기독교적 환경에서 성장하고 기독교 교육을 받았다.
그래서 이 작품에도 기독교적 사유가 뚜렷이 드러난다. 이 시를
쓴 시점은 윤동주가 연희전문학교 4학년을 다니던 해 5월이다. 청
년 윤동주는 4학년 졸업반을 맞아 자신의 앞날과 민족의 미래에
대해 여러 가지 생각을 했을 것이다. 그는 시를 자신의 고민을 드
러내는 일기와 같은 것으로 생각했기 때문에 이처럼 의미심장한
내면 고백의 시도 쓰게 되었다.

　이 시는 그의 기독교적 신앙의 자세를 잘 보여 주는, 가장 윤동
주다운 작품의 하나로 꼽힐 것이다. 윤동주의 가족은 모두 기독교
인이었으며 그의 고향인 북간도 명동촌도 신앙의 힘으로 단합된
일종의 기독교 공동체였다. 그가 다닌 학교도 전부 기독교계의 학
교였다. 따라서 그의 사유 방식이라든가 상상력의 향방에 기독교
와 관련된 특성이 드러나는 것은 지극히 당연한 일이다.

　기독교 신앙과 함께 윤동주 정신의 기반을 이루는 것은 민족주

의적 성향이다. 기독교적 신앙이 있다고 해도 민족 현실에 대한 고민이 없으면 이러한 시는 나올 수 없고, 민족 현실에 대한 고민이 있어도 기독교적 배경이 없으면 역시 이러한 시는 나올 수 없다. 이 두 측면이 하나로 결합한 시적 성취는 오직 윤동주의 시뿐이다. 그런 점에서도 윤동주의 시는 한국 시의 북극으로 빛난다.

첫 행의 '쫓아오던 햇빛'은 2연의 내용을 통해서 볼 때 나를 쫓아오던 햇빛이라는 뜻임을 알 수 있다. 나를 쫓아오던 햇빛이 더 이상 나를 쫓아오지 않고 교회당 꼭대기 십자가에 걸려 정지해 있는 것을 보고, 2연에서 첨탑이 저렇게 높은데 내가 어떻게 올라가서 저 햇빛을 만날 수 있겠느냐고 자문하고 있다. 햇빛이 십자가에 걸렸다는 것은 무엇을 말하는 것일까? 십자가는 기독교 신앙의 핵심을 차지하는 중요한 상징물이다. 예수는 십자가에 못 박혀 자신을 희생함으로써 인류를 구원할 수 있는 길을 열어 주었다. 그런 점에서 십자가는 희생과 구원이라는 이중적 의미를 지닌다. 햇빛은 하늘에서 밝게 내려 비추는 것이니 신의 은총을 암시한다. 뜻하지 않은 신의 은총에 의해 오랫동안 잊고 지냈던 십자가의 의미를 새롭게 깨닫게 된 것이다. 그는 십자가의 존재를 발견하고 그것에 가까이 가야 한다는 생각을 하면서도 그것이 지닌 자기희생의 상징성 때문에 상당한 부담을 느끼고 있다.

신의 은총이 드리워진 높은 십자가에 올라가 그것이 지닌 진정한 의미를 파악하고 그 의미를 실천에 옮겨야 하겠지만, 나약한 자아는 망설이는 모습을 보인다. 그러한 자아의 모습은 3연에서 서성거림으로 나타난다. 내가 십자가의 의미를 알려면 십자가가 있는 첨탑까지는 올라가야 할 터인데 그러한 상승의 시도를 보이지 못한다. 종소리라도 들려온다면 그것을 매개로 하여 상승을 시도해 볼 만한데 종소리조차 들려오지 않는다고 했다. 이런 상태에서 화자는 휘파람이나 불며 서성거릴 뿐이다. 서성거리는 것은 어떤 목적을 향해 가는 상승의 움직임도 아니고, 목적을 포기하고 주저앉는 하강의 움직임도 아니다. 그것은 목적 없는 수평적 움직임에 해당한다. 휘파람 역시 서성거림처럼 의미 없는 소리에 불과하다. 이것은 뚜렷한 방향을 잡지 못하고 망설이는 자아의 태도를 드러낸다.

4연과 5연에서 시상은 한 단계 비약하여 예수 그리스도에게처럼 십자가가 허락된다면 자신도 의연한 자기희생의 모습을 보여 주겠다는 생각을 드러낸다. 휘파람이나 불며 서성거리던 자아가 어떻게 이런 생각을 갖게 되었는지 의아하지만 그 변화의 과정은 생략되어 있다. 화자는 자신에게 십자가가 허락된다면 "모가지를 드리우고 / 꽃처럼 피어나는 피를 / 어두워 가는 하늘 밑에 / 조용히 흘리겠습니다."라고 노래하였다. 여기서 꽃은 하늘을 향해 피어나는 생명의 도약 현상이므로 상승의 동작이다. 모가지를 드리우고 죽음을 선택하는 것은 하강의 동작이지만 그 죽음이 무의미한 하강으로 끝나는 것이 아니라 상승의 견인력을 지니고 있음을 말한 것이다. 즉 살아 있는 육신을 가지고는 십자가가 달린 높은 첨탑으로 상승할 수 없지만, 자기 몸을 죽음에 바칠 때에는 상승이 가능하다는 논리를 함축하고 있다.

그런데 그다음에 이어지는 두 행, 즉 "어두워 가는 하늘 밑에 / 조용히 흘리겠습니다."는 다시 하강의 분위기를 전달한다. 모처럼 상승한 피의 의미가 왜 다시 하강의 형상으로 끝나고 마는 것일까? 여기에는 올라가지 못하고 서성이던 나약한 자아의 모습이 투영되어 있다. 스스로 택한 죽음이 꽃처럼 피어나기를 바라는 것은 윤동주를 포함한 우리 모두의 소망이지만 현실적 차원에서는 어두워 가는 하늘 밑에 조용히 피를 흘릴 수밖에 없을 것이라는 불안감이 도사리고 있다. 여기에는 윤동주의 냉정한 현실 인식도 개재해 있을지 모른다.

이 문제의 해명을 위하여 4연의 1행과 2행을 다시 음미해 보자. "괴로웠던 사나이, / 행복한 예수 그리스도"에서 '괴로웠던 사나이'와 '행복한 예수 그리스도'는 동격의 의미를 지닌다. '괴로웠던 사나이'는 과거형으로 되어 있기 때문에 화자 자신을 가리키는 것으로 보기 어렵다. 그러면 어째서 예수 그리스도는 괴로웠던 사나이이자 행복한 존재인가? 예수는 그 시대 사람들에게 사랑이 없음을 개탄하며 하늘의 복음을 전하고자 전력을 기울였다. 그러나 인간의 차원에서 보자면 분명 현실 문제로 괴로워했던 사람이다. 그런데 그는 십자가에 못 박혀 자신을 희생함으로써 인류를 구원하는 구세주의 자리에 올랐다. 이런 점에서 보면 그는 틀림없이 행복한 존재다.

이 시를 쓴 윤동주 역시 식민지 지식인으로서 여러 가지 괴로움을 겪고 있으니 예수의 괴로움에는 미치지 못해도 괴로워하는 사나이임에는 틀림이 없다. 그도 예수처럼 십자가에 올라 많은 사람을 구원하는 자리에 선다면 행복한 존재가 될 수 있을 것이다. 그러나 나약한 식민지 지식인에 불과한 그에게는 그런 능력도 자격도 없었다. 윤동주 한 사람이 희생된다고 해서 거대한 일본 군국주의가 막을 내릴 것도 아니고 우리 민족이 당장 해방되는 것도 아니다. 예수 그리스도에게 허락된 십자가가 그에게는 주어질 수 없다. 요컨대 윤동주에게는 괴로움만 허용되었을 뿐 자기희생을 통한 민족의 구원은 허락되지 않았다. 이러한 현실적 조건을 잘 파악하고 있었기에 그의 마지막 시행은 그토록 불길한 음영을 띠게 되었을 것이다.

이 시는 한국시사에 처음으로 십자가에 피 흘린 예수의 상징성을 제시한 작품으로 기록될 수 있다. 그는 이 시에서 자신에게도 십자가가 주어진다면 어두운 시대를 밝히는 선혈의 불꽃을 피워 보겠다고 노래한다. 그러면서도 자신의 죽음이 타인의 구원으로 연결되지 못하고 고립 속의 소멸로 끝나지 않을까 하는 불안감도 드러냈다. 이 시를 쓴 후 만 4년도 지나기 전, 윤동주는 일본 형무소에서 세상을 떠났다. 그가 예감한 대로 그의 죽음은 누구의 구원도 되지 못했다. 그의 가족을 제외한 일반인들은 그가 죽었다는 사실조차 모르고 세월을 보냈다. 1948년에야 그의 시집이 간행되고 이후 그의 시편이 많은 사람들에게 알려지면서 비로소 그의 시의 가치와 죽음의 의미에 대한 관심이 이어졌다. 그리고 그런 과정을 통해 우리는 암흑의 시대에 쓴 그의 시가, 그리고 그의 죽음이 민족사의 어둠을 밝힌 불꽃임을 뒤늦게 깨닫게 되었다.

눈 감고 간다

태양을 사모하는 아이들아
별을 사랑하는 아이들아

밤이 어두웠는데
눈 감고 가거라.

가진 바 씨앗을
뿌리며 가거라.

발부리에 돌이 채이거든
감았던 눈을 와짝 떠라.

― 1941. 5. 31.

앞의 「십자가」와 같은 날짜에 쓴 것으로 되어 있는데 「십자가」의 고고한 희생의 선언과는 달리 동료들에게 주는 친근한 권유의 메시지를 담고 있다. 낮에는 태양을 사모하기에 눈을 뜨고 살다가 밤이 되었으니 눈 감고 가라고 했다. 그래서 제목을 '눈 감고 간다'로 했는데 다소 억지스러운 제목이다. 별을 사랑하는 아이들이라면 태양을 사모하는 아이들처럼 마땅히 눈을 뜨고 별을 우러러야 할 것이다. 밤이 어두웠으니 눈 감고 가라는 것은 현실적으로 말이 되지 않는다. 밤에는 어두우니 더욱 눈을 크게 뜨고 가야 할 것이다.

　시에서는 눈을 감고 가되 가지고 있는 씨앗을 뿌리며 가라고 했다. 자기에게 씨앗이 있으면 가지고만 있지 말고 마땅히 뿌려야 한다. 남에게 베풀어야 씨앗의 가치가 실현된다. 씨앗을 대지에 뿌려 싹이 나고 열매를 맺어야 태양을 사모하는 아이요, 별을 사랑하는 아이라 할 만하다. 그런데 눈을 감고 씨앗을 뿌리며 가다가 발부리에 돌이 채이거든 감았던 눈을 와짝 뜨라고 했다. 처음부터 눈을 뜨고 갔으면 될 것을 왜 눈을 감고 가라고 하고는 이러한 당부를 하는 걸까? 윤동주의 의도는 분명 따로 있었을 것이다.

　타락한 세상이요 하느님의 복음이 전달되지 않는 세상이니 눈을 감고, 오로지 하느님의 복음을 전하는 씨만 뿌리고 가다가, 발부리에 돌이 채여 넘어지게 되면 몸이 상하니까 감았던 눈을 번쩍 뜨라는 뜻일까? 밤에 눈을 감고 가지만 정신을 잃지 말고 위험한 일을 당하면 정신을 바짝 차리라는 뜻 같기도 하다. 윤동주의 속마음은 씨를 뿌리라는 뜻이고 태양과 별을 받들라는 뜻이다. 위험한 상황에 직면해서는 정신을 바짝 차리라고도 했다. 그의 자상한 교훈과 당부의 마음이 아이들에게 지시하는 명령의 화법으로 표현되었다.

태초의 아침

봄날 아침도 아니고
여름, 가을, 겨울,
그런 날 아침도 아닌 아침에

빨―간 꽃이 피어났네,
햇빛이 푸른데,

그 전날 밤에
그 전날 밤에
모든 것이 마련되었네.

사랑은 뱀과 함께
독은 어린 꽃과 함께

― 1941. 5. 31.(추정)

자필 원고에는 이 작품에 날짜 표시가 없다. 뒤에 있는 「또 태초의 아침」을 연이어 적고 아래 빈칸에 "1941. 5. 31."이라고 표기했기 때문에 같은 시기의 작품으로 추정한다. 그러니까 이 작품과 「또 태초의 아침」은 내용이 통하는 자매편이라고 할 수 있다. 역시 성서적 상상력이 작용한 작품이다. '태초의 아침'은 세상이 처음 창조되던 창세기의 원초적 상태를 염두에 두고 설정한 제목일 것이다. 이 시기 윤동주는 세상이 타락하고 잘못되었으니, 태초의 상태에서 새로 시작해야 한다는 생각을 지니고 있었다.

그는 지금 우리가 생각하는 계절의 순환을 벗어난 어느 특별한 시간의 아침을 상정했다. 이러한 설정부터가 현실을 부정하고 새로운 세계를 꿈꾸는 그의 지향을 암시한다. 누구도 예측할 수 없는 미지의 어느 세상 아침에 푸른 햇살을 배경으로 빨간 꽃이 피어났다. 「자화상」에서 파란 바람이 분다고 한 것처럼 여기서는 "햇빛이 푸른데"라는 말을 썼다. 윤동주는 어느 경우에도 파란 희망을 잃지 않는 사람임을 알 수 있다. 그런데 중요한 것은 빨간 꽃이 피어나기 전날 밤에 모든 것이 마련되었다는 설정이다. "그 전날 밤에 모든 것이 마련"되었기 때문에 그 이후의 삶은 예정대로 전개되기 마련이다. 원래 라이프니츠의 예정조화설은 신의 뜻에 모든 것을 귀속시키는 긍정적 담론의 성격을 지니지만, 윤동주의 사유는 부정적 운명론에 가깝다.

"사랑은 뱀과 함께 / 독은 어린 꽃과 함께"라는 구절은 윤동주의 부정적 세계 인식을 드러낸다. 이 구절 때문에 앞에 나온 '붉은 꽃'도 그릇된 유혹이나 타락의 형상 같은 느낌으로 다시 읽힌다. 여기 나온 '뱀'은 에덴동산에서 이브를 유혹한 사악한 존재의 형상일 것이다. '뱀'과 '독'은 부정의 형상이고 '사랑'과 '어린 꽃'이 긍정의 형상이라면 이 구절은 모든 긍정의 형상 배면에 부정의 형상이 잠복해 있다는 뜻이 된다. 즉 사랑에는 사악한 뱀의 유혹이 있고, 어린 꽃에도 독이라는 위험 요소가 있는 것이다. 이렇게 읽으면 앞에 나온 "빨—간 꽃이 피어났네, / 햇빛이 푸른데,"라는 시행도 푸른 햇빛이라는 긍정의 형상에도 불구하고 세상에는 타락의 붉은 꽃이 피어난다는 뜻으로 읽을 수 있다.

순수한 선이란 존재할 수 없고 그 이면에 반드시 사악한 무엇이 존재한다면 세상은 참으로 살기 어려운 상태가 된다. 더군다나 이 모든 것이 세상에 나타나기 전날 밤에 이미 마련되어 있었다면 현실의 악과 타락은 피할 수 없는 것이 된다. 이러한 상황에서 인간은 어떻게 살아야 할 것인가? 윤동주는 이러한 고민에 사로잡혔을 것이고, 그러한 고민은 당연히 '또 태초의 아침'을 구상하지 않을 수 없었을 것이다.

또 태초의 아침

하얗게 눈이 덮이었고
전신주가 잉잉 울어
하나님 말씀이 들려온다.

무슨 계시일까.

빨리
봄이 오면
죄를 짓고
눈이
밝아

이브가 해산하는 수고를 다하면

무화과 잎사귀로 부끄런 데를 가리고

나는 이마에 땀을 흘려야겠다.

—

이 시에도 성서 창세기의 이야기가 소재로 등장한다. 앞의 시에는 '뱀'이라는 단순한 소재가 등장했지만 여기서는 「창세기」 3장의 이야기가 중요 모티프로 등장한다. 간교한 뱀이 나타나 이브에게 금단의 열매를 먹으라고 유혹하면서 너희가 그것을 먹으면 눈이 밝아져 선악을 분별하게 될 것이라 말했다. 여자와 남편이 그 열매를 먹자 눈이 밝아져 자기들이 벗은 것을 부끄럽게 여기고 무화과나무 잎으로 몸을 가렸다. 여호와가 노여워하여 여자는 임신과 출산의 고통을 겪게 했고 남편은 이마에 땀을 흘려야 먹을 것을 얻을 수 있도록 했다. 이 이야기의 흐름이 그대로 시에 담겨 있다.

이 시의 완결 시점은 5월 31일로 되어 있지만 시의 배경은 겨울이다. "하얗게 눈이 덮이었고"라는 구절은 계절이 겨울임을 나타낸다. 겨울에 시를 착상하고 퇴고를 거듭하다가 5월에 완성했는지도 모른다. 하얗게 눈이 덮인 날, 전신주가 잉잉 울 정도로 바람이 부는 날, 바람 소리에 담겨 하나님 말씀이 들려온다고 했다. 그 말씀은 하나님의 새로운 계시일지 모른다. 그러나 그 말씀이 정확히 전달되지 않는다. 그다음에 이어지는 시행은 자신의 추측이다.

봄이 오면 에덴동산에서 뱀의 유혹에 넘어가 아담과 이브가 죄를 짓듯이 자신도 인간의 죄를 지을지 모른다는 두려움을 표현했다. 죄를 지었을 때 나타나는 징벌의 형태는 창세기에 아담과 이브가 받은 벌의 내용이다. 죄를 짓고 눈이 밝아져 이브가 해산하는 수고를 다하면 무화과 잎사귀로 부끄러운 데를 가리고 이마에 땀을 흘려야겠다고 했다. 이것은 인간의 원죄로 인해 받게 된 결과이며 새로운 벌의 형태가 아니다. 이미 인간이 수천 년간 받아 온 벌이며 인간에게 익숙해진 굴레이다. 그러나 인간은 이것을 피할 수 없고, 기독교적 속죄를 거치지 않고는 원죄에서 벗어날 수 없다.

윤동주는 이 시기에 인간의 원죄에 대해 고민하고 성찰했던 것 같다. 인간이 원죄에서 벗어날 수 있는 길은 무엇이며 어떤 기도와 속죄를 통해 구원받을 수 있는지 고민을 계속했을 것이다. 그런 고민의 결과가 이 시기에 쓴 몇 편의 시로 남았다. 고민의 내용이 특이하거나 깊은 것은 아니지만 그런 고민을 시의 형태로 남겼다는 것은 그의 고민이 매우 진실했으며 시 창작에 대해서도 진심을 가지고 임했음을 알려 준다. 시와 삶과 신앙에 대해 모두 최선을 다한 순정한 대학생 윤동주의 모습을 확인할 수 있다.

바람이 불어

바람이 어디로부터 불어와
어디로 불려 가는 것일까.

바람이 부는데
내 괴로움에는 이유가 없다.

내 괴로움에는 이유가 없을까.

단 한 여자를 사랑한 일도 없다.
시대를 슬퍼한 일도 없다.

바람이 자꾸 부는데
내 발이 반석 위에 섰다.

강물이 자꾸 흐르는데
내 발이 언덕 위에 섰다.

— 1941. 6. 2.

세계가 자아에 손을 내밀어 어떤 형식으로든 자아가 세계를 만난 이상, 자아가 세계에서 눈을 돌리려 해도 세계와의 접촉은 피할 수 없는 사실이 되고 그런 과정에서 자아의 갈등이 일어나지 않을 수 없다. 「무서운 시간」보다 넉 달 뒤에 쓴 이 작품에 그러한 자아의 내적 갈등이 표현되어 있다.

시인의 마음에 동요를 일으키던 외부의 목소리가 이 시에서는 '시대'라는 이름으로 명시되어 있다. 「무서운 시간」에서 "한 번도 손 들어 보지 못했다."라고 썼듯 여기서는 "시대를 슬퍼한 일도 없다."고 했다. 이 앞에 나오는 "단 한 여자를 사랑한 일도 없다."라는 시행을 근거로 윤동주의 이성 교제에 대해 논의를 펼친 적도 있다. 그러나 그런 사안은 이 시의 이해에 별로 도움을 주지 않는다. "단 한 여자를 사랑한 일도 없다."라는 말은 "시대를 슬퍼한 일도 없다."라는 말을 이끌기 위한 전제에 해당한다. 자신은 누구를 사랑해 본 적도 없고 시대를 슬퍼해 본 적도 없는 내성적이고 소극적인 존재라는 뜻이다. 사랑에 투신하는 열정, 시대를 개탄하는 지사적 의지. 이런 자세를 가진 적이 없다는 솔직한 고백이다.

시대를 슬퍼한 일이 없는데 자아는 왜 괴로워하는 것일까? 시인도 지금 그것을 의아해하고 있다. 그 괴로움의 이유는 마지막 두 연에 녹아 있다. 바람이 불고 강물이 흐르는데 나는 반석과 언덕 위에 머물러 있기 때문이다. 외부 세계는 계속 동요하며 변화해 가는데 나는 고립의 자리에 붙박여 움직이지 않으려 한다. 그래도 바람은 끝없이 불고 강물은 쉬지 않고 흐른다. 역사와 시대의 흐름은 이렇게 변함이 없고 지속적이다.

시대의 흐름에 호응하며 사느냐, 관계를 끊고 자신의 처소에 칩거해 버리는가, 이것이 시인의 고민이다. 사실을 말하면 시대를 슬퍼한 일이 없어서 괴롭지 않은 것이 아니라, 시대를 슬퍼하지 않고 산다는 사실이 괴로운 것이다. 윤동주의 고민은 바로 여기에 있었다. 시인은 고립의 자리에서 벗어나 시대의 소명을 받아들이는 것이 옳은 일인 줄 알면서도 선뜻 행동하는 자리로 옮겨가지 못하는 자신의 소극성을 자책하고 있다. 이때 윤동주의 나이 스물넷. 졸업을 반년 앞둔 시점이었다.

못 자는 밤

하나, 둘, 셋, 넷

………………………

밤은

많기도 하다.

— 1941 (추정)

—

자필 원고에 날짜 표기 없이 기록된 짧은 작품이다. 1941년 무
렵 시를 기록한 원고지에 기재했기 때문에 1941년 어느 시기의
작품으로 추정한다. 이상 시와의 관련성이 거론되는 작품이기도
하다. 이상의 시 「아침」에 "밤새도록나는몸살을앓는다. 밤은참많
기도하더라. 실어내가기도하고실어들여오기도하고하다가잊어버
리고새벽이된다."라는 구절이 있기 때문이다. 이 작품은 원래 『가
톨릭청년』(1936. 2.)에 발표되었던 것인데, 오희병이 엮은 『을해명

시선집』(한성도서주식회사, 1936. 3.)에도 수록되었다. 이 책은 윤동주가 1937년에 구해서 소장하고 있었으니 이상의 「아침」을 이 책에서 보았을 가능성이 높다. 이상의 이 구절이 인상적이어서 기억해두었다가 자신의 시에 활용한 것 같다.

이상의 시에서 이 구절은 폐결핵 환자가 겪는 불면의 밤과 밤에 떠오르는 잡다한 생각의 연속을 나타낸다. 그러나 윤동주는 앞의 "하나, 둘, 셋, 넷"이 가리키는 바처럼 밤하늘의 별을 숫자로 헤아린 것이다. 별이 밤하늘에 가득한 상태를 "밤은 / 많기도 하다"로 표현했다. 이상 시의 그 구절이 밤의 지루함과 잡념의 많음을 나타낸 데 비해 윤동주의 구절은 별을 밤으로 지칭하여 밤에 별이 무수히 많음을 나타낸 것으로 읽힌다. 밤하늘에 별이 많은 것을 "밤은 / 많기도 하다."로 표현한 데서 이상과 다른 윤동주의 독자성을 인정할 수 있다.

이 작품 왼쪽에 일본어로 메모가 적혀 있는데, 미국의 소설가 왈도 프랭크(Waldo Frank, 1889~1967)의 명언을 채록한 것으로 보인다. 그 내용은 "아름다움을 찾으면 찾을수록, 생명이 하나의 가치라는 것을 인지한다. 왜냐하면 아름다움을 인지하는 것은, 생명으로의 참여를 기꺼이 승인하고 바로 생명에 참가하는 것이니까."*이다. 왈도 프랭크는 미국의 진보적 계열의 소설가로 지금은 한국에 잘 알려져 있지 않지만, 당시는 다양한 문필 활동과 사회 활동

---

* 이 메모와 관련하여 일본 문학 전공 오석륜 교수의 도움을 받았다.

으로 일본에 꽤 알려져 있었던 것 같다. 윤동주는 밤하늘의 찬란한 별을 아름답게 보고 이 문구를 시 옆에 적어 두었을 것이다.

돌아와 보는 밤

세상으로부터 돌아오듯이 이제 내 좁은 방에 돌아와 불을 끄옵니다. 불을 켜 두는 것은 너무나 피로롭은 일이옵니다. 그것은 낮의 연장이옵기에—

이제 창을 열어 공기를 바꾸어 들여야 할 텐데 밖을 가만히 내다보아야 방 안과 같이 어두워 꼭 세상 같은데 비를 맞고 오던 길이 그대로 빗속에 젖어 있사옵니다.

하루의 울분을 씻을 바 없어 가만히 눈을 감으면 마음속으로 흐르는 소리, 이제 사상이 능금처럼 저절로 익어 가옵니다.

— 1941. 6.

———

이 시는 윤동주의 자필 원고에 두 편이 남아 있다. 하나는 초고에 해당하는 작품으로 다소 어수선하게 첨삭이 가해진 기록이고, 그 작품이 정돈되어 자선 시집 『하늘과 바람과 별과 시』의 한 편으로 수록되면서 창작 시점이 "1941. 6."으로 기재되었다. 『사진판 윤동주 자필 시고전집』(민음사, 2015)은 이 작품 제목에 혼란을 일으키는 처리를 했다. 초고 자필 원고 '습유 작품' 부분의 이 작품 앞에 "흐르는 거리"라는 구절이 있는데 이것을 작품 제목으로 오인하여 이 작품의 제목을 「흐르는 거리」로 표기했다. 이것은 잘못된 처사다. 일본에서 강처중에게 보낸 편지에 동봉된 별도의 작품에 「흐르는 거리」가 있기 때문이다. 윤동주가 왜 이 작품 초고에 "흐르는 거리"라는 큰 표제를 달았는지는 알 수 없다. "흐르는 거리"라는 표제로 몇 편의 연작시를 쓰려고 생각했는지도 모르겠다.

'돌아와 보는 밤'은 학교에서 돌아오거나 산책을 끝내고 돌아와 명상에 잠긴 밤을 뜻할 것이다. 윤동주의 산문을 보면 경성 도시를 산책하는 필자의 사색 경로가 뚜렷이 드러난다. 그의 사색은 대부분 피로와 슬픔과 혼란으로 얼룩져 있는데, 그런 가운데서도 맑음의 기운을 찾으려고 노력한다. 즉 희망과 기대의 지평을 잃지 않고 마음의 평정을 지키려고 애쓴다. 이것은 그의 독실한 기독교 신앙이 배태한 미래 지향성 때문일 것이다.

이 시는 1941년 6월에 쓴 것으로 되어 있는데, 1941년 4월부터 9월까지 종로 인왕산 밑의 누상동에서 하숙했으니 그 시기의 작품이다. 그는 매일 아침 도보로 걸어 나와 전차와 기차를 타고 등교

했다. 효자동에서 전차를 타고 경성역까지 가서 경의선 열차를 갈아타고 신촌역으로 갔고, 거기서 다시 걸어서 연희전문학교 강의실로 갔다. 하교는 그 역순으로 했을 것이다. 그의 산문 「종시」를 보면 도시의 풍물과 사람들의 움직임을 관찰하면서 여러 가지 생각을 하고 나름의 판단과 분석을 하고 있다. 기차를 타고 가면서 그 기차가 계속 달려서 다른 세계로 데려다주기를 꿈꾸기도 했다. 세상으로부터의 탈주를 상상한 것이다. 집으로 돌아와 좁은 방에 누우면 또 다른 사색이 펼쳐졌다. 이 시에는 그러한 고독 속의 사색이 담겨 있다.

"세상으로부터 돌아오듯이"라는 말은 무슨 뜻일까? 이 생각에는 세상과 자신의 방이 분리되어 있다는 의식이 들어 있다. 이러한 의식은 앞에서 본 「바람이 불어」나 뒤에 나오는 「또 다른 고향」에도 나타난다. 세상으로부터 돌아와 자신의 좁은 방에 안주하는 것처럼 방의 불을 끈다는 뜻이다. 그러니까 불을 끄는 행위는 세상에서 이탈하여 자신의 안식처에 무사히 귀소했음을 알리는 하나의 징표다. "불을 켜 두는 것"은 "낮의 연장"이기에 너무 피로한 일임을 고백하고 있다.

방의 불을 끄고 창을 열어 공기를 바꾸어 들이려고 창밖을 내다보니 창밖도 방 안과 같이 어두워서 구분이 가지 않는다. 이것은 불을 끈 방이 위안의 공간이 되지 않는다는 사실을 의미한다. 세상의 거리는 "비를 맞고 오던 길이 그대로 빗속에 젖어 있"다고 했다. 안식처인 방 안에서는 세상의 모습이 조금 달리 보일 것이라 예상했는데, 여전히 어둡고 비에 젖어 있는 부정적 형상으로 다가오는 것이다. 화자는 "하루의 울분을 씻을 바 없어 가만히 눈을 감으면"이라고 했다. 그에게는 어떠한 울분이 있었을까? 민족 현실에 대한 울분일까? 소외된 약자에 대한 억압에서 오는 울분일까? 울분의 내용은 이야기하지 않아서 알 수가 없다. 그의 산문에도 권태와 슬픔은 있지만 울분은 거의 보이지 않는다. 그러나 분명 울분을 느꼈으니 이렇게 썼을 것이다.

그는 울분을 가다듬으며 마음속에 흐르는 소리에 귀를 기울인다고 했다. 그의 마음속에는 어떤 소리가 흐르고 있었을까? 그것도 우리는 알 수 없다. 그래도 모든 것이 봉쇄되고 정체된 것이 아니라 마음속에 흐르는 소리가 있으니 다행한 일이다. 건전한 기독교 신앙인인 윤동주는 어떠한 경우에도 완전한 절망에 잠기지는 않았다. 그의 어두운 마음은 다시 긍정적인 방향으로 전환을 일으켜 "이제 사상이 능금처럼 저절로 익어 가옵니다."라고 썼다. 어떻게 울분에서 벗어나 능금처럼 저절로 익어 가는 사상을 상상하게 되었을까? 그 변화의 계기는 무엇일까? 역시 윤동주는 그 변곡점에 관해서는 설명이 없다.

그러나 분명 그는 "울분을 씻을 바 없어 가만히 눈을 감으면 마음속으로 흐르는 소리, 이제 사상이 능금처럼 저절로 익어가옵니다."라고 썼다. 슬픔과 울분을 넘어서서 그의 마음을 들여다보면 사상이 능금처럼 익어 가는 소리가 들린다는 것이다. 사상이 능금처럼 익어 가다니 참으로 아름다운 상상이고, 그런 사상이라면 마

음속에 아름답게 키울 만하다. 윤동주는 이렇게 아름다운 젊은이
였다.

또 다른 고향

고향에 돌아온 날 밤에
내 백골이 따라와 한 방에 누웠다.

어둔 방은 우주로 통하고
하늘에선가 소리처럼 바람이 불어온다.

어둠 속에 곱게 풍화 작용하는
백골을 들여다보며
눈물짓는 것이 내가 우는 것이냐
백골이 우는 것이냐
아름다운 혼이 우는 것이냐

지조 높은 개는
밤을 새워 어둠을 짖는다.

어둠을 짖는 개는
나를 쫓는 것일 게다.

가자 가자

쫓기우는 사람처럼 가자

백골 몰래

아름다운 또 다른 고향에 가자.

— 1941. 9.

—

이 시를 쓴 1941년 9월은 연희전문학교 4학년 여름방학이 끝나고 2학기가 시작될 때다. 시기로 보면 방학을 끝내고 서울로 돌아오는 시점에 해당한다. 따라서 시의 첫 행에 나오는 "고향에 돌아온 날 밤"은 방학을 맞아 실제로 고향에 돌아온 시점을, 끝 행의 "또 다른 고향에 가자."는 고향에서 떠나는 사실을 암시한 것으로 볼 수 있다. 그러면 백골은 무엇이고 아름다운 혼은 무엇이며 지조 높은 개는 무엇인가?

윤동주의 시에서 '방'은 대부분 외부로부터 격리된 공간으로 나타나는데, 이 시에서는 자신이 누운 방이 우주와 통하며 하늘에서 바람이 불어온다고 말한다. '바람'은 격리된 자아를 외부 세계와 연결해 주는 매개체이다. 화자는 밀폐된 방 안에 누워 있지만 바람을 통해 세계와 연결되기에 '어둔 방은 우주로 통한다'라고 말할 수 있다. 여기서 고립의 거주 공간인 방은 시대와 역사로 통하는 열린 공간으로 변화한다. 그러나 역사와 민족을 향해 나아가는 자신의 태도가 아직 완전히 정립된 것은 아니다. 역시 그의 내부에는 행동과 실천에 대한 망설임과 번민이 도사리고 있다. 그것이 이 시에서는 자아의 분열 양태로 나타났다.

이 시에서 '백골'과 '아름다운 혼'은 의미상 대립 관계에 있다. '백골'은 외부의 자극에 눈을 감은 채 어둠 속에 누워 있는 소심한 자아의 모습을 상징한다. '아름다운 혼'은 역사의식과 민족의식을 자각하고 실천의 대열로 나아가려는 자아에 해당한다. 무력하게 풍화되어 가는 소심한 자기 모습을 보니 참담한 생각에 눈물이 흐른다. 그 모습을 보며 눈물짓는 것이 객관적 화자인 '나'인지, 무력한 자아인 '백골'인지, 아니면 자신의 내부에 숨어 있는 '아름다운 혼'(진정한 자아)인지 자문한다. 물론 그 눈물은 자신의 내부에 존재하는 진정한 자아의 눈물이다.

윤동주는 백골의 자리에서 아름다운 혼의 자리로 나아가려고 하지만 현재 상황에 안주하고 싶어 하는 내심의 욕구가 그러한 자아의 전환을 쉽사리 허락하지 않는다. 그러한 변화는 자신에게 죽음을 가져올지도 모르는 것이기에 결단을 내리기가 쉽지 않다. 이러한 망설임과 번민 속에서 들려오는 개 짖는 소리는 자아의 결단을 촉구하는 자극제의 역할을 한다. 시인은 개 짖는 소리를 듣고 그 개를 '지조 높은 개'라고 상상한다. 지조 높은 개가 시대의 어둠을 몰아내려고 밤새 짖듯이, 자폐적이고 소심한 나를 일깨워 역사의 전면에 서도록 유도하는 것이라고 생각한 것이다.

개 짖는 소리에 촉발되어 나는 '백골'의 자리에서 '아름다운 혼'의 자리로 나아간다. '아름다운 혼'이 깃들 곳이 바로 '아름다운 또 다른 고향'이다. '백골'과 '아름다운 혼' 사이에서 갈등하던 '나'는 비로소 현실에 안주하려는 일상적 자아의 손길을 물리치고 실천적인 역사적 자아의 자리로 이행해 가는 것이다. 그러나 그 이행을 위한 결단이 아직은 전적으로 자발적이고 능동적인 것은 아니기에 "백골 몰래" "쫓기우는 사람처럼 가자"라고 표현하였다. 이 구절에는 윤동주의 소심한 망설임이 내재해 있다. 이런 표현의 세부에서도 시인 윤동주의 섬세하고 정직한 품성이 드러난다.

길

잃어버렸습니다.
무얼 어디다 잃었는지 몰라
두 손이 주머니를 더듬어
길에 나아갑니다.

돌과 돌과 돌이 끝없이 연달아
길은 돌담을 끼고 갑니다.

담은 쇠문을 굳게 닫아
길 위에 긴 그림자를 드리우고

길은 아침에서 저녁으로
저녁에서 아침으로 통했습니다.

돌담을 더듬어 눈물짓다
쳐다보면 하늘은 부끄럽게 푸릅니다.

풀 한 포기 없는 이 길을 걷는 것은
담 저쪽에 내가 남아 있는 까닭이고,

내가 사는 것은, 다만,
잃은 것을 찾는 까닭입니다.

— 1941. 9. 31.

———

윤동주의 자필 원고를 보면 "1941. 9. 31."이라고 썼다가 지우고 다시 이 날짜를 쓴 것을 볼 수 있다. 9월은 30일까지 있어서 31일은 없는데 어째서 윤동주는 날짜를 수정하면서도 다시 이 잘못된 날짜를 적었을까? 9월의 맨 마지막 날 썼음을 알리고자 했던 것 같다. 10월이 오기 전에 시상의 마무리를 짓고 새로운 길을 걸으려 했던 것일까?

그는 시의 첫 행을 "잃어버렸습니다."로 시작했다. 점점 부정적으로 기울던 그의 심사가 상실감으로 터져 나온 것이다. 연희전문학교에 입학하여 쓴 첫 시 「새로운 길」에서 그는 "나의 길은 언제나 새로운 길"이라고 희망에 겨워 노래했다. 그러나 졸업을 한 학기 앞둔 9월 말 그는 잃어버렸다고 고백하면서 "무얼 어디다 잃었는지" 모르겠다고 덧붙였다. 상실의 실체를 확인할 수 없는 막연한 미혹의 상실감이 그를 휩싸고 있다. 그는 "두 손이 주머니를 더듬어 / 길에 나아갑니다."라고 썼다. 문맥이 맞지 않는 어색한 구문이다. 두 손으로 앞길을 찾아 나가는 것이 아니라 두 손을 주머니에 넣고 무엇을 더듬으며 길로 나아간다고 했다. 주머니에서 무엇을 찾는 것일까? 무엇을 어디에서 잃어버렸는지 모르지만, 잃어버린 것은 분명하니 주머니를 계속 더듬는다는 뜻이리라.

그가 걷는 길에는 풀도 숲도 없고 돌만 연달아 있다. '돌'을 세 번이나 반복하면서 돌이 연달아 있는 돌담을 끼고 간다고 했다. 벗어날 수 없는 폐쇄와 강박의 이미지다. 거기에 돌담은 쇠문을 굳게 닫았다고 했으니 출구 없는 자폐의 이미지다. 이상의「오감도 제1호」의 아이처럼 막힌 골목에서 맴돌고 있는 형상이다. 나갈 문이 없는 길에 긴 그림자만 슬픈 형상으로 드리워 있을 뿐이다. 앞에서 서울 거리의 산책에 대해 말하면서 거리에서 고독과 슬픔을 느끼면서도 미래의 희망을 잃지 않는 기독교인의 건강성을 보여 주었다고 했다. 그처럼 출구 없는 길을 걸으면서도 윤동주는 건전한 희망을 잃지 않는다. "길은 아침에서 저녁으로 / 저녁에서 아침으로 통했습니다."라고 썼다. 비록 문이 보이지 않는 길이지만 그 길이 무한한 시간으로 펼쳐진다고 생각한 것이다. 어떤 어둠 속에서도 희망을 잃지 않는 건전한 기독교인의 소망을 대할 수 있다.

그러나 뚜렷한 비전이 떠오르지 않는 길을 배회하는 것은 슬픔을 일으킨다. 그는 "돌담을 더듬어 눈물짓다"라고 썼다. 여기에서 '더듬어'라는 단어가 우리를 슬프게 한다. 나갈 문을 얼마나 찾았으면 '더듬어'라고 썼을까? 무엇을 어디에서 잃었는지 몰라 주머니를 더듬고, 쇠문이 굳게 닫혀 있는데도 나갈 문을 찾아 돌담을 더듬었을 것이다. 어디론가 탈출하기 위해 최선을 다하는 젊은 기독교인의 독실한 자세를 본다. 그러다 하늘을 쳐다보니 '부끄럽게 푸르다'고 했다. 자신의 태도와 관련지어 '부끄러움'이란 단어를 쓴 것은 이 시가 처음이다. 1938년 9월 20일에 쓴 「코스모스」에서 코스모스를 보면 어릴 때처럼 부끄러워진다고 했지만, 그것은 어릴 때처럼 수줍어진다는 뜻이었다. 자신의 순수성과 관련지어 부끄러움을 표현한 것은 처음이다. 달력 위에 존재하지 않는 1941년 9월 31일은 윤동주가 부끄러움을 처음 인식하고 그것을 최초로 시에 기록한 날짜다. 이것을 표시하기 위해 윤동주는 9월 31일이라는 날짜를 고치고 다시 썼는지도 모른다.

돌과 돌이 연달아 있어 긴 그림자만 드리운 이 길을 윤동주는 다시 "풀 한 포기 없는 이 길"이라고 고쳐 썼다. 돌만 이어져 있고 쇠문이 굳게 닫혀 있는 이 길은 생명의 풀 한 포기 없는 절망의 공간이다. 이 질식할 것 같은 불모의 공간에서 윤동주는 그래도 주머니를 뒤지고 돌담을 더듬으며 길을 찾아 앞으로 나아가고 있었다. 오직 기독교인의 신앙에 발을 디디고 한 줄기 소망의 푸르름을 지니고.

이렇게 그가 길을 걷는 이유는 무엇인가? "담 저쪽에 내가 남

아 있는 까닭"이라고 했다. 참으로 눈물겨운 구절이다. 이 시간
이후 이어진 그의 행로를 알면 다음을 읽지 못할 만큼 애통한 구
절이다. 그에게 담 저쪽에 남아 있는 실존이 있었던가? 그러나
앞날의 죽음을 누가 예측할 수 있으리오. 그는 기독교인으로 소
박한 희망을 품었다. 담 저쪽에 내가 남아 있다고. 그리고 이어서
"내가 사는 것은, 다만, / 잃은 것을 찾는 까닭입니다."라고 썼다.
가슴을 저리게 하는 구절이다. 잃은 것을 찾기 위해 살다니. 그렇
다. 우리가 사는 것은 잃은 것을 찾기 위해 사는 것이다.

　지혜로운 젊은이 윤동주는 그 궁핍한 형극의 시대에 우리에게
이런 교훈을 준다. 무엇을 어디다 잃었는지 알 수 없지만 잃은 것
은 확실하기에, 우리는 잃은 것을 찾기 위해 이 거친 세상을 살아
간다. 미래가 보이지 않는 그 어둠의 시대, 억압과 굴욕의 시대에
도 우리는 담 저쪽에 있는 나를 찾아, 그 보이지 않는 나의 실존
을 찾아 앞으로 나아가야 하는 것이다. 지혜롭고 진실한 젊은 시
인 윤동주가 우리에게 이런 시를 남겼다는 사실만으로도 우리 역
사는 복되고 우리 문학은 복되다. 오오, 윤동주, 구원의 십자가여,
영원한 길의 상징이여!

별 헤는 밤

계절이 지나가는 하늘에는
가을로 가득 차 있습니다.

나는 아무 걱정도 없이
가을 속의 별들을 다 헤일 듯합니다.

가슴속에 하나 둘 새겨지는 별을
이제 다 못 헤는 것은
쉬이 아침이 오는 까닭이요,
내일 밤이 남은 까닭이요,
아직 나의 청춘이 다하지 않은 까닭입니다.

별 하나에 추억과
별 하나에 사랑과
별 하나에 쓸쓸함과
별 하나에 동경과
별 하나에 시와

별 하나에 어머니, 어머니,

어머님, 나는 별 하나에 아름다운 말 한마디씩 불러 봅니다. 소학교 때 책상을 같이했던 아이들의 이름과, 佩패, 鏡경, 玉옥 이런 이국 소녀들의 이름과, 벌써 아기 어머니 된 계집애들의 이름과, 가난한 이웃 사람들의 이름과, 비둘기, 강아지, 토끼, 노새, 노루, '프랑시스 잠', '라이너 마리아 릴케', 이런 시인의 이름을 불러 봅니다.

이네들은 너무나 멀리 있습니다.
별이 아스라이 멀듯이,

어머님,
그리고 당신은 멀리 북간도에 계십니다.

나는 무엇인지 그리워
이 많은 별빛이 내린 언덕 위에
내 이름자를 써 보고,
흙으로 덮어 버리었습니다.

딴은, 밤을 새워 우는 벌레는
부끄러운 이름을 슬퍼하는 까닭입니다.

그러나 겨울이 지나고 나의 별에도 봄이 오면
무덤 위에 파란 잔디가 피어나듯이
내 이름자 묻힌 언덕 위에도
자랑처럼 풀이 무성할 거외다.

— 1941. 11. 5.

———

• **헤일**: 셀. '헤다'는 '세다'의 방언.

———

윤동주의 대표 시로 알려진 이 시에 대해 나는 지금까지 한 줄의 글도 쓰지 못했다. 이 시의 마지막 연이 연희전문학교의 동창이었던 정병욱의 조언에 의해 보충된 것이고, 그래서 원본을 확정하기 어렵다는 설 때문에 그런 것은 절대 아니다. 정병욱이 증언했듯이 본인이 윤동주에게 「별 헤는 밤」의 끝부분에 허전한 점이 있다고 조언하자 며칠 후 끝부분에 넉 줄이 첨가된 원고를 보여주었다는 말을 나는 그대로 받아들인다. 집필 일자를 적은 다음에 새로운 시행을 첨가하는 것은 그렇게 이상한 일이 아니고 시의 문맥으로 볼 때도 마지막 시행의 보충이 타당하다고 생각하기 때문이다.

내가 이 시의 해설을 유보한 이유는 이 시의 특이한 형식 때문이다. 이 시는 윤동주가 남긴 시 중에서 가장 길이가 길고 서술적이며 형태의 변화도 나타난다. 시를 쓴 날짜와 시의 배경도 부합한다. 그만큼 윤동주의 시인으로서의 현장감과 자의식이 강하게 투영된 작품이다. 요컨대 윤동주의 시 중 시를 쓴다는 의식이 가장 강하게 드러난 작품이다. 만약 윤동주에게 자신의 시 중 꼭 한 편을 골라 문학지에 투고하라고 했다면 이 작품을 보냈을 것이다. 다시 말하면 시인 윤동주의 모습을 가장 뚜렷이 부각하는 작품이 이 작품이다. 그래서 윤동주의 대표작이 될 이 시 「별 헤는 밤」을 귀하게 여겨 해설을 늦추어 왔다.

"계절이 지나가는 하늘에는 / 가을로 가득 차 있습니다."라는 첫 시행부터가 멋지다. 하늘에 계절이 지나간다고 했는데 계절이 지나가는 모습을 보는 사람은 거의 없다. 새가 지나가고 달이 지나가고 구름이 지나가는 모습을 볼 수 있을 뿐이다. 그런데 윤동주는 계절이 지나간다고 했다. 그리고 하늘에 가을이 가득 차 있다고 했다. 시인이기에 이것을 볼 수 있고, 언어로 옮겼던 것이다. 윤동주가 시인인 증거다. 그는 "가을 속의 별들"을 다 셀 수 있다고 했다. 하늘의 별이 아니라 가을 속의 별이라 했으니, 그의 눈에는 하늘의 별보다 가을의 별이 먼저 들어왔다.

그런데 여기 왜 "아무 걱정도 없이"라는 말이 들어간 것일까? 이것은 세상의 모든 걱정에서 떠난 상태라는 뜻이다. 세상사에서 벗어나 아무 잡념 없는 상태로 별을 세는 데에만 집중한다는 뜻이다. 별을 세는 데 몰두하는 까닭은 무엇일까? 가장 순수한 계절인 가을, 그 가을에 가득 찬 순수한 별들. 그것을 세는 상황이니 세상의 걱정에서 벗어나 그 일에만 몰입하는 것이 옳다. 그것이 별의 순수성을 본받는 일이다. 아무 걱정 없이 별의 순수성을 받아들여 기독교인의 순결(the innocence)을 실현할 수 있을 것 같다는 뜻이다.

윤동주는 여유를 두고 "가을 속의 별들을 다 헤일 듯합니다."라고 유보의 어투를 사용했다. 모든 순수의 결정물을 하나도 빠짐없이 자기 가슴에 담아 두고 싶지만, 원죄를 짊어진 인간으로서 그것이 불가능하다는 사실을 알고 있기 때문이다. 현실적으로는 시간이 허락하지 않는다. 아침이 오면 별이 사라지니 내일 밤을 기다려야 하고, 밤마다 별을 헤아린다고 해도 시간이 부족하다. 이렇게 별을 세는 것은 청춘의 일이지 어른의 일은 아니다. 세상의 때가 묻으면 그처럼 순수에 몰입하기가 불가능해지기 때문이다. 청춘이 가기 전에 하늘의 별을 다 헤아릴 수 있었으면 좋겠다, 이것이 청년 윤동주의 생각이다.

그렇게 별을 가슴에 새기면서 거기 담아 둘 만한 요소들을 떠올렸다. 그것은 추억, 사랑, 쓸쓸함, 동경, 시 등이다. 모두 윤동주가 아끼고 귀하게 여기는 대상이다. 그리고 시보다 더 아끼고 귀하게 여기는 어머니를 떠올리자 저절로 목이 멘다. 그는 어머니를 호명하며 잊을 수 없는 추억들을 하나하나 떠올린다. 여기 열거한 호명의 대상 목록은 백석의 시「흰 바람벽이 있어」의 한 대목과 연결된다. 윤동주는 백석의 시를 좋아해서 백석 시집『사슴』을 필사해서 보관하고 줄을 쳐 가면서 숙독했다.「흰 바람벽이 있어」는 1941년 4월『문장』지에 발표되었다. 당시 연희전문학교에 다니던 윤동주는 이 잡지를 쉽게 구해 볼 수 있었을 것이다.「별 헤는 밤」을 11월 5일에 썼으니 백석의 그 시를 읽고 영향을 받았을 가능성이 충분히 있다. 백석의「흰 바람벽이 있어」에는 다음과 같은 구절이 나온다.

하늘이 이 세상을 내일 적에 그가 가장 귀해하고 사랑하는 것들은 모두
가난하고 외롭고 높고 쓸쓸하니 그리고 언제나 넘치는 사랑과 슬픔 속에 살도록 만드신 것이다
초생달과 바구지꽃과 짝새와 당나귀가 그러하듯이
그리고 또 '프랑시스 잠'과 도연명과 '라이너 마리아 릴케'가 그러하듯이

백석이 이렇게 자신이 사랑하는 대상을 열거했듯이 윤동주도 그가 애호하는 대상을 열거했다. 늘 소외된 약자를 아낀 그답게 "가난한 이웃 사람들의 이름"을 잊지 않았으며 비둘기, 강아지, 토끼, 노새, 노루, 프랑시스 잠, 라이너 마리아 릴케의 이름을 들었다. 앞에 열거한 대상들은 순하고 작고 연약한 존재의 이름이라

는 유사성이 있고, 시인으로 프랑시스 잠과 라이너 마리아 릴케가 겹친다. 프랑스와 독일을 대표하는 이 두 시인은 당시 순수 시인의 대명사로 추앙받았다. 윤동주는 백석의 시를 보고 공명하는 바 있어 자신의 시에도 유사한 열거 방법을 사용했을 것이다.

그러나 윤동주는 이들이 너무나 멀리 있다고 말했다. 자기 손이 닿을 수 없는 먼 곳에 있어서 공생할 수 없고 동화될 수 없는 원격의 대상임을 말했다. 순수한 별이 멀리 있듯, 순수한 존재는 모두 멀리 떨어져 있다. 어머니는 멀리 북간도에 있고 사랑하는 동무들도 그곳에 있다. 윤동주는 '그리고'라는 접속어를 사이에 넣고 '북간도'라는 지명을 넣었다. 이 지명은 그의 시에 처음 나온 말이다. 1941년 내선일체를 외치는 식민지 상황에서 '북간도'라는 명칭은 특별한 존재감을 확보한다. 어쩌면 내선일체의 광기에서 어느 정도 떨어진 격리감, 일종의 위안의 느낌을 환기할 수 있는 지명이기도 하다. 멀리 있어서 그립고 보고 싶지만, 그래도 이 살벌한 광기의 지대에서는 떨어져 있다는 안도감이 이 말 속에 어려 있다.

윤동주는 형언할 수 없는 그리움에 몸을 떨며 "이 많은 별빛이 내린 언덕 위에 / 내 이름자를 써 보고, / 흙으로 덮어 버리었습니다."라고 썼다. 이 많은 별빛이 내린 언덕은 순수의 언덕이다. 그 언덕은 그리운 어머니나 프랑시스 잠, 라이너 마리아 릴케 같은 순수 시인이 깃들 수 있는 공간이다. 그런데 그 언덕 위에 내 이름을 써 넣었다고 했다. 그러고는 곧 부끄러움을 느끼고 그 이름을 흙으로 덮어 버렸다고 했다. 부끄러움을 느꼈다는 말은 나오지 않지만, 다음에 나오는 "부끄러운 이름을 슬퍼하는 까닭입니다."에서 그 맥락을 확인할 수 있다. 이 맥락에 의하면 "밤을 새워 우는 벌레"는 윤동주 자신이 된다. 그는 아침이 오도록 아무 걱정 없이 밤하늘의 별을 다 세려 했기 때문이다.

윤동주의 초고는 원래 여기서 끝난다. 하지만 정병욱의 지적처럼 여기서 시가 끝난다면 역시 허전하다. 무엇을 말하려다 중간에 그만둔 것 같은 느낌을 준다. 윤동주는 정병욱의 충고를 진지하게 받아들여 이름을 흙으로 덮어 버린 다음에 이어질 소망의 구절을 보충했다. 첨가한 네 줄의 시행이 이 시를 생동하게 한다. 당신은 멀리 북간도에 있다고 했던 윤동주가 말머리를 돌려 '그러나'라고 썼다.

겨울이 지나면 이 언덕에도 봄이 올 것이다. 자신의 이름을 이 순수의 언덕에 써 넣은 것이 부끄러워 곧 흙으로 덮어 버렸지만 봄이 오면 무덤 위에도 파란 잔디가 피어나듯이 자신의 이름이 묻힌 언덕 위에도 풀이 무성하게 돋아날 것이라고 조심스럽게 진단했다. 여기 "자랑처럼"이란 말은 조금 무리가 있다. 부끄러움을 느껴 이름을 묻어 버렸는데 어떻게 그 이름이 자랑처럼 솟아날 수 있겠는가? 어차피 벗의 충고에 의해 가필하는 것이니 한번 화끈하게 써 보자고 마음먹은 것일까? 여하튼 윤동주는 그의 생에 처음으로 "자랑처럼"이라는 긍정의 단어를 써서 미래의 소망을 이야기했다. 이것으로 이 시는 끝났다.

그러나 이후 전개된 윤동주의 삶을 보면 이 시가 거의 예언적인 상징성을 지닌다는 사실을 이해하게 된다. 그는 해방 전 봄이 오기 전에 차디찬 감옥에서 죽었고, 북간도의 무덤에 유해가 묻혔다. 그 무덤에 '시인 윤동주'라는 그의 이름이 새겨졌다. 해방이 되어 그의 시집이 나오고 그의 이름이 알려지자 그야말로 그의 별에 봄이 온 것처럼 그의 자랑스러운 이름이 파란 잔디가 피어나듯이 무성하게 퍼져 가게 되었다. 이렇게 보면, 분명 이 시가 그의 삶을 예언하는 상징성을 지니고 있다는 사실을 인정하지 않을 수 없다.

서시序詩

죽는 날까지 하늘을 우러러
한 점 부끄럼이 없기를,
잎새에 이는 바람에도
나는 괴로워했다.
별을 노래하는 마음으로
모든 죽어 가는 것을 사랑해야지
그리고 나한테 주어진 길을
걸어가야겠다.

오늘 밤에도 별이 바람에 스치운다.

― 1941. 11. 20.

―

스물네 살의 젊은이가 시집을 내면서 그 머리에 앉힐 짧은 시에 이렇게 극단적인 낱말을 연이어 쓴 것은 분명 이채로운 사건에 속한다. "죽는 날까지"라니. 스물네 살의 젊은이가 시집을 내면서 왜 '죽는 날'을 먼저 떠올린단 말인가? 말이 씨가 된다고, 윤동주는 이런 말을 쉽게 쓰면 안 되는 사람이었다. 그는 정말 암시적 시어를 써서 그의 죽음을 예비한 것일까? 성서의 네 복음서에 다 기록된 나드 향유의 이야기가 있다. 어떤 여인이 옥합에 든 나드 향유를 가져와 옥합을 깨뜨리고 향유를 예수의 머리에 부었다. 그러자 제자들이 그 비싼 향유를 낭비했다고 비난했다. 그러나 예수는 제자들의 말을 물리치고 여인의 행동을 칭송하면서 "그는 힘을 다하여 내 몸에 향유를 부어 내 장례를 미리 준비하였느니라."라고 말했다. 윤동주의 「서시」는 바로 이것, 자신의 장례를 미리 준비하는 옥합의 향유였던가 하는 생각을 하게 된다.

죽는 날까지 무엇을 하겠다는 뜻인가? "한 점 부끄럼이 없기를" 기도하며 살겠다고 했다. 어떻게 인간이 '한 점' 부끄러움 없이 살 수 있겠는가? 더군다나 하늘을 우러러 그러한 기약을 하였으니 그 결벽의 자세가 놀랍다. 단 하나의 부끄러움도 용납하지 않겠다는 이 마음의 결의는 어디서 온 것일까? 자신의 시집을 내는 시점에서 그러한 순수의 결의를 강하게 표명했을 수도 있지만 그 강도가 상상 이상이다. 평소 과장할 줄 모르는 신중한 성향의 이 젊은이는 자신이 선택할 수 있는 최상의 강도로 결의를 표명했다.

그 결심이 실행되지 않을까 염려되어 "잎새에 이는 바람"에도 괴로워했다고 썼다. 잎새에 이는 바람이라니? 잎새에 바람이 일

때 왜 괴로워한단 말인가? 죽는 날까지 하늘을 우러러 한 점 부끄럼이 없기를 바라고 사는 처지라 잎새에 바람이 일 듯 미세한 변화가 일어나도 내가 어긋난 일이 없나 스스로 돌이켜보는 시간을 가졌다는 뜻이다. 그런 예민한 시간을 지나다 보면 시「병원」에 나왔던 "지나친 시련"과 거기서 오는 "지나친 피로"가 그의 몫으로 다가왔을 것이다. 또 그런 과정에서「돌아와 보는 밤」에 나온 "하루의 울분"도 느꼈을 것이다. 이 모든 것이 한 점 부끄러움 없이 살겠다는 결의의 표명과 그 실천의 결과적 반응이었다.

그것은 분명 괴로움을 안겨 주는 일이다. 그러나 그러한 괴로움 속에서도 그는 "나한테 주어진" 길을 가겠다고 말한다. 앞에서도 여러 차례 이야기했지만, 그는 미래의 소망을 중시하는 건전한 기독교 신앙인이다. 기독교적 소명을 지니고 있었기에 자기의 길은 자신이 선택한 것이 아니라 신으로부터 주어진 길이라는 의식을 뚜렷이 갖고 있었다. 신앙을 유지하는 한 그 길을 피할 수 없고 그 길을 걸어가는 것이 그의 소명이다. 소명의 길을 걸으면서 그가 하는 일은 "별을 노래하는 마음으로 / 모든 죽어 가는 것을 사랑"하는 일이다.「못 자는 밤」에서 "밤은 / 많기도 하다."라고 말한 이후 앞의 시「별 헤는 밤」에서 별은 본격적으로 순수의 표상으로 등장했다. 순수의 상태를 노래하는 마음으로 사랑하며 살되 사랑의 목표로 지목한 대상이 "모든 죽어 가는 것"이다.

세상의 모든 피조물은 죽어 가는 존재(the mortal creature)이다. 세상에 태어난 사물 중 영원한 것은 없다. 따라서 '모든 죽어 가는 것'이란 세상에 존재하는 모든 대상을 뜻한다. 볼 수 있는 것이든 볼 수 없는 것이든, 유형 무형의 모든 존재를 다 사랑하겠다고 말한 것이다. 기독교인의 정결한 순결성(the innocence)을 염두에 둔 발언이다. 그는 진심으로 그러한 지향을 지니고 있었기에 가장 정제된 시의 형식으로 그것을 발성했고, 시집의 길잡이로 삼았다. 아무리 처음 내는 시집의 서시라 하더라도 이러한 다짐을 말로 표현하니 불안한 마음이 생긴다. 그는 한 행을 띄우고 독립된 시행으로 자신의 불안한 마음을 암시적으로 나타냈다. "오늘 밤에도 별이 바람에 스치운다."라고.

이 구절은 앞날의 행동에 대한 의지가 아니라 현재의 심정을 대변한다. 그래서 "오늘 밤에도 별이 바람에 스치운다."라는 현재형으로 서술했다. 오늘도 그러하고 내일도 그럴 것이라는 영원한 현재의 어법이다. 자신의 목숨이 살아 있는 한 이 불안한 의식은 변함없이 지속될 것이라는 뜻이다.

사상이 능금처럼 저절로 익어 간 결과 이런 자리에 이르렀다. 잎새에 이는 바람에도 괴로워한 이 예민한 자아는 밤하늘의 별을 보면서 미미한 바람의 기미가 순수의 별도 스치는 것인지 괴로워했다. 지극히 예민하고 지극히 순수한 자아의 움직임을 한 치의 과장 없이, 숨김없이 서술했다. 이렇게 해서 스물네 살 청년 시인 윤동주의 기념비적인 서시가 탄생했다. 1941년 11월 20일 자신의 시 열여덟 편을 묶은 시집을 간행하려는 생각으로 자신의 진심을 담은 '서시'를 완성한 것이다.

간肝

바닷가 햇빛 바른 바위 위에
습한 간을 펴서 말리우자.

코카서스 산중에서 도망해 온 토끼처럼
둘러리를 빙빙 돌며 간을 지키자.

내가 오래 기르던 여윈 독수리야!
와서 뜯어 먹어라, 시름없이

너는 살찌고
나는 여위어야지, 그러나,

거북이야!
다시는 용궁의 유혹에 안 떨어진다.

프로메테우스 불쌍한 프로메테우스
불 도적한 죄로 목에 맷돌을 달고

끝없이 침전하는 프로메테우스.

— 1941. 11. 29.

—

「간」에는 「십자가」처럼 시대에 맞서서 자신의 지조를 지키겠다는 자아의 뚜렷한 태도가 선명하게 제시되어 있다. 1941년 후반기는 한민족에게 최악의 시련기였다. 1941년에 들어서서 총독부는 조선어 사용을 전면 금지했으며 치안유지법을 강화하고 '조선사상범 예방구금령' 등의 악법을 공포하여 살벌한 전시 통치 체제를 강화해 나갔다. 윤동주는 일제의 억압을 겪으며 민족적 저항의식을 전보다 강하게 품었을 것이다. 이 시는 윤동주의 저항적 태도와 결연한 의지를 보인다는 점에서 분명 이채를 띠는 작품이다.

이 시의 중심 모티프를 이루는 것은 토끼전과 프로메테우스 설화다. 토끼는 거북이의 유혹에 넘어가 간을 뺏길 처지에 빠졌으나 기지를 발휘해 죽음의 위기에서 벗어났다. 토끼가 자기의 간을 지키며 '햇빛 바른' 바위 위에 '습한' 간을 '펴서' 말린다는 구절에서 그릇된 유혹에 넘어가지 않고 정도를 지키겠다는 화자의 결의가 암시된다. 그렇게 지혜 있는 토끼로 자신의 모습을 상정해 보아도 식민지 지식인으로서 자신의 존재는 비극적으로 비칠 수밖에 없다. 그 비극적 자기 인식이 프로메테우스 설화를 끌어들였다.

윤동주는 프로메테우스를 끝없는 고통에 시달리는 비극적 존재의 전형으로 받아들였다. 목에 맷돌을 달고 끝없이 침전하는 프로메테우스의 형상은 고독한 자아의 희생을 연상시킨다. 일제 강점기 전시체제 속에서 자신의 올바른 자리를 지키는 것은 결국 고독한 침전과 소멸로 종결되는 자기희생의 길임을 직관으로 깨달은 것이다. 그러나 고통과 시련 속에서도 끝까지 정도를 지키고 용궁의 유혹을 거부하겠다는 의지를 시에 담아 놓았다. 간을 뜯기는 고통 속에 스스로 여위어 가면서도 "독수리야! 와서 뜯어 먹어라."라고 자신 있게 말하며, 자신을 유혹했던 거북이에게는 "거북이야! 다시는 용궁의 유혹에 안 떨어진다."라고 단호히 선언한다.

여기서 4연의 의미를 다시 음미해 보자. "너는 살찌고 / 나는 여위어야지"에서 너와 나는 대립적 위치에 있다. 너는 내 간을 뜯어 먹고 살이 찌고, 나는 간을 뜯기고 여위어 간다. 부정적 존재가 강화될수록 나는 약해질 수밖에 없고, 나를 학대하는 자가 잘될수록 나는 고통으로 더 피폐해진다. 이것이 세상의 형편인데, 시의 화자는 마치 그것이 당연하다는 듯 수용의 태도를 보인다. "나는 여위어야지"라는 말에는 부정적 상황을 수용하겠다는 긍정의 의미가 들어 있다. 이것은 세상의 모순과 폭력을 무력하게 받아들인다는 뜻보다는 어떤 시련이 와도 그것을 감내하겠다는 다짐에 해당한다. 너는 살찌고 나는 여위겠지만 그것을 참아 낼 수 있다는 뜻이 담겨 있다. 행 끝에 들어 있는 '그러나'라는 말은 견딤의 의지를 나타낸다. 참담한 상황에 빠지겠지만, 그러나, 나는 이렇게 하겠다는 뜻이다.

다음에 이어지는 내용은 다시는 유혹에 떨어지지 않겠다는 선언이다. 거북이와 독수리는 나의 올바른 삶을 방해하거나 위협하는 부정적 존재다. 부정적 존재와 마주 선 자리에 놓인 시인의 분신이 토끼와 프로메테우스다. 토끼는 자신의 기지로 위기를 모면하고 간을 지키는 존재이며, 프로메테우스는 인간에게 불을 가져다준 죄 때문에 간을 뜯기는 벌을 받는 존재다. 엄밀히 말하면 이둘은 억압에 저항하는 존재는 아니다. 그렇다 하더라도 세계의 횡포에 직면한 연약한 자아가 유혹이나 강압에 흔들리지 않고 올바른 자리를 지키겠다는 의지는 선명하게 밝혔다. 마지막 연에 나타난 하강과 침전의 형상은 비극적 운명을 담담히 감수하겠다는 뜻으로 읽힌다. 자신이 프로메테우스의 처지가 되어도 그것을 감수하겠다는 의지가 행간에 담겨 있다. 윤동주의 저항시를 한 편 내놓으라고 하면, 이 시를 보여 주면 될 것이다.

참회록

파란 녹이 낀 구리거울 속에
내 얼굴이 남아 있는 것은
어느 왕조의 유물이기에
이다지도 욕될까.

나는 나의 참회의 글을 한 줄에 줄이자.
― 만 이십사 년 일 개월을
　　무슨 기쁨을 바라 살아왔던가.

내일이나 모레나 그 어느 즐거운 날에
나는 또 한 줄의 참회록을 써야 한다.
― 그때 그 젊은 나이에
　　왜 그런 부끄런 고백을 했던가.

밤이면 밤마다 나의 거울을
손바닥으로 발바닥으로 닦아 보자.

그러면 어느 운석 밑으로 홀로 걸어가는

슬픈 사람의 뒷모양이

거울 속에 나타나온다.

— 1942. 1. 24.

　—

　이 시는 윤동주가 연희전문학교를 졸업하고 일본 유학을 준비
하던 1942년 1월 24일에 쓴 것이다. 이 무렵 한민족이 처한 상황
은 극도로 암담하였다. 1941년 12월 태평양전쟁이 발발하자 더욱
위협적인 전시 체제로 시국을 개편하였다. 이러한 상황 속에서 윤
동주는 일본 유학의 결심을 굳혔는데, 일본 유학을 위해서는 창씨
개명 제도에 의해 자신의 이름을 일본식 이름으로 바꿔야 허가가
나왔다. 송우혜의 『윤동주 평전』에 의하면 윤동주가 연희전문학
교에 창씨개명한 이름을 제출한 날짜가 1942년 1월 29일이다. 굴
욕감을 무릅쓰고 창씨개명을 하여 유학 수속을 마치는 일이 윤동
주에게 커다란 부끄러움으로 남았으리라는 것은 짐작하기 어렵지
않다. 이 시에 나오는 자신을 욕되다고 생각하는 태도는 바로 이
사건과 관련이 있을 것이다.

　1연에서 자신의 얼굴이 '파란 녹이 낀 구리거울' 속에 남아 있

352

다고 말한 것은 두 가지 의미를 지닌다. 첫째로 '왕조의 유물'이라는 말과 관련지어 보면 나라 잃은 백성으로 살아가는 당시의 무력한 처지를 나타낸 것이고, 둘째는 시대의 어둠 때문에 자신의 올바른 모습을 제대로 파악할 수 없다는 의미를 나타낸 것이다. 자신이 도대체 어떤 존재인지, 어떻게 살아가야 옳은지 그 참모습을 알 수 없을 때 자기 부정적 발언이 나오게 된다.

2연과 3연의 첫 문장 다음 행에 표시된 줄표는 내적 독백을 표현하기 위한 방법이다. "나는 나의 참회의 글을 한 줄에 줄이자."라는 시행은 참으로 담백하다. 참회의 내용이 여러 가지가 있을 텐데, 구차한 말을 늘어놓지 않고 한 줄로 줄여 자신의 뜻만을 말하겠다는 것이다. 참회의 내용은 자신이 살아온 24년 1개월 동안 아무런 기쁨도 없이 살아왔다는 것이다. 기쁨이 없었다면 기쁨이나 보람이 있도록 상황을 바꾸어야 했는데, 자신은 그렇게 하지 못했다는 뜻이 여기 내포되어 있다. 진정으로 부끄럽고 욕된 것은 기쁨 없이 살아온 것이 아니라 그렇게 무력한 삶을 살면서도 거기서 벗어나려는 생각을 하지 않았다는 사실이다.

윤동주가 출생한 것이 1917년 12월 30일이니 '만 이십사 년 일개월'은 정확히 그가 살아온 기간이다. 윤동주는 자신이 살아온 하루하루를 돌이켜보며 그 모든 삶의 기간이 욕되고 부끄러울 뿐이라고 고백하였다. 그러나 그 부끄러움의 이유에 대해서는 시에 밝히지 않았다.

3연에서는 미래의 어느 즐거운 날을 예상해 보았다. 그러나 그

즐거운 날에도 역시 또 한 줄의 참회록을 써야 한다고 시인은 말한다. 보통 사람이라면 자신이 바라는 날이 왔을 때 기쁨에 들떠 날뛸 것이다. 그런데 윤동주는 그날 다시 또 한 줄의 참회록을 써야 한다고 한다. 일제의 억압에서 벗어난 해방 이후 진정한 참회록을 쓴 사람이 누가 있었던가. 민족을 배신하고 친일 활동을 한 사람도 자기변명만 늘어놓았을 뿐이다. 그런데 자신에게 희생의 십자가가 주어진다면 피를 흘리며 죽을 수 있다고 생각한 이 정직한 젊은이가 무엇 때문에 참회록을 쓴단 말인가. 윤동주가 쓰려고 한 미래의 참회록의 내용은 "그때 그 젊은 나이에 / 왜 그런 부끄런 고백을 했던가."라는 담담한 말이다. 이 담백한 말 속에 시인의 정직함과 진솔함이 그대로 담겨 있다. '그때 그 젊은 나이'란 '만 이십사 년 일 개월'을 산 젊은 시기를 말한다. 스물네 살의 젊은 나이에 아무 기쁨도 없이 살고 있다는 나약한 고백을 한 것이 너무나 부끄럽기에 그 나약함과 부끄러움을 자인하는 참회록을 다시 써야 할 것이라고 말하는 것이다.

이러한 과정을 거쳐 시인은 그 시대를 사는 자기 자신이 도대체 어떠한 존재인지 심각한 질문을 던진다. 그리고 자신의 본모습(identity)을 파악하려는 힘겨운 시도를 보인다. 그것이 4연에 나오는 '손바닥으로 발바닥으로' 거울을 닦는 행위다. 여기서 우리는 '밤', '나의 거울', '손바닥으로 발바닥으로'의 세 어구에 주목해야 한다. '손바닥으로 발바닥으로' 닦는다는 것은 자신의 온 힘과 정성을 기울여 닦는 것을 의미한다. 사용할 수 있는 모든 수단을 동원하여 심혈을 기울여 거울을 닦아 보겠다는 의지다. 이렇게 애를 써서 거울을 닦으면 무엇이 이루어지는가? 1연에서 자신의 얼굴이 파랗게 녹이 낀 구리거울에 남아 있다고 했다. 그러니 표면의 녹을 제거해야 제대로 얼굴을 볼 수 있을 것이다. 요컨대 윤곽이 선명히 잡히지 않는 자신의 모습을 온 힘을 기울여 파악해 보겠다는 뜻이 이 구절에 담겨 있다.

그런데 자신의 본모습을 파악하기 위한 시간이 왜 '밤'으로 설정되어 있을까? 밤은 낮과 대립되는 시간이다. 낮이 생활의 시간이요 현실적 행동의 시간이라면 밤은 사색과 반성의 시간이다. 자기 자신을 돌이켜보고 자신의 참모습을 제대로 파악하기 위해서는 일상적 현실에서 벗어날 필요가 있고, 타인과도 격리되어야 한다. 그렇기 때문에 시인은 '밤낮으로'라고 하지 않고 '밤이면 밤마다'라고 표현한 것이다. 스스로를 돌아볼 수 있는 시간만 되면 온 힘을 기울여 자기의 실체를 확인해 보려 했으니, 자신의 본모습이 거울에 떠오를 만하다. 그런데 안타깝게도 거울에 나타난 자신의 모습은 그렇게 바람직한 양태가 아니다.

그 모습은 5연에 제시되어 있다. 여기서는 '운석', '홀로', '슬픈 사람의 뒷모양'의 세 어구에 주목해야 한다. '슬픈'이라는 말에는 스스로에 대한 윤동주의 감정이 투영되어 있다. 오늘도 참회록을 쓰고 미래의 어느 날에도 참회록을 쓸 사람이니 그 사람은 슬픈 존재다. 그런데 그 사람의 뒷모양이 나타난다고 했으니 이것은 등을 돌리고 어디론가 가는 모습이어서 슬픈 분위기를 더욱 고조한다. '홀로' 걸어간다는 것은 자아가 고립의 상황에 놓여 있음을 보여 준다. 유학을 떠나는 것이 고립을 택하는 길임을 그는 이때 예견하고 있었다.

윤동주의 시에는 별의 이미지가 여러 곳에 나타난다.「서시」에서 윤동주는 '별을 노래하는 마음으로' 모든 죽어가는 것을 사랑해야 한다고 말했다.「별 헤는 밤」에서는 별 하나마다 아름다운 이름을 붙여 보며 그리운 대상들을 떠올린다. 밤하늘에 빛나는 별은 순수성의 상징이며 아름다운 추억의 매개물이다. 또한 생명과 소생의 의미를 담고 있기도 하다. 그러나 여기 나오는 '운석'은 일종의 죽은 별이다. 그것은 빛나지 않으며 어두운 색깔로 차갑게 응고되어 있을 뿐이다. 암울한 밤의 상황과 거의 유사한 의미를 담고 있다. 엄격히 말하면 이것은 죽음의 메타포이다.

이 시의 자아가 온 힘을 기울여 모색한 자신의 정체성 파악은 상당히 우울하고 비극적인 상태로 귀결되었다. 이것은 이 시의 출발부터 예견된 것이기도 하다. 이미 미래의 즐거운 날 또 한 줄의 참회록을 써야 하는 처지이므로 자신의 모습이 낙관적으로 묘사될 수는 없었다. 바라던 일본 유학을 위해 굴욕적인 개명을 한 24세의 젊은이는 청운의 꿈을 그린 것이 아니라 오히려 자신의 고립과 죽음의 영상을 새겨 넣었다. 자기가 택한 길이 욕된 길이며 스스로를 끝없는 나락으로 침전시키는 것이 아닌가 하는 회의와 절망이 강하게 솟아오른 것이다. 그 시점이 1942년 1월 24일. 윤동주는 뼈에 새기듯 자신의 번민을 한 편의 시로 완성해 놓았다.

역설적이게도 우리는 윤동주의 괴로움이 가득 담긴 이 시에서 그의 정직함을 보고 그것을 통해 말할 수 없는 위안을 느낀다. 이리 승냥이가 날뛰는 그 험악한 세상에서 자신의 작은 잘못에도 몸 둘 바 몰라 하는 이러한 젊은이가 존재했고, 그 심정을 시로 새겨 후세에 전했다는 사실만으로도 너무도 자랑스럽고 가슴 벅차지 않은가? 어느 시대든 불의不義한 자는 많았고 의인은 적었으나, 바로 그 소수의 의인들로 인해 민족사의 불길이 꺼지지 않고 이어진 것이다. 어둠을 밝힌 윤동주의 동력은 순결한 영혼의 불꽃이었다. 우리는 그 불꽃을 도쿄의 작은 하숙방에서 다시 만나게 된다.

흰 그림자

황혼이 짙어지는 길모금에서
하루 종일 시들은 귀를 가만히 기울이면
땅거미 옮겨지는 발자취 소리,

발자취 소리를 들을 수 있도록
나는 총명했던가요.

이제 어리석게도 모든 것을 깨달은 다음
오래 마음 깊은 속에
괴로워하던 수많은 나를
하나, 둘 제 고장으로 돌려보내면
거리 모퉁이 어둠 속으로
소리 없이 사라지는 흰 그림자,

흰 그림자들
연연히 사랑하던 흰 그림자들,

내 모든 것을 돌려보낸 뒤

허전히 뒷골목을 돌아

황혼처럼 물드는 내 방으로 돌아오면

신념이 깊은 의젓한 양처럼

하루 종일 시름없이 풀포기나 뜯자.

— 1942. 4. 14.

———

• **길모금**: 길목.

———

윤동주는 일본 도쿄의 릿쿄대학 영문학과로 유학 와 첫 학기를 다니던 때, 서울에 있는 연희전문학교 시절의 벗 강처중에게 편지와 함께 다섯 편의 시를 보냈다. 강처중은 연희전문학교 문우회를 이끌었고 『문우』지의 편집을 맡아 윤동주의 시 「새로운 길」과 「우물 속의 자상화」(자화상)가 발표될 수 있도록 배려했다. 그는 윤동주가 일본에서 보낸 편지는 소각하고 시 다섯 편은 땅에 묻어 보관했다고 한다. 그 다섯 편의 시와 함께 윤동주가 일본에

갈 때 남기고 간 책과 물품 등도 보관했다가 해방 후 유족에게 넘겨주었다.

윤동주의 편지는 남아 있지 않기 때문에 편지를 받은 시점이 언제인지는 알 수 없다. 남아 있는 시 중 가장 나중의 날짜가 기록된 작품은 「쉽게 씌어진 시」이고 그 날짜가 1941년 6월 3일이기 때문에, 편지는 그보다 늦게 보냈을 것이다. 릿쿄대학 1학기가 끝나가는 시점에 강처중에게 편지를 보내고 방학을 맞아 짐을 싸서 북간도로 귀향했을 것이다. 그러므로 강처중이 보관한 다섯 편의 시는 릿쿄대학 1학기를 다니던 1942년 4월부터 6월 사이의 작품이라고 추정할 수 있다.

그중에서도 이 시는 릿쿄대학에 입학해 첫 학기가 막 시작된 4월 14일에 쓴 것으로 되어 있어서 일본 유학 초기의 윤동주의 심사를 알려 준다. 화자는 황혼이 짙어지는 길목에서 귀를 기울이고 "땅거미 옮겨지는 발자취 소리"를 듣고 있다. 앞뒤의 문맥을 보면 이 구절의 뜻은 '땅거미 질 무렵 움직이는 사람들의 발자취 소리'가 아니라 '땅거미 서서히 퍼지는 소리'를 표현한 것이다. 소리도 형태도 없는 상태를 '발자취 소리'로 전환하여 표현할 정도로 윤동주의 시적 감각은 예민했다. 스스로 "발자취 소리를 들을 수 있도록 / 나는 총명했던가요."라고 쓰고 있다. 그 구절이 시적 표현이라는 사실을 스스로 인지하고 만족스러워하는 느낌이다. 스스로 총명하다고 언급한 다음 다시 몸을 낮추어 "어리석게도"라는 말을 썼다. 이 말이 어디에 연결되는 것인지 알아야 윤동주의 본의를 파악할 수 있다. 그는 이제 와서 사태의 진상을 파악한 자기 자신이 어리석다고 말하고 있다. 자신의 마음 깊은 곳에 수많은 '나'가 갈등을 일으키며 괴로워했는데 이제야 그 많은 '나'를 정리해서 "하나, 둘 제 고장으로 돌려"보냈다고 고백하면서 그 일을 이제 깨달았으니 그 사실이 어리석다고 말한 것이다.

그런데 그 수많은 '나'가 있어야 할 제자리로 돌아가는 일이 제대로 진행되었을까? 그렇지 않은 것 같다. "거리 모퉁이 어둠 속으로 / 소리 없이 사라지는 흰 그림자"를 의식하고 있기 때문이다. 이 '흰 그림자'의 정체는 무엇인가? 문맥에 의하면 그것은 그의 수많은 '나'의 하나로 파악된다. 뒤에 "흰 그림자들 / 연연히 사랑하던 흰 그림자들"이라는 구절이 나오기 때문이다. 자신의 분신이자 자신이 아끼던 '나'의 또 다른 모습들이 흰 그림자로 아른대며 어디론가 사라져 가는 장면을 나타냈다. 땅거미 지는 발자취가 형태도 소리도 없는 것처럼, 이 흰 그림자도 사실은 형태가 없다. 나에 대한 상념이자 자아가 생각하는 나의 형상일 뿐이다. 이런 생각을 떠올리는 것은 화자가 진정한 '나'를 대면하고 싶기 때문이다. 그림자로 떠돌던 헛된 상념들을 버리고 그것들을 모두 제자리에 돌려보내면 진정한 자신을 만날 수 있을까?

다음은 "허전히 뒷골목을 돌아 / 황혼처럼 물드는 내 방으로 돌아"왔다고 했다. '황혼이 물드는'을 '황혼처럼 물드는'으로 쓰는 것은 앞에서도 여러 번 보았듯 윤동주가 즐겨 쓴 수사법이다. 그는 거리를 걸어도 '허전히' '뒷골목'을 걷고 방에 황혼이 물드는 것도 '황혼처럼' 물든다고 쓴다. 그만큼 간접적이고 소극적이다. 이제 흰 그림자를 돌려보내고 하루가 끝나는 시점에 골방에 이르렀을 때 그는 무엇을 하는가? 「돌아와 보는 밤」에서는 사상이 능금처럼 익어 간다고 말했지만, 여기서는 상황이 다르다. "신념이 깊은 의젓한 양처럼 / 하루 종일 시름없이 풀포기나 뜯자."라고 했다. 황혼이 물드는 것을 '황혼처럼'이라고 했듯 자신이 양이 되는 것을 '양처럼'이라고 했다. '신념이 깊은 의젓한 양이 되어 하루 종일 풀포기나 뜯자'라고 방임의 화법으로 말한 것이다.

'신념이 깊은 의젓한 양'의 거룩한 이미지와 '풀포기나 뜯자'의 소극적 선택의 나약성은 어울리지 않는다. 겉으로는 신념이 깊은 의젓한 존재 같지만 실제로는 풀포기나 뜯는 나약한 존재라는 뜻일까? 앞에서 자신에 대해 "총명했던가요."라고 말하고 "어리석게도"라고 다시 부정했던 것처럼 의젓함을 내려놓고 평범한 양의 모습을 나타낸 것일까? 「십자가」나 「간」에 보이던 뚜렷한 의지의 자세는 다시 나타나지 않는다. 아무리 보아도 윤동주는 영웅적 투사나 저항적 지사가 될 체질은 아니었다. 마음속에 울분이나 상념이 들끓어도 젊잖은 양처럼 하루 종일 풀이나 뜯는, 그런 조용한 성품의 사람이 윤동주였다.

흐르는 거리

으스름히 안개가 흐른다. 거리가 흘러간다. 저 전차, 자동차, 모든 바퀴가 어디로 가는 것일까? 정박할 아무 항구도 없이, 가련한 많은 사람들을 싣고서, 안개 속에 잠긴 거리는,

거리 모퉁이 붉은 포스트 상자를 붙잡고 섰을라면 모든 것이 흐르는 속에 어렴풋이 빛나는 가로등, 꺼지지 않는 것은 무슨 상징일까? 사랑하는 동무 박이여! 그리고 김이여! 자네들은 지금 어디에 있는가? 끝없이 안개가 흐르는데,

"새로운 날 아침 우리 다시 정답게 손목을 잡아 보세" 몇 자 적어 포스트 속에 떨어뜨리고, 밤을 새워 기다리면 금 휘장에 금 단추를 삐었고 거인처럼 찬란히 나타나는 배달부, 아침과 함께 즐거운 내림來臨,

이 밤을 하염없이 안개가 흐른다.

— 1942. 5. 12.

- **삐었고:** "드러나게 끼우고"의 뜻으로 생각된다. 정지용의 시 「선취船醉」에도 "금단추 다섯 개를 삐우고 가자"라는 구절이 나온다.

앞의 시로부터 한 달쯤 경과한 시점에 쓴 작품인데 상념의 어지러움은 더 깊어진 것 같다. 「돌아와 오는 밤」에서는 "흐르는 소리"에 대해 썼는데 여기서는 "흐르는 거리"를 시의 대상으로 삼았다. 흐르는 소리건 흐르는 거리건, 정착하지 못하고 유동하는 동요의 이미지인 것은 마찬가지다. 그의 내면은 안정을 얻지 못하고 계속 어수선하다. 그런 어수선한 마음에 호응하듯 안개가 으스름히 흐른다. 안개에 잠긴 뿌연 거리의 모습이 흘러가는 것처럼 다가온다. 전차와 자동차의 바퀴가 쉴 새 없이 구르며 어디론가 흘러간다. 정박할 항구도 없이 어디론가 가기만 하는 가련한 존재들. 안개에 잠긴 거리의 사람들 모습이 그렇다. 정향을 잃은 불안한 존재 의식이 윤동주를 사로잡고 있다.

소통의 매개 역할을 하는 거리의 우체통 앞에 섰다. 소통의 희망을 품고 있으니, 모든 것이 흐르는 가운데 그래도 가로등이 어렴풋이 빛을 발하고 있다. 우체통과 가로등은 소통의 매개물 역할을 한다. 일본 유학 전에 친하게 지내던 조선인 친구들의 이름을 부른다. 일본에서는 부를 수 없는 그리운 이름들이다. 이곳 일본에서는 자신의 이름도 '히라누마 도슈(平沼東柱)'라고 불러야 했다. 그리운 사촌 송몽규도 '소무라 무게이(宋村夢奎)'로 불러야 했다. 윤동주는 끝없이 안개가 흐르는 몽롱한 상태에서 어디 있는지도 모르는 조선인 친구들의 이름을 연이어 부른다. 그의 내면은 그만큼 외로웠다.

그는 뜻밖에 미래의 만남을 계획하고 몇 자 글월을 써서 우체통에 넣겠다고 말한다. "새로운 날 아침 우리 다시 정답게 손목을 잡아 보세"라는 아주 희망적인 문구다. 이러한 편지를 우체통에 넣고 이 편지를 우송할 배달부를 밤을 새워 기다린다. 어렴풋이 빛나는 가로등이 하나의 상징이라고 말했듯이 이 우체부도 하나의 상징이다. 그래서 그 외양이 최대로 미화된다. '금 휘장에 금 단추를 끼우고 거인처럼 찬란히 나타나는' 모습이다. 윤동주의 시에서 이런 미화의 표현이 나타난 예는 거의 없었다. 이 우체부의 모습은 마치 새로운 구원을 알리는 메시아의 현현 같다. "아침과 함께 즐거운 내림來臨"이라는 어구도 우체부의 출현을 신비화한다.

그러나 메시아의 재림을 소망하면서도 끝부분은 변화가 없다. "이 밤을 하염없이 안개가 흐른다."라고 했다. 시대의 암울함을 벗어날 힘이 없고, 그러한 가능성도 확인하지 못한 상태다. 식민지 지배국의 수도 도쿄에 와서 문물의 강성함을 보고서 윤동주의 의식은 더 위축되었는지 모른다. 외형적 문명의 위세 앞에 윤동주는 혼란을 일으켰음 직하다. 그래서 안개 젖은 거리를 흐르는 거리로 인식했고, 그 혼란의 거리에서 조선인 친구들의 이름을 애타게 불렀을 것이다. 참으로 안타깝고 달래 줄 기약이 없는 윤동주의 깊고 외로운 슬픔을 본다.

사랑스런 추억

봄이 오던 아침, 서울 어느 쪼그만 정거장에서
희망과 사랑처럼 기차를 기다려,

나는 플랫폼에 간신한 그림자를 떨어트리고,
담배를 피웠다.

내 그림자는 담배 연기 그림자를 날리고,
비둘기 한 떼가 부끄러울 것도 없이
나래 속을 속, 속, 햇빛에 비춰, 날았다.

기차는 아무 새로운 소식도 없이
나를 멀리 실어다 주어,

봄은 다 가고— 동경 교외 어느 조용한 하숙방에서, 옛 거리에
남은 나를 희망과 사랑처럼 그리워한다.

오늘도 기차는 몇 번이나 무의미하게 지나가고,

오늘도 나는 누구를 기다려 정거장 가차운
언덕에서 서성거릴 게다.

— 아아 젊음은 오래 거기 남아 있거라.

— 1942. 5. 13.

———

- **간신한:** 일반적으로 이 말은 '간신히'라는 부사로 사용된다. 윤동주는
  이 말의 한자어 어원 '간신艱辛'의 뜻을 살려 '힘들고 고생스러운'의
  뜻으로 쓴 것 같다.
- **가차운:** 가까운.

———

연희전문학교를 다니는 동안 윤동주에게 기차와 정거장은 삶이
자 신체의 일부였다. 외롭고 그리울 때 그는 기차와 정거장을 떠
올리며 추억과 명상에 잠기곤 했다. 이 시에는 그런 추억의 그림
자가 담겨 있다. '흰 그림자'가 아른대는 '흐르는 거리'에서도 '사
랑스런 추억'은 여전히 머리에 떠오르고, 마음에 잊을 수가 없었
다. 봄이 저물어 가는 5월 윤동주는 "동경 교외 어느 조용한 하숙
방에서" 지난해 "봄이 오던 아침" "서울 어느 쪼그만 정거장에서"

기차를 기다리던 기억을 떠올리며 청춘의 시대가 흘러가는 점경을 돌이켜보고 있다.

신촌역 같은 데서 기차를 기다리는 심경을 "희망과 사랑처럼" 기다린다고 했다. 정결한 기독교인 윤동주다운 긍정적 자세다. 그는 어느 경우에도 희망과 사랑을 잃지 않았다. 흑암의 계절에 시달려도, 울분에 마음이 떨려도, 끝내 희망과 사랑을 놓치지 않으려 했다. 서울 거리의 우울한 풍경에 마음이 구겨져 어느 먼 곳으로 탈주하고 싶은 충동이 생기더라도 그는 다시 자신의 골방에 돌아와 안식을 얻고, 내일의 시간을 희망 속에 기다렸다. 소심하고 내성적인 그였기에 기다리는 정거장은 "쪼그만" 정거장이요 드리운 그림자는 "간신한" 그림자였지만, 그는 희망과 사랑을 잃지 않았다.

윤동주가 담배를 피웠다는 증언은 남은 것이 없는데, 이 시의 화자는 담배를 피운 것으로 되어 있다. 화자의 번민을 드러내기 위한 장치일 것이다. 담배 연기는 자신의 그림자에까지 투영되어 공중에 무늬를 남긴다. 텅 빈 햇빛 속을 채우기라도 하려는 듯 비둘기 떼가 나래를 펴고 날았다. "나래 속을 속, 속, 햇빛에 비춰, 날았다."라는 시행에는 밝은 햇빛 속을 비행하는 비둘기의 나래 속으로 밝게 비추어 드는 햇살의 모습이 표현되어 있다. 담배를 피우는 것은 고민의 표현이요 비둘기는 안식의 표현이다. 고민과 안식의 양가적 태도가 작은 정거장 플랫폼에 번지고 있다.

희망과 사랑처럼 기차를 기다렸는데 기차는 어떤 새로운 소식을 전하지는 못하고 멀리 바다 건너 도쿄로 나를 데려다주었다. 봄이 저물어가는 시점에 화자는 도쿄의 어느 하숙방에서 "옛 거리에 남은 나를 희망과 사랑처럼 그리워한다."라고 했다. 서울의 작은 정거장에서나 도쿄의 하숙방에서나 희망과 사랑을 잃지 않은 것은 변함이 없다. 다만 대상이 바뀌었는데 기차를 기다리는 것이 아니라 "옛 거리에 남은 나"를 기다린다고 했다. 도쿄에 와서도 그의 의식은 신촌의 연희전문학교와 누상동의 하숙방을 생각하고 있다. 「흐르는 거리」에서는 김이며 박 같은 조선인 친구들을 떠올리더니 「사랑스런 추억」에서는 옛 거리의 나를 떠올린다. 청운의 꿈을 꾸어야 할 도쿄 유학의 현장에서 윤동주는 미래의 희망이 아니라 과거의 추억을 떠올린다. 정직한 젊음이라는 증거다.

"오늘도 기차는 몇 번이나 무의미하게 지나가고"라는 시행은 신촌역의 장면이 아니라 도쿄에서의 경험일 것이다. 그곳에는 서울의 쪼그만 정거장 신촌역보다 훨씬 많은 기차들이 지나가겠지만, 그것은 모두 무의미한 정경이다. 그는 청춘의 고향 서울의 기억에 사로잡혀 막연히, 무작정, 기다릴 뿐이다. 정체도 없는 누군가를 기다리며 정거장 가까운 언덕에서 서성거린다고 썼다. 형언할 수 없이 외로운 자아의 내면 고백에 마음이 아프다.

시인은 더욱 가슴 아픈 말을 뒤에 남긴다. "아아 젊음은 오래 거기 남아 있거라."라고. 거기는 어디인가? 서울의 어느 쪼그만 정거장과 도로를 걸어 숲을 지나면 만나게 되는 연희전문학교, 강의실과 기숙사와 하숙방. 한없이 외로운 그가 그래도 가슴을 열고 쉴 수 있는 안식의 공간이다. 그의 젊음은 바로 그곳에 있었다. 그런데 그는 젊음을 버리고 무얼 바라 바다 건너 이곳으로 온 것인가? 다음의 「쉽게 씌어진 시」에서 그는 정직하게 읊조렸다. "나는 무얼 바라 / 나는 다만, 홀로 침전하는 것일까?"라고. 그는 젊음을 서울 신촌에 두고 침전의 공간 도쿄로 이주했다. 그리고 그 이주의 끝 지점에서 그는 죽음을 만나게 된다. 그의 시는 정말로 운명의 전주곡이었던가? 그렇다면 그의 시구대로 간절히 소망하노니, 아아 젊음은 오래 거기 남아 있거라.

봄

봄이 혈관 속에 시내처럼 흘러
돌, 돌, 시내 가차운 언덕에
개나리, 진달래, 노—란 배추꽃,

삼동을 참아온 나는
풀포기처럼 피어난다.

즐거운 종달새야
어느 이랑에서 즐거웁게 솟쳐라.

푸르른 하늘은
아른, 아른, 높기도 한데……

— 1942년 봄(추정)

강처중에게 보낸 편지 육필 원고에 「쉽게 씌어진 시」 다음에 기재되어 있고 창작 시기는 적혀 있지 않다. 내용으로 볼 때 종달새 날아오르는 봄날의 정회가 담겨 있으니 1942년 6월 이전의 작품일 것이다. 편지지의 지면 배치상 맨 뒤에 적은 것 같다. 앞의 세 작품이 4월과 5월의 작품이니 이 작품도 그 시기에 완성되었을 가능성이 높다. 그래서 나는 6월 3일에 완성한 다음의 작품 「쉽게 씌어진 시」를 지금 남아 전하는 윤동주의 마지막 작품으로 본다.

"봄이 혈관 속에 시내처럼 흘러"라는 시행은 감미롭다. 윤동주는 정말 본격 시인의 자리에 올라섰다. 시냇물이 돌돌 소리를 내고 흐르는데 그 모습을 보니 자신의 혈관 속에도 봄이 시내처럼 흐르는 장면이 연상된다고 표현했다. 당시의 기성 시인 누구와 비교해도 손색이 없다. 시내 가까운 언덕에 개나리, 진달래, 배추꽃이 피어난다. 열거한 꽃 종류를 보면 이 장면은 도쿄의 모습이 아닌 것 같다. 도쿄의 봄을 마주하면서도 그의 머리에는 서울의 장면이 떠오르고 있다. 그는 골수 조선인이었다. 이렇게 꽃이 피어나는 장면을 보니 그 자신도 "풀포기처럼 피어난다."라고 했다. 참으로 아름다운 묘사다. 그의 혈관 속에 봄이 시내처럼 흐르고 그의 영육이 개나리, 진달래, 배추꽃처럼 피어난다. 이렇게 아름답고 고상한 젊은이가 있는가. 도쿄의 하숙방에서건 서울의 정거장에서건 차이가 없다. 즐거운 마음은 종달새를 부른다. 역시 그리운 조선의 장면이다. 일본 어느 이랑에 종달새가 솟아오르겠는가? 푸르른 하늘은 "아른, 아른," 높기도 하다고 끝을 맺었다. 이 높은 하늘은 희망과 이상을 상징하는 것 같다.

전반적인 문맥으로 볼 때 이 작품에는 도쿄에서의 감상이 전혀 나타나 있지 않다. 이로 보면 일본 이주 이전에 써 두었던 작품을 수정해 도쿄에서 완성했거나, 일본에서 서울의 봄맞이 장면을 연상해서 추억과 상상으로 구성한 작품인 것 같다. 그래서 작품 끝에 창작 시점도 기록하지 않은 것일까?

강처중에게 보낸 작품 중 도쿄에서 가장 절실한 심정으로 당시의 상황을 기록한 시는 다음의 「쉽게 씌어진 시」다. 그의 의식의 귀결점을 보여 주는 동시에 인간 윤동주의 최후 선택을 암시하는 시다. 그는 이 귀중한 시를 도쿄 교외 어느 조용한 하숙방에서 6월 초의 비 내리는 날 고요히 혼자서 썼다.

쉽게 씌어진 시

창밖에 밤비가 속살거려
육첩방六疊房은 남의 나라,

시인이란 슬픈 천명인 줄 알면서도
한 줄 시를 적어 볼까.

땀내와 사랑내 포근히 품긴
보내주신 학비 봉투를 받아

대학 노-트를 끼고
늙은 교수의 강의 들으러 간다.

생각해 보면 어린 때 동무를
하나, 둘, 죄다 잃어버리고

나는 무얼 바라
나는 다만, 홀로 침전하는 것일까?

인생은 살기 어렵다는데
시가 이렇게 쉽게 씌어지는 것은
부끄러운 일이다.

육첩방은 남의 나라
창밖에 밤비가 속살거리는데,

등불을 밝혀 어둠을 조금 내몰고,
시대처럼 올 아침을 기다리는 최후의 나,

나는 나에게 작은 손을 내밀어
눈물과 위안으로 잡는 최초의 악수.

— 1942. 6. 3.

———

• **육첩방**六疊房: 일본식 돗자리인 다다미 여섯 장을 깐 작은 방.

———

시인은 도쿄 릿쿄대학 영문과에 다니고 있던 1학기의 초여름

비 오는 밤 「쉽게 씌어진 시」를 썼다. 이 시는 우리가 읽을 수 있는 그의 마지막 작품이다. 이 시의 첫 연에 나오는 "육첩방六疊房은 남의 나라"라는 말은 매우 심각한 의미를 지닌다. 이때 일본은 태평양전쟁의 중심에서 살벌한 전시체제로 돌입하여 성전의 승리를 최상의 목표로 내세우고 있었다. 그런 상황에서 군국주의 식민 통치국 일본의 수도 한 하숙방에서 조선 청년에 의해 발성된 이 말은, 겉으로는 지극히 평범한 사실을 지칭한 것 같지만, 그 속에는 이 땅이 절대로 내 나라가 될 수 없다는 확고한 의지를 표명한 것이다. 대동아공영권을 내세우고 내선일체를 부르짖으며 성전에의 참여를 독려하던 당시 상황에서 이 말은 혁명적인 발언이다. 이 혁명적 발언이 "창밖에 밤비가 속살거려"라는 서정적 진술 속에 용해되어 있는 것이 이 시의 매력이다.

　시인은 그다음에 일상적 사실들을 자상한 어조로 열거해 갔다, 시인으로서의 나약한 처지를 절감하면서도 한 줄 시를 쓰고, 부모의 사랑 어린 학비에 감사하고, 늙은 교수의 강의를 듣는 윤동주의 모습이 그대로 그려져 있다. 이렇게 고향을 떠나 남의 나라에서 공부하는 자신의 모습을 홀로 침전해 간다고 표현했다. 그러한 침울한 자기 인식은 반성과 부끄러움으로 이어지면서 다시 "육첩방은 남의 나라"라는 단언이 되풀이된다. 이 시행의 반복은 윤동주라는 자아의 내적 도약을 위한 예비적 에너지로 작동한다. 다시 한번 자신이 처한 상황과 자아의 위상을 분명히 드러낸 시인은 9연과 10연에서 자신이 추구해야 할 미래의 지표를 제시한다. 그것은 현재 자아가 처한 고립과 분열을 넘어서서 자아의 합일로 나아가려는 노력이다.

그의 시적 자아는 합일되지 못하고 분열의 양상을 보여 왔다. 우물 속의 자기 자신을 들여다보며 미워하고 가엾어하고 그리워하다가 다시 미워하는 모습(「자화상」), 십자가로 오르지 못하고 휘파람이나 불며 서성이던 자아와 십자가가 허락된다면 피를 흘리고 희생하겠다는 자아의 분열(「십자가」), 자신의 나약한 분신으로 백골을 상정하고 풍화되는 백골을 보며 눈물짓던 아름다운 혼과 백골 사이의 갈등(「또 다른 고향」), 거울에 비친 자기 모습을 어느 왕조의 욕된 유물로 보며 자신의 고독한 위상을 떠올리는 내적 갈등(「참회록」) 등은 모두 일상적 자아와 이상적 자아, 현실과 관념이 하나로 합치되지 못한 분열의 양태들이다. 이렇게 분열과 갈등을 일으키던 두 개의 나가 여기서 비로소 화합을 이루게 된다. 시인은 이 장면을 "눈물과 위안으로 나누는 최초의 악수"라고 표현하였다. 이 표현 속에는 자아의 갈등과 분열 속에 보낸 숱한 고뇌의 나날들이 응결되어 있다. 그리고 화합을 이룩한 자신의 모습을 '어둠을 조금 내몰고 아침을 기다리는 최후의 나'로 표현했다. 역사와 민족의 의미를 자각하고 세계의 요구를 정면으로 수용한 나의 모습은 결국 시인이 도달해야 할 마지막 단계에 속하는 것이기에 '최후의 나'라고 말한 것이다.

일제강점기 시련의 시기에 윤동주가 도달한 '최후의 나'의 모습은 바로 어둠을 짖는 지조 높은 개요, 어둠을 내몰고 아침을 기다리는 선지자의 형상이다. 이것은 스스로의 자각과 인식에 의해 획득된 것이기에 자아의 갈등을 유발하지 않는다. 백골과 아름다운 혼의 분리가 일어나지 않는 것이다. 갈등을 일으키던 두 개의 자아가 하나가 되면서 윤동주는 비로소 오롯한 한 사람의 민족시인으로 서게 되었다. 이로써 그는 민족시인으로서의 역사적 사명을 완성했으며 자신의 죽음을 예비했다.

이 시를 쓴 때로부터 2년 8개월 후인 1945년 2월 16일, 윤동주는 일본 후쿠오카 형무소에서 세상을 떠났다. 그가 예감한 대로 그의 죽음은 누구의 구원도 되지 못했다. 가족을 제외한 대부분의 사람들은 그가 죽었다는 사실조차 모르고 세월을 보냈다. 국제적 역학관계에 의해 그로부터 몇 달 후 조국이 해방되었고, 1948년 1월 그의 시집『하늘과 바람과 별과 시』가 간행되었다. 그 이후 비로소 그의 시편은 많은 사람들의 입에 오르내렸고, 그의 시의 가치와 죽음의 의미에 관심이 집중되었다. 그리하여 암흑의 시대에 쓰인 그의 시가, 그리고 그의 죽음이 민족사의 어둠을 밝힌 구원의 불꽃임을 뒤늦게 깨닫게 되었다.

원래 광야를 울리는 선지자의 목소리는 선지자가 사라진 다음에야 참된 가치를 드러내는 법. 윤동주는 죽었으나 그가 지핀 순결한 영혼의 불꽃은 오늘을 사는 우리들에게 선지자의 아이콘으로 생생한 빛을 발하고 있다. 그리하여 윤동주는 한국시사에 십자가에 피 흘린 예수의 상징성을 지닌 시인으로 남게 된 것이다.

윤동주 산문

달을 쏘다

번거롭던 사위四圍가 잠잠해지고 시계 소리가 또렷하나 보니 밤은 저으기 깊을 대로 깊은 모양이다. 보던 책자를 책상머리에 밀어 놓고 잠자리를 수습한 다음 잠옷을 걸치는 것이다. '딱' 스위치 소리와 함께 전등을 끄고 창 옆의 침대에 드러누우니 이때까지 밖은 휘양찬* 달밤이었던 것을 감각치 못하였댔다. 이것도 밝은 전등의 혜택이었을까.

나의 누추한 방이 달빛에 잠겨 아름다운 그림이 된다는 것보다도 오히려 슬픈 선창船艙이 되는 것이다. 창살이 이마로부터 콧마루, 입술 이렇게 하여 가슴에 여민 손등에까지 어른거려 나의 마음을 간질이는 것이다. 옆에 누운 분의 숨소리에 방은 무시무시해진다. 아이처럼 황황해지는** 가슴에 눈을 치떠서 밖을 내다보니 가을 하늘은 역시 맑고 우거진 송림은 한 폭의 묵화다. 달빛은 솔가지에 솔가지에 쏟아져 바람인 양 쏴— 소리가 날 듯하다. 들리는 것은 시계 소리와 숨소리와 귀또리 울음뿐 벅적 고던*** 기숙사

* 휘영청한.
** 어쩔 줄 모르게 급한.
*** 떠들던.

도 절간보다 더 한층 고요한 것이 아니냐?

나는 깊은 사념에 잠기기 한창이다. 딴은 사랑스런 아가씨를 사유私有할 수 있는 아름다운 상화想華*도 좋고, 어릴 적 미련을 두고 온 고향에의 향수도 좋거니와 그보다 손쉽게 표현 못 할 심각한 그 무엇이 있다.

바다를 건너온 H군의 편지 사연을 곰곰 생각할수록 사람과 사람 사이의 감정이란 미묘한 것이다. 감상적인 그에게도 필연코 가을은 왔나 보다.

편지는 너무나 지나치지 않았던가. 그중 한 토막,

"군아! 나는 지금 울며 울며 이 글을 쓴다. 이 밤도 달이 뜨고, 바람이 불고, 인간인 까닭에 가을이란 흙냄새도 안다. 정情의 눈물, 따뜻한 예술학도였던 정의 눈물도 이 밤이 마지막이다."

또 마지막 쪽에 이런 구절이 있다.

"당신은 나를 영원히 쫓아 버리는 것이 정직할 것이오."

나는 이 글의 뉘앙스를 해득할 수 있다. 그러나 사실 나는 그에게 아픈 소리 한마디 한 일이 없고 설운 글 한쪽 보낸 일이 없지 아니한가. 생각건대 이 죄는 다만 가을에 지워 보낼 수밖에 없다.

홍안서생紅顔書生으로 이런 단안을 내리는 것은 외람한 일이나 동무란 한낱 괴로운 존재요 우정이란 진정코 위태로운 잔에 떠 놓은 물이다. 이 말을 반대할 자 누구랴. 그러나 지기知己 하나 얻기

* 수필.

힘들다 하거늘 알뜰한 동무 하나 잃어버린다는 것이 살을 베어내는 아픔이다.

나는 나를 정원에서 발견하고 창을 넘어 나왔다든가 방문을 열고 나왔다든가 왜 나왔느냐 하는 어리석은 생각에 두뇌를 괴롭게 할 필요는 없는 것이다. 다만 귀뚜라미 울음에도 수줍어지는 코스모스 앞에 그윽이 서서 닥터 빌링스의 동상 그림자처럼 슬퍼지면 그만이다. 나는 이 마음을 아무에게나 전가시킬 심보는 없다. 옷깃은 민감이어서 달빛에도 싸늘히 추워지고 가을 이슬이란 선득선득하여서 설운 사나이의 눈물인 것이다.

발걸음은 몸뚱이를 옮겨 못가에 세워 줄 때 못 속에도 역시 가을이 있고, 삼경이 있고 나무가 있고, 달이 있다.

그 찰나 가을이 원망스럽고 달이 미워진다. 더듬어 돌을 찾아 달을 향하여 죽어라고 팔매질을 하였다. 통쾌! 달은 산산이 부서지고 말았다. 그러나 놀랐던 물결이 잦아들 때 오래잖아 달은 도로 살아난 것이 아니냐. 문득 하늘을 쳐다보니 얄미운 달은 머리 위에서 빈정대는 것을—

나는 꼿꼿한 나뭇가지를 고나 띠를 째서* 줄을 메워 훌륭한 활을 만들었다. 그리고 좀 탄탄한 갈대로 화살을 삼아 무사의 마음을 먹고 달을 쏘다.

— 1938. 10.(투고);『조선일보』, 1939. 1. 23.(학생란 발표)

---

* 나뭇가지를 골라 띠의 긴 줄기를 갈라서.

별똥 떨어진 데

밤이다.

하늘은 푸르다 못해 농회색으로 캄캄하나 별들만은 또렷또렷 빛난다. 침침한 어둠뿐만 아니라 오삭오삭 춥다. 이 육중한 기류 가운데 자조自嘲하는 한 젊은이가 있다. 그를 나라고 불러 두자.

나는 이 어둠에서 배태되고 이 어둠에서 생장하여서 아직도 이 어둠 속에 그대로 생존하나 보다. 이제 내가 갈 곳이 어딘지 몰라 허우적거리는 것이다. 하지만 나는 세기의 초점인 듯 초췌하다. 얼핏 생각하기에는 내 바닥을 반듯이 받들어 주는 것도 없고 그렇다고 내 머리를 갑박이* 내리누르는 아무것도 없는 듯하다마는 내 막은 그렇지도 않다. 나는 도무지 자유롭지 못하다. 다만 나는 없는 듯 있는 하루살이처럼 허공에 부유하는 한 점에 지나지 않는다. 이것이 하루살이처럼 경쾌하다면 마침 다행할 것인데 그렇지를 못하구나!

이 점의 대칭 위치에 또 하나 다른 밝음의 초점이 도사리고 있는 듯 생각된다. 덥석 움키었으면 잡힐 듯도 하다.

* 가득히.

386

마는 그것을 휘잡기에는 나 자신이 둔질鈍質이라는 것보다 오히려 내 마음에 아무런 준비도 배포치* 못한 것이 아니냐. 그리고 보니 행복이란 별스런 손님을 불러들이기에도 또 다른 한 가닥 구실을 치르지 않으면 안 될까 보다.

이 밤이 나에게 있어 어릴 적처럼 한낱 공포의 장막인 것은 벌써 흘러간 전설이요, 따라서 이 밤이 향락의 도가니라는 이야기도 나의 염두에선 아직 소화시키지 못할 돌덩이다. 오로지 밤은 나의 도전의 호적好敵**이면 그만이다.

이것이 생생한 관념 세계에만 머무른다면 애석한 일이다. 어둠 속에 깜박깜박 졸며 다닥다닥 나란히 한 초가草家들이 아름다운 시의 화사華詞***가 될 수 있다는 것은 벌써 지나간 제너레이션의 이야기요, 오늘에 있어서는 다만 말 못 하는 비극의 배경이다.

이제 닭이 홰를 치면서 맵짠 울음을 뽑아 밤을 쫓고 어둠을 짓내몰아 동쪽으로 훤히 새벽이란 새로운 손님을 불러온다 하자. 하나 경망스럽게 그리 반가워할 것은 없다. 보아라, 가령 새벽이 왔다 하더라도 이 마을은 그대로 암담하고 나도 그대로 암담하고 하여서 너나 나나 이 가랑지길****에서 주저주저 아니치 못할 존재들이 아니냐.

---

* 준비하지.
** 내가 도전하기 좋은 맞수.
*** 아름답게 꾸며진 말.
**** 갈림길.

나무가 있다.

그는 나의 오랜 이웃이요 벗이다. 그렇다고 그와 내가 성격이나 환경이나 생활이 공통한 데 있어서가 아니다. 말하자면 극단과 극단 사이에도 애정이 관통할 수 있다는 기적적인 교분의 한 표본에 지나지 못할 것이다.

나는 처음 그를 퍽 불행한 존재로 가소롭게 여겼다. 그의 앞에 설 때 슬퍼지고 측은한 마음이 앞을 가리곤 하였다. 마는 오늘 돌이켜 생각건대 나무처럼 행복한 생물은 다시 없을 듯하다. 굳음에는 이루 비길 데 없는 바위에도 그리 탐탁지는 못할망정 자양분이 있다 하거늘 어디로 간들 생의 뿌리를 박지 못하며 어디로 간들 생활의 불평이 있을쏘냐. 칙칙하면 솔솔 솔바람이 불어오고, 심심하면 새가 와서 노래를 부르다 가고, 촐촐하면 한 줄기 비가 오고, 밤이면 수많은 별들과 오손도손 이야기할 수 있고— 보다 나무는 행동의 방향이란 거추장스러운 과제에 봉착하지 않고 인위적으로든 우연으로써든 탄생시켜 준 자리를 지켜 무궁무진한 영양소를 흡취하고 영롱한 햇빛을 받아들여 손쉽게 생활을 영위하고 오로지 하늘만 바라고 뻗어질 수 있는 것이 무엇보다 행복스럽지 않으냐.

이 밤도 과제를 풀지 못하여 안타까운 나의 마음에 나무의 마음이 점점 옮아오는 듯하고, 행동할 수 있는 자랑을 자랑치 못함에 뼈저리는 듯하나 나의 젊은 선배의 웅변이 왈□ 선배도 믿지 못할 것이라니 그러면 영리한 나무에 나의 방향을 물어야 할 것인가.

어디로 가야 하느냐. 동이 어디냐 서가 어디냐 남이 어디냐 북이 어디냐. 아라! 저 별이 번쩍 흐른다. 별똥 떨어진 데가 내가 갈 곳인가 보다. 하면 별똥아! 꼭 떨어져야 할 곳에 떨어져야 한다.

화원에 꽃이 핀다

개나리, 진달래, 앉은뱅이, 라일락, 민들레, 찔레, 복사,* 들장미, 해당화, 모란, 릴리,** 창포, 튤립, 카네이션, 봉선화, 백일홍, 채송화, 달리아, 해바라기, 코스모스— 코스모스가 홀홀히 떨어지는 날 우주의 마지막은 아닙니다. 여기에 푸른 하늘이 높아지고 빨간 노란 단풍이 꽃에 못지않게 가지마다 물들었다가 귀또리 울음이 끊어짐과 함께 단풍의 세계가 무너지고 그 위에 하룻밤 사이에 소복이 흰 눈이 내려, 내려 쌓이고 화로에는 빨간 숯불이 피어오르고 많은 이야기와 많은 일이 이 화롯가에서 이루어집니다.

독자 제현! 여러분은 이 글이 씌어지는 때를 독특한 계절로 짐작해서는 아니 됩니다. 아니, 봄, 여름, 가을, 겨울, 어느 철로나 상정하셔도 무방합니다. 사실 1년 내내 봄일 수는 없습니다. 하나 이 화원에는 사철 내 봄이 청춘들과 함께 싱싱하게 등대하여 있다고 하면 과분한 자기선전일까요. 하나의 꽃밭이 이루어지도록 손쉽게 되는 것이 아니라 고생과 노력이 있어야 하는 것입니다. 딴

---

* 복숭아.
** 백합.

은 얼마의 단어를 모아 이 졸문을 지적거리는 데도 내 머리는 그
렇게 명석한 것은 못 됩니다. 한 해 동안을 내 두뇌로써가 아니라
몸으로써 일일이 헤아려 세포 사이마다 간직해 두어서야 겨우 몇
줄의 글이 이루어집니다. 그리하여 나에게 있어 글을 쓴다는 것이
그리 즐거운 일일 수는 없습니다. 봄바람의 고민에 찌들고 녹음의
권태에 시들고, 가을 하늘 감상에 울고, 노변의 사색에 졸다가 이
몇 줄의 글과 나의 화원과 함께 나의 1년은 이루어집니다.

시간을 먹는다는(이 말의 의의와 이 말의 묘미는 칠판 앞에 서 보신 분과 칠
판 밑에 앉아 보신 분은 누구나 아실 것입니다) 것은 확실히 즐거운 일임에
틀림없습니다. 하루를 휴강한다는 것보다(하긴 슬그머니 까먹어 버리
면 그만이지만) 다못 한 시간, 예습, 숙제를 못 해 왔다든가 따분하고
졸리고 한 때, 한 시간의 휴강은 진실로 살로 가는 것이어서, 만
일 교수가 불편하여서 못 나오셨다고 하더라도 미처 우리들의 예
의를 갖출 사이가 없는 것입니다. 그러나 이것을 우리들의 망발과
시간의 낭비라고 속단하셔선 아니 됩니다.*

여기에 화원이 있습니다. 한 포기 푸른 풀과 한 떨기의 꽃과 함
께 웃음이 있습니다. 원고 장을 적시는 것보다 한우충동汗牛充棟**
에 묻혀 글줄과 씨름하는 것보다 더 정확한 진리를 탐구할 수 있
을는지, 보다 더 많은 지식을 획득할 수 있을는지, 보다 더 효과적

* 자필 원고는 그렇지 않지만, 여기서 문맥이 바뀌기 때문에 단락을 나누어 적는다.
** 많은 책.

인 성과가 있을지를 누가 부인하겠습니까.

나는 이 귀한 시간을 슬그머니 동무들을 떠나서 단 혼자 화원을 거닐 수 있습니다. 단 혼자 꽃들과 풀들과 이야기할 수 있다는 것이 얼마나 다행한 일이겠습니까. 참말 나는 온정으로 이들을 대할 수 있고 그들은 나를 웃음으로 맞아 줍니다. 그 웃음을 눈물로 대한다는 것은 나의 감상일까요. 고독, 정적도 확실히 아름다운 것임에 틀림이 없으나, 여기에도 또 서로 마음을 주는 동무가 있는 것도 다행한 일이 아닐 수 없습니다. 우리 화원 속에 모인 동무들 중에, 집에 학비를 청구하는 편지를 쓰는 날 저녁이면 생각하고 생각하던 끝 겨우 몇 줄 써 보낸다는 A군, 기뻐해야 할 서류(통칭 월급봉투)를 받아 든 손이 떨린다는 B군, 사랑을 위하여서는 밥맛을 잃고 잠을 잊어버린다는 C군, 사상적 당착에 자살을 기약한다는 D군…… 나는 이 여러 동무들의 갸륵한 심정을 내 것인 것처럼 이해할 수 있습니다. 서로 너그러운 마음으로 대할 수 있습니다.

나는 세계관, 인생관, 이런 좀 더 큰 문제보다 바람과 햇빛과 나무와 우정, 이런 것들에 더 많이 괴로워해 왔는지도 모르겠습니다. 단지 이 말이 나의 역설이나 나 자신을 흐리우는 데 지날 뿐일까요. 일반은 현대 학생 도덕이 부패했다고 말합니다. 스승을 섬길 줄을 모른다고들 합니다. 옳은 말씀들입니다. 부끄러울 따름입니다. 하나 이 결함을 괴로워하는 우리들 어깨에 지워 광야로 내쫓아 버려야 하나요. 우리들의 아픈 데를 알아 주는 스승, 우리들의 생채기를 어루만져 주는 따뜻한 세계가 있다면 박탈된 도덕일지언정 기울여 스승을 진심으로 존경하겠습니다. 온정의 거리에서 원수를 만나면 손목을 붙잡고 목 놓아 울겠습니다.

세상은 해를 거듭 포성에 떠들썩하건만 극히 조용한 가운데 우리들 동산에서 서로 융합할 수 있고 이해할 수 있고 종전의 □□가* 있는 것은 시세의 역효과일까요.

봄이 가고, 여름이 가고, 코스모스가 홀홀히 떨어지는 날 우주의 마지막은 아닙니다. 단풍의 세계가 있고 이상이견빙지履霜而堅氷至─서리를 밟거든 얼음이 굳어질 것을 각오하라─가 아니라, 우리는 서릿발이 끼친 낙엽을 밟으면서 멀리 봄이 올 것을 믿습니다.

노변에서 많은 일이 이뤄질 것입니다.

─『신천지』, 1948년 11·12월호

---

* 자필 원고에 두 자 정도의 공간이 비어 있다.

종시終始

종점이 시점이 된다. 다시 시점이 종점이 된다.

아침저녁으로 이 자국을 밟게 되는데 이 자국을 밟게 된 연유가 있다. 일찍이 서산대사가 살았을 듯한 우거진 송림 속, 게다가 덩그러니 살림집은 외따로 한 채뿐이었으나 식구로는 굉장한 것이어서 한 지붕 밑에서 팔도 사투리를 죄다 들을 만큼 모아 놓은 미끈한 장정들만이 욱실욱실하였다. 이곳에 법령은 없었으나 여인금납구禁納區였다. 만일 강심장의 여인이 있어 불의의 침입이 있다면 우리들의 호기심을 저으기 자아내었고 방마다 새로운 화제가 생기곤 하였다. 이렇듯 수도 생활에 나는 소라 속처럼 안도하였던 것이다.

사건이란 언제나 큰 데서 동기가 되는 것보다 오히려 작은 데서 더 많이 발작하는 것이다.

눈 온 날이었다. 동숙하는 친구의 친구가 한 시간 남짓한 문안 들어가는 차 시간까지 낭비하기 위하여 나의 친구를 찾아 들어와서 하는 대화였다.

"자네 여보게 이 집 귀신이 되려나?"

"조용한 게 공부하기 작히나 좋잖은가."

"그래 책장이나 뒤적뒤적하면 공분 줄 아나? 전차간에서 내다볼 수 있는 광경, 정거장에서 맛볼 수 있는 광경, 다시 기차 속에서 대할 수 있는 모든 일들이 생활 아닌 것이 없거든. 생활 때문에 싸우는 이 분위기에 잠겨서, 보고, 생각하고, 분석하고, 이거야말로 진정한 의미의 교육이 아니겠는가. 여보게! 자네 책장만 뒤지고 인생이 어떠하니 사회가 어떠하니 하는 것은 16세기에서나 찾아 볼 일일세. 단연 문안으로 나오도록 마음을 돌리게."

나한테 하는 권고는 아니었으나 이 말에 귀 틈 뚫려 상푸등* 그러리라고 생각하였다. 비단 여기만이 아니라 인간을 떠나서 도를 닦는다는 것이 한낱 오락이요, 오락이매 생활이 될 수 없고, 생활이 없으매 이 또한 죽은 공부가 아니랴. 하여 공부도 생활화하여야 되리라 생각하고 불일내**에 문안으로 들어가기를 내심으로 단정해 버렸다. 그 뒤 매일같이 이 자국을 밟게 된 것이다.

나만 일찍이 아침 거리의 새로운 감촉을 맛볼 줄만 알았더니 벌써 많은 사람들의 발자국에 포도는 어수선할 대로 어수선했고 정류장에 머물 때마다 이 많은 무리를 죄다 어디 갖다 터뜨릴 심산인지 꾸역꾸역 자꾸 박아 싣는데 늙은이, 젊은이, 아이 할 것 없이 손에 꾸러미를 안 든 사람은 없다. 이것이 그들 생활의 꾸러미요, 동시에 권태의 꾸러민지도 모르겠다.

* '과연 그렇구나'의 뜻.
** 不日內. 며칠 내에. 머지않아.

이 꾸러미를 든 사람들의 얼굴을 하나하나씩 뜯어보기로 한다. 늙은이 얼굴이란 너무 오래 세파에 짜들어서 문제도 안 되겠거니와 그 젊은이들 낮짝이란 도무지 말씀이 아니다. 열이면 열 다 우수憂愁 그것이요, 백이면 백이 다 비참 그것이다. 이들에게 웃음이란 가물에 콩싹이다. 필경 귀여우리라는 아이들의 얼굴을 보는 수밖에 없는데 아이들의 얼굴이란 너무나 창백하다. 혹시 숙제를 못해서 선생한테 꾸지람 들을 것이 걱정인지 풀이 죽어 쭈그러뜨린 것이 활기란 도무지 찾아볼 수 없다. 내 상도 필연코 그 꼴일 텐데 내 눈으로 그 꼴을 보지 못하는 것이 다행이다. 만일 다른 사람의 얼굴을 보듯 그렇게 자주 내 얼굴을 대한다고 할 것 같으면 벌써 요사夭死하였을는지도 모른다.

나는 내 눈을 의심하기로 하고 단념하자!

차라리 성벽 위에 펼친 하늘을 쳐다보는 편이 더 통쾌하다. 눈은 하늘과 성벽 경계선을 따라 자꾸 달리는 것인데 이 성벽이란 현대로서 카무플라주한 옛 금성禁城이다. 이 안에서 어떤 일이 이루어졌으며 어떤 일이 행하여지고 있는지 성 밖에서 살아왔고 살고 있는 우리들에게는 알 바가 없다. 이제 다만 한 가닥 희망은 이 성벽이 끊어지는 곳이다.

기대는 언제나 크게 가질 것이 못 되어서 성벽이 끊어지는 곳에 총독부, 도청, 무슨 참고관參考館, 체신국, 신문사, 소방소, 무슨 주식회사, 부청府廳, 양복점, 고물상 등 나란히 하고 연달아 오다가 아이스케이크 간판에 눈이 잠깐 머무는데, 이놈을 눈 내린 겨울에 빈집을 지키는 꼴이라든가, 제 신분에 맞지 않는 가게를 지키는 꼴을 살짝 필름에 올리어 본달 것 같으면, 한 폭의 고등 풍자 만화가 될 터인데 하고 나는 눈을 감고 생각하기로 한다. 사실 요즈음 아이스케이크 간판 신세를 면치 아니치 못할 자가 얼마나 되랴. 아이스케이크 간판은 정열에 불타는 염서炎暑가 진정코 아수롭다.*

눈을 감고 한참 생각하노라면 한 가지 거리끼는 것이 있는데 이것은 도덕률이란 거추장스러운 의무감이다. 젊은 녀석이 눈을 딱 감고 버티고 앉아 있다고 손가락질하는 것 같아서 번쩍 눈을 떠 본다. 하나 가까이 자선할 대상이 없음에 자리를 잃지 않겠다는 심정보다 오히려 아니꼽게 본 사람이 없으리란 데 안심이 된다.

이것은 과단성 있는 동무의 주장이지만 전차에서 만난 사람은 원수요, 기차에서 만난 사람은 지기知己라는 것이다. 딴은 그러리라고 얼마큼 수긍하였었다. 한자리에서 몸을 비비적거리면서도 "오늘은 좋은 날씨올시다", "어디서 내리시나요" 쯤의 인사는 주고받을 법한데 일언반구 없이 뚱-한 꼴들이 작히나 큰 원수를 맺고 지내는 사이들 같다. 만일 상냥한 사람이 있어 요만큼의 예의를 밟는다고 할 것 같으면 전차 속의 사람들은 이를 정신이상자로 대접할 게다. 그러나 기차에서는 그렇지 않다. 명함을 서로 바꾸고 고향 이야기, 행방 이야기를 거리낌 없이 주고받고 심지어 남

---

* 아쉽다. 더위가 지나가는 것이 아쉽다는 뜻.

의 여로를 자기의 여로인 것처럼 걱정하고, 이 얼마나 다정한 인
생 행로냐?

이러는 사이에 남대문을 지나쳤다. 누가 있어 "자네 매일같이
남대문을 두 번씩 지날 터인데 그래 늘 보곤 하는가"라는 어리석
은 듯한 멘탈 테스트를 낸다면 나는 아연해지지 않을 수 없다. 가
만히 기억을 더듬어 본달 것 같으면 늘이 아니라 이 자국을 밟은
이래 그 모습을 한 번이라도 쳐다본 적이 있었던 것 같지 않다. 하
기는 나의 생활에 긴한 일이 아니매 당연한 일일 게다. 하나 여기
에 하나의 교훈이 있다. 횟수가 너무 잦으면 모든 것이 피상적이
되어 버리나니라.

이것과는 연관이 먼 이야기 같으나 무료한 시간을 까기 위하여
한마디 하면서 지나가자.

시골서는 제노라고하는* 양반이었던 모양인데 처음 서울 구경
을 하고 돌아가서 며칠 동안 배운 서울 말씨를 섣불리 써 가며 서
울 거리를 손으로 형용하고 말로써 떠벌려 옮겨 놓더라는데, 정거
장에 턱 내리니 앞에 고색이 창연한 남대문이 반기는 듯 가로막혀
있고, 총독부 집이 크고, 창경원에 백 가지 금수가 봄 직했고, 덕
수궁의 옛 궁전이 회포를 자아냈고, 화신 승강기는 머리가 횡−했
고, 본정本町엔 전등이 낮처럼 밝은데 사람이 물 밀리듯 밀리고 전
차란 놈이 윙윙 소리를 지르며 지르며 연달아 달리고− 서울이 자

---

* 내로라하는.

기 하나를 위하여 이루어진 것처럼 우쭐했는데, 이것쯤은 있을 듯한 일이다. 한데 게도 방정꾸러기가 있어

"남대문이란 현판이 참 명필이지요?"

하고 물으니 대답이 걸작이다.

"암 명필이고말고, 남南 자 대大 자 문門 자 하나하나 살아서 막 꿈틀거리는 것 같데."

어느 모로나 서울 자랑 하려는 이 양반으로서는 가당한 대답일 게다. 이분에게 아현동 고개 막바지에, —아니 치벽한* 데 말고— 가까이 종로 뒷골목에 무엇이 있던가를 물었다면 얼마나 당황해 했으랴.

나는 종점을 시점으로 바꾼다.

내가 내린 곳이 나의 종점이요, 내가 타는 곳이 나의 시점이 되는 까닭이다. 이 짧은 순간 많은 사람들 속에 나를 묻는 것인데 나는 이네들에게 너무나 피상적이 된다. 나의 휴머니티를 이네들에게 발휘해 낸다는 재주가 없다. 이네들의 기쁨과 슬픔과 아픈 데를 나로서는 측량할** 수가 없는 까닭이다. 너무 막연하다. 사람이란 횟수가 잦은 데와 양이 많은 데는 너무나 쉽게 피상적이 되나 보다. 그럴수록 자기 하나 간수하기에*** 분망하나 보다.

시그널을 밟고 기차는 왱- 떠난다. 고향으로 향한 차도 아니건

* 외진. 구석진.
** 원문의 "측량한다는"을 문맥에 맞게 바꾸었다.
*** 관리하기에.

만 공연히 가슴은 설렌다. 우리 기차는 느릿느릿 가다 숨차면 가정거장에서도 선다. 매일같이 웬 여자들이 주룽주룽 서 있다. 저마다 꾸러미를 안았는데 예의 그 꾸러민 듯싶다. 다들 방년 된 아가씨들인데 몸매로 보아하니 공장으로 가는 직공들은 아닌 모양이다. 얌전히들 서서 기차를 기다리는 모양이다. 판단을 기다리는 모양이다. 하나 경망스럽게 유리창을 통하여 미인 판단을 내려서는 안 된다. 피상적 법칙이 여기에도 적용될지 모른다. 투명한 듯하여 믿지 못할 것이 유리다. 얼굴을 찌개논* 듯이 한다든가 이마를 좁다랗게 한다든가 코를 말코로 만든다든가 턱을 조개턱으로 만든다든가 하는 악희惡戱를 유리창이 때때로 감행하는 까닭이다. 판단을 내리는 자에게는 별반 이해관계가 없다손 치더라도 판단을 받는 당자에게 오려던 행운이 도망갈는지를 누가 보장할쏘냐. 여하간 아무리 투명한 꺼풀일지라도 깨끗이 베껴 버리는 것이 마땅할 것이다.

이윽고 터널이 입을 벌리고 기다리는데 거리 한가운데 지하 철도도 아닌 터널이 있다는 것이 얼마나 슬픈 일이냐, 이 터널이란 인류 역사의 암흑 시대요, 인생 행로의 고민상이다. 공연히 바퀴 소리만 요란하다. 구역날 악질의 연기가 스며든다. 하나 미구에** 우리에게 광명의 천지가 있다.

---

* 찌그려 놓은.
** 오래지 않아.

터널을 벗어났을 때 복선 공사에 분주한 노동자들을 볼 수 있다. 아침 첫차에 나갔을 때에도 일하고 저녁 늦차에 들어올 때에도 일하는데 언제 시작하여 언제 그치는지 나로서는 헤아릴 수 없다. 이네들이야말로 건설의 사도들이다. 땀과 피를 아끼지 않는다.

그 육중한 트럭*을 밀면서도 마음만은 요원한 데 있어 트럭 판장에다 서투른 글씨로 신경행이니 북경행이니 남경행이니 라고 써서 타고 다니는 것이 아니라 밀고 다닌다. 그네들의 마음을 볼 수 있다. 그것이 고력苦力에 위안이 안 된다고 누가 주장하랴.

이제 나는 곧 종시를 바꿔야 한다. 하나 내 차에도 신경행, 북경행, 남경행을 달고 싶다. 세계 일주행이라고 달고 싶다. 아니 그보다도 진정한 내 고향이 있다면 고향행을 달겠다. 다음 도착하여야 할 시대의 정거장이 있다면 더 좋다.

---

* 원문에 '도락구'라고 되어 있는데, 소형 무개 열차를 영어로 truck이라고 한다.

1. 기본 자료

윤동주, 윤일주 편,『하늘과 바람과 별과 시』, 정음사, 1984.

_____, 권영민 편,『하늘과 바람과 별과 시─윤동주 전집 1』, 문학사상사, 1995.

_____, 왕신영·심원섭·오무라 마스오·윤인석 편,『(사진판) 윤동주 자필 시고전집』, 민음사, 2002(2판).

_____,『하늘과 바람과 별과 시─원본 대조 윤동주 전집』, 연세대학교출판부, 2004.

_____, 홍장학 편,『정본 윤동주 전집』, 문학과지성사, 2004.

최동호 편,『하늘과 바람과 별과 시─육필원고 대조 윤동주 전집』, 서정시학, 2010.

2. 참고 자료

권영민 편,『윤동주 연구』, 문학사상사, 1995.

권오만,『윤동주 시 깊이 읽기』, 소명출판, 2009.

김용직,『한국근대문학의 사적 이해』, 삼영사, 1977.

김윤식,『한국근대작가연구』, 일지사, 1974.

김응교,『나무가 있다 ─ 윤동주 산문의 숲에서』, 아르테, 2019.

_____,『서른세 번의 만남, 백석과 동주』, 아카넷, 2020.

_____,『처럼 ─ 시로 만나는 윤동주』, 문학동네, 1판 10쇄, 2023.

류양선 편,『윤동주 시인을 기억하며』, 다시올, 2015.

_____,『윤동주 시인을 기리며─탄생 100주년 기념논집』, 창작산맥사, 2017.

_____,『순결한 영혼, 윤동주』, 북페리타, 2015.

마광수,『윤동주 연구』, 철학과현실사, 2005.

문익환,「동주 형의 추억」,『하늘과 바람과 별과 시』, 정음사, 1984.

박찬국, 『키르케고르의 『죽음에 이르는 병』 읽기』, 세창미디어, 2024.

송우혜, 『윤동주 평전』, 서정시학, 3차 개정판, 2022.

송희복, 『윤동주를 위한 강의록』, 글과마음, 2018.

오무라 마스오, 『윤동주와 한국문학』, 소명출판, 2001.

오주리, 『존재의 시―한국현대시사의 존재론적 연구』, 국학자료원 새미, 2021.

유성호, 『근대의 심층과 한국 시의 미학』, 태학사, 2020.

유종호, 『시란 무엇인가』, 민음사, 1995.

_____, 『작은 것이 아름답다』, 민음사, 2019.

윤일주, 「선백先伯의 생애」, 『하늘과 바람과 별과 시』, 정음사, 1984.

_____, 「윤동주의 생애」, 『나라사랑』 23, 1976. 여름호.

이명곤, 『키르케고르의 『이것이냐 저것이냐』 읽기』, 세창미디어, 2017.

이상섭, 『윤동주 자세히 읽기』, 한국문화사, 2007.

이숭원, 「윤동주 시에 나타난 자아의 변화양상」, 『국어국문학』 107, 1992. 5.

_____, 「정지용 시가 윤동주에게 미친 영향」, 『한국시학연구』 46, 2016. 5.

이승하, 『윤동주: 청춘의 별을 헤다』, 서연비람, 2020.

정병욱, 「잊지 못할 윤동주의 일들」, 『나라사랑』 23, 1976. 여름호.

조명제, 『윤동주의 마음을 읽다』, 스타북스, 2018.

조재수, 『윤동주 시어 사전』, 연세대학교출판부, 2005.

홍장학, 『정본 윤동주 전집 원전 연구』, 문학과지성사, 2004.

연세대학교 국학연구원 연세학풍연구소, 『윤동주와 그의 시대』, 혜안, 2018.

1917	12월 30일, 부친 윤영석과 모친 김룡의 맏아들로 간도성 명동촌에서 출생.
1925(8세)	4월, 명동소학교 입학.
1931(14세)	3월, 명동소학교 졸업.
1932(15세)	4월, 은진중학교 입학.
1934(17세)	12월, 「삶과 죽음」, 「초 한 대」, 「내일은 없다」 등 3편의 시 집필.
1935(18세)	9월, 평양 숭실중학교 3학년으로 편입.
	10월, 숭실중학교 문예지 『숭실 활천』에 시 「공상」 게재.
1936(19세)	3월, 신사참배 거부로 숭실중학교 자퇴. 광명학원 중학부 4학년으로 편입.
	11~12월, 『카톨릭 소년』에 동요 「병아리」(11월), 「빗자루」(12월)를 '尹童柱'라는 이름으로 발표.
1937(20세)	1~10월, 『카톨릭 소년』에 동시 「오줌싸개 지도」(1월), 「무얼 먹고 사나」(3월), 「거짓부리」(10월)를 발표.
1938(21세)	2월, 광명학원 중학부 졸업.
	4월, 연희전문학교 문과 입학.
1939(22세)	1~10월, 『조선일보』 학생란에 산문 「달을 쏘다」(1. 23.)와 시 「유언」(2. 6.), 「아우의 인상화」(10. 17.)를 발표.
	3월, 윤석중이 주관하는 『소년』지에 동시 「산울림」 발표.
1941(24세)	6월, 연희전문 문과에서 간행한 『문우』지에 「새로운 길」, 「자화상」 발표.
	11월, 19편의 시를 모아 자선自選 시집 『하늘과 바람과 별과 시』를 출간하려 했으나 뜻을 이루지 못함.
	12월 27일, 전시 학제 단축으로 3개월 일찍 연희전문학교 졸업.

1942(25세)	1월 24일, 일본 유학을 위해 '히라누마平沼'로 창씨한 개명계를 제출할 즈음 시「참회록」을 씀.
	3월, 일본으로 건너가 4월에 도쿄 릿쿄대학 문학부 영문과에 입학.
	6월경,「쉽게 씌어진 시」를 비롯한 5편의 시를 서울의 친구 강처중에게 편지와 함께 우송.
	10월, 교토의 도시샤대학 영문과로 편입.
1943(26세)	7월, 치안유지법 혐의로 검거.
	12월, 송몽규와 함께 검찰에 송치.
1944(27세)	3월, 징역 2년 형을 선고받고 후쿠오카 형무소에 투옥.
1945(28세)	2월 16일, 사망.
	3월 6일, 간도 용정 동산교회 묘지에 안장. "詩人尹東柱之墓"라는 비석을 세움.
1947	2월 13일,『경향신문』에 강처중과 정지용의 도움으로 시「쉽게 씌어진 시」발표.
1948	1월, 유고 31편을 모아 정음사에서 시집『하늘과 바람과 별과 시』간행.
	12월, 누이 윤혜원이 고향 용정에서 윤동주의 자필 원고를 가지고 서울에 도착.
1955	2월, 10주기를 기념하여 시 89편과 산문 4편을 모아『하늘과 바람과 별과 시』재간행.
1976	7월, 시 23편을 추가하여 시집『하늘과 바람과 별과 시』재간행.
1990	8월 15일, 건국공로훈장 독립장 추서.